庐隐精品文集

Luyin jingpin wenji

庐　隐◎著

图书在版编目（CIP）数据

庐隐精品文集 / 庐隐著. —北京：团结出版社，2018.1（2024.5 重印）
ISBN 978-7-5126-5488-4

Ⅰ. ①庐… Ⅱ. ①庐… Ⅲ. ①散文集—中国—现代②小说集—中国—现代 Ⅳ. ①I216.2

中国版本图书馆 CIP 数据核字（2017）第 198892 号

出　版：团结出版社
（北京市东城区东皇城根南街84号　邮编：100006）
电　话：（010）65228880　65244790（出版社）
网　址：http: //www.tjpress.com
E-mail：zb65244790@vip.163.com
经　销：全国新华书店
印　装：三河市金兆印刷装订有限公司

开　本：640mm×915mm　16开
印　张：12
字　数：200千字
版　次：2018年1月　第1版
印　次：2024年5月　第3次印刷

书　号：978-7-5126-5488-4
定　价：68.00元

前言 / QIANYAN

中国现代文学的时间跨度是从 1919 年五四运动始，到 1949 年中华人民共和国建立止。

从五四新文化运动到 1937 年 7 月 7 日抗战全面爆发为其前半期，从抗战全面爆发到新中国建立为后半期。

进入 20 世纪，世界列强把中国变成了半殖民地半封建的国家，民族危机感对 20 世纪中国民族的文化心理产生了不可估量的影响，以“天下之中”自诩的中国当政者再也撑不下去了。现代与传统，新思潮与旧意识的斗争愈演愈烈。

先是“白话文运动”，接着就是陈独秀和胡适极力倡导的文学现代化。从此，就如打开了闸门的洪水，现代文学以汹涌澎湃之势，义无反顾地冲决一切阻力，不可遏止地形成了汪洋之势。从而，一种崭新的文学形态在深重的危机感和中国古典文学厚重的土壤上诞生了。

进入 20 世纪 20 年代，现代文学的影响和实践范围进一步拓展，由泛泛的思想和宣传转化为具体而专门的文学实践。

全国各大城市风起云涌般地出现了种种刊物，报纸也纷纷办起了副刊，有意无意地发表了许多散文、小说、小品等白话文学作品，一时竟蔚然成风，为现代文学开辟了阵地。全国各地也涌现出了许多青年文学社团，造就了一大批卓有建树的现代文学作家。写散文、写小说、写诗歌、写小品、写剧本，翻译欧、美、日文学作品，出专集、出结集、出选集……蔚为大观。

现代文学的作者们在自己的作品中生动地抒写了自己的禀性、气质、情思、嗜好、习惯、修养、人生经历和人生哲学，生动地表现了自己的思想感情和人格，无情地撕破了道貌岸然的面具，彻底地反对封建主义桎梏，彻底摒弃了为圣人解经、为圣人立言的旧思想、旧传统，字里行间充满了民族觉醒和自我解放，这反映了作者们由封闭型思维体系向开放型思维体系的转化，亦即由自我完善、自我调节、自我延续向面对世界、面对新潮、面对社会人生转化。

当然，作者们的经历不同，其间中西、新旧、激进与保守思想的差异也必然存在。但无论如何，中国现代作家自觉地将文学的内容和形式与时代联系起来，共同地给予现代文学规定了明确的目的：即文学的创作是这样一种时代的工作，它本身是历史向未来过渡的一个重要部分。而未来必然是比当时美好的，有希望的。

在现代文学作家中，女性作家占有相当重要的位置。其中庐隐是比较突出的一位。

庐隐（1898—1934），原名黄淑仪，又名黄英，生于福建闽侯，自幼家居北平。1903 年入慕贞书院小学部，1912 年考入北平女子师范学校，1919 年考入北京高等女子师范国文系。1921 年加入文学研究会，成为中国最早塑造系列女性形象的作家。1934 年殁于难产。

茅盾评价说："在庐隐的作品中，我们也看见了同样的对于'人生问题'的苦索，不过她是穿了恋爱的衣裳。"

庐隐的作品充斥了苦闷愤世的悲哀。她追求人生的意义，但看不到人生的前途。

在中国早期的现代文学中庐隐是与冰心、石评梅齐名的文坛才女，在弥漫小资情调、盛行靡丽文风之际，她的作品远远超越了她所处的时代，创造了独树一帜的文体，从而奠定了她在现代文学史中的地位。

本书选编了庐隐作品的大部分，基本可以反映作者的思想取向和文学成就。

目录/MULU

异国秋思

自从我们搬到郊外以来，天气渐渐清凉了。那短篱边牵延着的毛豆叶子，已露出枯黄的颜色来，白色的小野菊，一丛丛由草堆里钻出头来，还有小朵的黄花在凉劲的秋风中抖颤。这一些景象，最容易勾起人们的秋思，况且身在异国呢！低声吟着“帘卷西风，人比黄花瘦”之句，这个小小的灵宫，是弥漫了怅惘的情绪。

书房里格外显得清寂，那窗外蔚蓝如碧海似的青天，和淡金色的阳光。还有挟着桂花香的阵风，都含了极强烈的，挑拨人类心弦的力量。在这种刺激之下，我们不能继续那死板的读书工作了。在那一天午饭后，波便提议到附近吉祥寺去看秋景，三点多钟我们乘了市外电车前去——这路程太近了，我们的身体刚刚坐稳便到了。走出长甬道的车站，绕过火车轨道，就看见一座高耸的木牌坊，在横额上有几个汉字写着“井之头恩赐公园”。我们走进牌坊，便见马路两旁树木葱茏，绿荫匝地，一种幽妙的意趣，萦缭脑际，我们怔怔地站在树影下，好像身入深山古林了。在那枝柯掩映中，一道金黄色的柔光正荡漾着。使我想象到一个披着金绿柔发的仙女，正赤着足，踏着白云，从这里经过的情景。再向西方看，一抹彩霞，正横在那叠翠的峰峦上，如黑点的飞鸦，穿林翩翻，我一缕的愁心真不知如何安派，我要吩咐征鸿把它带回故国吧！无奈它是那样不着迹的去了。

我们徘徊在这浓绿深翠的帷幔下，竟忘记前进了。一个身穿和服的中年男人，脚上穿着木屐，提塔提塔的来了。他向我们打量着，我们为避免他的觑视，只好加快脚步走向前去。经过这一带森林，前面有一条鹅卵石堆成的斜坡路，两旁种着整齐的冬青树，只有肩膀高，一阵阵的青草香，从微风里荡过来，我们慢步的走着，陡觉神气清爽，一尘不染。下了斜坡，面前立着一所小巧的东洋式茶馆，里面设了几张小矮几和坐褥，两旁列着柜台，红的蜜橘，青的苹果，五色的杂糖，错杂地罗列着。

“呀！好眼熟的地方！”我不禁失声地喊了出来。于是潜藏在心底的印象，陡然一幕幕地重映出来，唉！我的心有些抖颤了，我是被一种感怀已往的情绪所激动，我的双眼怔住，胸膈间充塞着悲凉，心弦凄紧地搏动着。自然是回忆到那些曾被流年蹂躏过的往事；“唉！往事，只是不堪回首的往事呢！”我悄悄地独自叹息着。但是我目前仍然有一幅逼真的图画再现出来……

一群骄傲与幸福的少女们，她们孕育着玫瑰色的希望，当她们将由学校毕业的那一年，曾随了她们德高望重的教师，带着欢乐的心情，渡过日本海来访蓬莱的名胜。在她们登岸的时候，正是暮春三月樱花乱飞的天气。那些缀锦点翠的花树，都使她们乐游忘倦。她们从天色才黎明，便由东京的旅舍出发；先到上野公园看过樱花的残装后；又换车到井之头公园来。这时疲倦袭击着她们，非立刻找个地点休息不可。最后她们发现了这个位置清幽的茶馆；便立刻决定进去吃些东西。大家团团围着矮凳坐下，点了两壶龙井茶，和一些奇甜的东洋点心，她们吃着喝着，高声谈笑着，她们真像是才出谷的雏莺；只觉眼前的东西，件件新鲜。处处都富有生趣。当然她们是被搂在幸福之神的怀抱里了。青春的爱娇，活泼快乐的心情，她们是多么可艳羡的人生呢！

但是流年把一切都毁坏了！谁能相信今天在这里低徊追怀往事的我，也正是当年幸福者之一呢！哦！流年，残刻的流年呵！它带走了人间的爱娇，它蹂躏英雄的壮志，使我站在这似曾相识的树下，只有咽泪，我有什么方法，使年光倒流呢！

唉！这仅仅是九年后的今天。呀，这短短的九年中，我走的是崎岖的世路，我攀缘过陡削的崖壁，我由死的绝谷里逃命，使我尝着忍受由心头淌血的痛苦，命运要我喝干自己的血汁，如同喝玫瑰酒一般……

唉！这一切的刺心回忆，我忍不住流下辛酸的泪滴，连忙离开这容易激动感情的地方吧！我们便向前面野草漫径的小路上走去，忽然听见一阵悲恻的唏嘘声，我仿佛看见张着灰色翅翼的秋神，正躲在那厚密枝叶背后。立时那些枝叶都悉悉索索地颤抖起来。草底下的秋虫，发出连续的唧唧声，我的心感到一阵阵的凄冷；不敢向前去，找到路旁一张长木凳坐下。我用滞呆的眼光，向那一片阴阴森森的丛林里睁视，当微风分开枝柯时，我望见那小河里潺湲碧水了。水上皱起一层波纹，一只小划子，从波纹上溜过。两个少女摇着桨，低声唱着歌儿。我看到这里，又无端感触起来，觉得喉头梗塞，不知不觉叹道："故国不堪回首"，同时那北海的红漪清波浮现眼前，那些手携情侣的男男女女，恐怕也正摇着画桨，指点着眼前清丽秋景，低语款款吧！况且又是菊茂蟹肥时候，料想长安市上，车水马龙，正不少欢乐的宴聚，这飘泊异国，秋思凄凉的我们当然是无人想起的。不过，我们却深深地眷怀着祖国，渴望得些好消息呢！况且我们又是神经过敏的，揣想到树叶凋落的北平，凄风吹着，冷雨洒着的这些穷苦的同胞，也许正向茫茫的苍天悲诉呢！唉，破碎紊乱的祖国呵！北海的风光不能粉饰你的寒伧！今雨轩的灯红酒绿，不能安慰忧患的人生，深深眷念祖国的我们，这一颗因热望而颤抖的心，最后是被秋风吹冷了。

（原载1932年9月25日《申江日报》副刊《海潮》第2号）

秋光中的西湖

我像是负重的骆驼般，终日不知所谓的向前奔走着。突然心血来潮，觉得这种不能喘气的生涯，不容再继续了，因此便决定到西湖去，略事休息。

在匆忙中上了沪杭甬的火车，同行的有朱、王二女士和建，我们相对默然地坐着。不久车身蠕蠕而动了，我不禁叹了一口气道："居然离开了上海。"

"这有什么奇怪，想去便去了！"建似乎不以我多感慨的态度为然。

查票的人来了，建从洋服的小袋里掏出了四张来回票，同时还带出一张小纸头来，我捡起来，看见上面写着："到杭州：第一大吃而特吃，大玩而特玩……"真滑稽，这种大计划也值得大书而特书，我这样说着递给朱、王二女士看，她们也不禁哈哈大笑了。

来到嘉兴时，天已大黑。我们肚子都有些饿了，但火车上的大菜既贵又不好吃，我便提议吃茶叶蛋，便想叫茶房去买，他好像觉得我们太吝啬，坐二等车至少应当吃一碗火腿炒饭，所以他冷笑道："要到三等车里才买得到。"说着他便一溜烟跑了。

"这家伙真可恶！"建愤怒的说着，最后她只得自己跑到三等车去买了来。吃茶叶蛋我是拿手，一口气吃了四个半，还觉得肚子里空无所在，不过当我伸手拿第五个蛋时，被建一把夺了去，一面埋怨道；"你这个人真不懂事，吃那么许多，等些时又要闹胃痛了。"

这一来只好咽一口唾沫算了。王女士却向我笑道："看你个子很瘦小，吃起东西来倒很凶！"其实我只能吃茶叶蛋，别的东西倒不可一概而论呢！——我很想这样辩护，但一转念，到底觉得无谓，所以也只有淡淡的一笑，算是我默认了。

车子进杭州城站时，已经十一点半了，街上的店铺多半都关了门，几盏黯淡的电灯，放出微弱的黄光，但从火车上下来的人，却吵成一片，挤成一堆，此外还有那些客栈的招揽生意的茶房，把我们围得水泄不通，不知化了多少力气，才打出重围叫了黄包车到湖滨去。

车子走过那石砌的马路时，一些熟悉的记忆浮上我的观念里来。一年前我同建曾在这幽秀的湖山中作过寓公，转眼之间早又是一年多了，人事只管不停地变化，而湖山呢，依然如故，清澈的湖波，和笼雾的峰峦似笑我奔波无谓吧！

我们本决意住清泰第二旅馆，但是到那里一问，已经没有房间了，只好到湖滨旅馆去。

深夜时我独自凭着望湖的碧栏，看夜幕沉沉中的西湖。天上堆叠着不少的雨云，星点像怕羞的女郎，踯躅于流云间，其光隐约可辨。十二点敲过许久了，我才回到房里睡下。

晨光从白色的窗幔中射进来，我连忙叫醒建，同时我披了大衣开了房门。一阵沁肌透骨的秋风，从桐叶梢头穿过，飒飒的响声中落下了几片枯叶，天空高旷清碧，昨夜的雨云早已躲得无影无踪了。秋光中的西湖，是那样冷静，幽默，湖上的青山，如同深纽的玉色，桂花的残香，充溢于清晨的气流中。这时我忘记我是一只骆驼，我身上负有人生的重担。我这时是一只紫燕，我翱翔在清隆的天空中，我听见神祇的赞美歌，我觉到灵魂的所在地，……这样的，被释放不知多少时候，总之我觉得被释放的那一霎那，我是从灵宫的深处流出最惊喜的泪滴了。

建悄悄地走到我的身后，低声说道："快些洗了脸，去访我们的故居吧！"

多怅惘呵，他惊破了我的幻梦，但同时又被他引起了怀旧的情绪，连忙洗了脸，等不得吃早点便向湖滨路崇仁里的故居走去。到了弄堂门口，看见新建的一间白木的汽车房，这是我们走后唯一的新鲜东西。此外一切都不曾改变，墙上贴着一张招租的帖子，一看是四号吉房招租……"呀！这正是我们的故居，刚好又空起来了，喂，隐！我们再搬回来住吧！"

"事实办不到……除非我们发了一笔财……"我说。

这时我们已到那半开着的门前了，建轻轻推门进去。小小的院落，依然是石缝里长着几根青草，几扇红色的木门半掩着。我们在客厅里站了些时，便又到楼上去看了一遍，这虽然只是最后几间空房，但那里面的气氛，引起我们既往的种种情绪，最使我们觉到怅然的是陈君的死。那时他每星期六多半来找我们玩，有时也打小牌，他总是摸着光头懊恼地说道："又打错了！"这一切影像仍逼真地现在目前，但是陈君已作了古人，我们在这空洞的房子里，沉默了约有三分钟，才怅然地离去。走到弄堂门的时候，正遇到一个面熟的娘姨——那正是我们邻居刘君的女仆，她很殷勤地要我们到刘家坐坐。我们难却她的盛意，随她进去。刘君才起床，他的夫人替小孩子穿衣服。我们这两个不速之客够使她们惊诧了。谈了一些别后的事情，抽过一支烟后，我们告辞出来。到了旅馆里，吃过鸡丝面，王、朱两位女士已在湖滨叫小划子，我们讲定今天一天玩水，所以和船夫讲定到夜给他一块钱，他居然很高兴地答应了。我们买了一些菱角和瓜子带到划子上去吃。船夫是一个五十多岁的忠厚老头子，他洒然的划着。温和的秋阳照着我——使全身的筋肉都变成松缓，懒洋洋地靠在长方形的藤椅背上。看着划桨所激起的波纹，好像万道银蛇蜿蜒不息。这时船已在三潭印月前面，白云庵那里停住了。我们上了岸，走进那座香烟阒然的古庙，一个老和尚坐在那里向阳。菩萨案前摆了一个签筒，我先抱起来摇了一阵，得了一个上上签，于是朱、王二女士同建也都每人摇出一根来。我们大家拿了签条嘻嘻哈哈笑了一阵，便拜别了那四个怒目咧嘴的大金刚，仍旧坐上船向前泛去。

船身微微地撼动，仿佛睡在儿时的摇篮里，而我们的同伴朱女士，她不住地叫头疼。建像是天真般的同情地道："对了，我也最喜欢头疼，随便到那里去，一吃力就头疼，尤其是昨夜太劳碌了不曾睡好。"

"就是这话了，"朱女士说："并且，我会晕车！"

"晕车真难过……真的呢！"建故作正经的同情她，我同王女士禁不住大笑，建只低着头，强忍住他的笑容，这使我更要大笑。船泛到湖心亭，我们在那里站了些时，有些感到疲倦了，王女士提议去吃饭。建讲："到了实行我'大吃而特吃'的计划的时候了。"

我说："如要大吃特吃，就到'楼外楼'去吧，那是这西湖上有名的饭馆，去年我们曾在这里遇到宋美龄呢！"

"哦，原来如此，那我们就去吧！"王女士说。

果然名不虚传，门外停了不少辆的汽车，还有几个丘八先生点缀这永不带有战争气氛的湖边。幸喜我们运气好，仅有唯一的一张空桌，我们四个人各霸一方，但是我们为了大家吃得痛快，互不牵掣起见，各人叫各人的莱，同时也各人出各人的钱，结果我同建叫了五只湖蟹，一尾湖鱼，一碗鸭掌汤，一盘虾子冬笋；她们二位女士所叫的莱也和我们大同小异。但其中要推王女士是个吃喝能手，她吃起湖蟹来，起码四五只，而且吃得又快又干净。再衬着她那位最不会吃湖蟹的朋友朱女士，才吃到一个的时候，便叫起头疼来。

"那么你不要吃了，让我包办吧！"王女士笑嘻嘻地说。

"好吗！你就包办，……我想吃些辣椒，不然我简直吃不下饭去。"朱女士说。

"对了，我也这样，我们两人真是事事相同，可以说百分之九九一样，只有一分不一样……"建一本正经地说。

"究竟不同是哪一分呢！"王女士问。

"你真笨伯，这点都不知道，一个是男人，一个是女人呵！"建说。

这时朱女士正捧着一碗饭待吃，听了这话笑得几乎把饭碗摔到地上去。

"简直是一群疯子，"我心里悄悄地想着，但是我很骄傲，我们到现在还有疯的兴趣。于是把我们久已抛置的童年心情，从坟墓里重新复活，这不能说这不是奇迹罢！

黄昏的时候，我们的船荡到艺术学院的门口，我同建去找一个朋友，但是他已到上海去了。我们嗅了一阵桂花的香风后，依然上船。这时凉风阵阵地拂着我们的肌肤，朱女士最怕冷，裹紧大衣，仍然不觉得暖，同时东方的天边已变成灰黯的色彩，虽然西方还漾着几道火色的红霞，而落日已堕到山边，只在我们一霎眼的工夫，已经滚下山去了。远山被烟雾整个地掩蔽着，一望苍茫。小划子轻泛着平静的秋波，我们好像驾着云雾，冉冉得已来到湖滨。上岸时，湖滨已是灯火明耀，我们的灵魂跳出模糊的梦境。虽说这马路上依然是可以漫步无碍，但心情却已变了。回到旅馆吃了晚饭后，我们便商量玩山的计划：上山一定要坐山兜，所以叫了轿班的头老，说定游玩的地点和价目。这本是小问题，但是我们却充分讨论了很久：第一因为山兜的价钱太贵，我同朱女士有些犹疑；可是建同王女士坚持要坐，结果是我们失败了，只得让他们得意扬扬的吩咐轿班第二天早晨七点钟来。

今日是十月九日——正是阴历重九后一日，所以登高的人很多，我们上了山兜，出涌金门，先到净慈观去看浮木井——那是济颠和尚的灵迹。但是在我看来不过一口平凡的井而已，所闻木头浮在当中的话，始终是半信半疑。

出了净慈观又往前走，路渐荒芜，虽然满地不少黄色的野花，半红的枫叶，但那透骨的秋风，唱出飒飒瑟瑟的悲调，不禁使我又悲又喜。像我这样劳碌的生命，居然能够抽出空闲的时间来听秋蝉最后的哀调，看枫叶鲜艳的色彩，领略丹桂清绝的残香，——灵魂绝对的解放，这真是万千之喜。但是再一深念，国家危难，人生如寄，此景此色只是增加人们的哀痛，又不禁悲从中来了……我尽管思绪如麻，而那抬山兜的伕子，不断的向前进行，渐渐地已来到半山之中。这时我从兜子后面往下一看，但见层崖叠壁，山径崎岖，不敢胡思乱想了。捏着一把汗，好容易来到山顶，才吁了一口长气，在一座古庙里歇下了。

同时有一队小学生也兴致勃勃地奔上山来，他们每人手里拿了一包水果一点吃的东西，都在庙堂前面院子里的雕栏上坐着边唱边吃。我们上了楼，坐在回廊上的藤椅上，和尚泡了上好的龙井茶来，又端了一碟瓜子。我们坐在藤椅上，东望西湖，漾着滟滟光波；南望钱塘，孤帆飞逝，激起白沫般的银浪。把四围无限的景色，都收罗眼底。我们正在默然出神的时候，忽听朱女士说道："适才上山我真吓死了，若果摔下去简直骨头都要碎的，等会儿我情愿走下去。"

"对了，我也是害怕，回头我们两人走下去罢，让她们俩坐轿！"建说。

"好的，"朱女士欣然地说。

我知道建又在使促狭，我不禁望着他好笑。他格外装得活像说道："真的，我越想越可怕，那样陡削的石级，而且又很滑，万一伕子脚一软那还了得。"建补充的话和他那种强装正经的神气，只惹得我同王女士笑得流泪。一个四十多岁的和尚，他悄然坐在大殿里，看见我们这一群疯子，不知他作何感想，但见他默默无言只光着眼睛望着前面的山景。也许他也正忍俊不禁，所以只好用他那眼观鼻，鼻观心的苦功罢！我们笑了一阵，喝了两遍茶才又乘山兜下山。朱女士果然实行她步行的计划，但是和她表同情的建，却趁朱女士回头看山景的一刹那，悄悄躲在轿子里去了。

“喂！你怎么又坐上去了？”朱女士说。

“呀！我这时忽然想开了，所以就不怕摔，……并且我还有一首诗奉劝朱女士不要怕，也坐上去罢！”

“到底是诗人……快些念来我们听听罢！”我打趣他。

“当然，当然，”他说着便高声念道：“坐轿上高山，头后脚在先。请君莫要怕，不会成神仙。”

这首诗又使得我们哄然大笑。但是朱女士却因此一劝，她才不怕摔，又坐上山兜了。中午的时候我们在龙井的前面斋堂里吃了一顿素菜。那个和尚说得一口漂亮的北京话，我因问他是不是北方人。他说：“是的，才从北方游方驻扎此地。”这和尚似乎还文雅，他的庙堂里挂了不少名人的字画，同时他还问我在什么地方读书，我对他说家里蹲大学，他似解似不解的诺诺连声地应着，而建的一口茶已喷了一地。这简直是太大煞风景，我连忙给了他三块钱的香火资，跑下楼去。这时日影已经西斜了，不能再流连风景。不过黄昏的山色特别富丽，彩霞如垂幔般的垂在西方的天际，青翠的岗峦笼罩着一层干绡似的烟雾，新月已从东山冉冉上升，远远如弓形的白堤和明净的西湖都笼在沉沉暮霭中。我们的心灵浸醉于自然的美景里，永远不想回到热闹的城市去。但是轿夫们不懂得我们的心事，只顾奔他们的归程。“唷咿”一声山兜停了下来，我们翱翔着的灵魂，重新被摔到满是陷阱的人间。于是疲乏无聊，一切的情感围困了我们。

晚饭后草草收拾了行装，预备第二天回上海。这秋光中的西湖又成了灵魂上的一点印痕，生命的一页残史了。

可怜被解放的灵魂眼看着它垂头丧气地又进了牢囚。

十一，八日上海

（原载1932年11月13日《申江日报》副刊《海潮》第9号）

窗外的春光

几天不曾见太阳的影子，沉闷包围了她的心。今早从梦中醒来，睁开眼，一线耀眼的阳光已映射在她红色的壁上，连忙披衣起来，走到窗前，把洒着花影的素幔拉开。前几天种的素心兰，已经开了几朵，淡绿色的瓣儿，衬了一颗朱红色的花心，风致真特别，即所谓“冰洁花丛艳小莲，红心一缕更嫣然”了。同时一股沁人心脾的幽香，喷鼻醒脑，平板的周遭，立刻涌起波动，春神的薄翼，似乎已扇动了全世界凝滞的灵魂。

说不出是喜悦，还是惆怅，但是一颗心灵涨得满满的，——莫非是满园春色关不住，——不，这连她自己都不能相信；然而仅仅是为了一些过去的眷恋，而使这颗心不能安定吧！本来人生如梦，在她过去的生活中，有多少梦影已经模糊了，就是从前曾使她惆怅过，甚至于流泪的那种情绪，现在也差不多消逝净尽，就是不曾消逝的而在她心头的意义上，也已经变了色调，那就是说从前以为严重了不得的事，现在看来，也许仅仅只是一些幼稚的可笑罢了！

兰花的清香，又是一阵浓厚的包袭过来，几只蜜蜂嗡嗡的在花旁兜的圈子，她深切的意识到，窗外已充满了春光；同时二十年前的一个梦影，从那深埋的心底复活了：

一个仅仅十零岁的孩子，为了脾气的古怪，不被家人们的了解，于是把她送到一所囚牢似的教会学校去寄宿。那学校的校长是美国人——一个五十岁的老处女，对于孩子们管得异常严厉，整月整年不许孩子走出那所筑建庄严的楼房外去。四围的环境又是异样的枯燥，院子是一片沙土地；在角落里时时可以发现被孩子们踏陷的深坑，坑里纵横着人体的骨骼，没有树也没有花，所以也永远听不见鸟儿的歌曲。

春风有时也许可怜孩子们的寂寞吧！在那洒过春雨的土地上，吹出一些青草来——有一种名叫“辣辣棍棍”的，那草根有些甜辣的味儿，孩子们常常伏在地上，寻找这种草根，放在口里细细的嚼咀；这可算是春给她们特别的恩惠了！

那个孤零的孩子，处在这种阴森冷漠的环境里，更是倔强，没有朋友，在她那小小的心灵中，虽然还不曾认识什么是世界；也不会给这个世界一个估价，不过她总觉得自己所处的这个世界，是有些乏味；她追求另一个世界。在一个春风吹得最起劲的时候，她的心也燃烧着更热烈的希冀。但是这所囚牢似的学校，那一对黑漆的大门仍然严严的关着，就连从门缝看看外面的世界，也只是一个梦想。于是在下课后，她独自跑到地窖里去，那是一个更森严可怕的地方，四围是石板作的墙，房顶也是冷冰冰的大石板，走进去便有一股冷气袭上来，可是在她的心里．总觉得比那死气沉沉的校舍，多少有些神秘性吧。最能引诱她当然还是那几扇矮小的窗子，因为窗子外就是一座花园。这一天她忽然看见窗前一丛蝴蝶兰和金钟罩，已经盛开了，这算给了她一个大诱惑，自从发现了这窗外的春光后，这个孤零的孩子，在她生命上，也开了一朵光明的花，她每天一只猫儿般，只要有工夫，便蜷伏在那地窖的窗子上，默然的幻想着窗外神秘的世界。

她没有哲学家那种富有根据的想象，也没有科学家那种理智的头脑，她小小的心，只是被一种天所赋予的热情紧咬着。她觉得自己所坐着的这个地窖，就是所谓人间吧——一切都是冷硬淡漠，而那窗子外的世界却不一样了。那里一切都是美丽的，和谐的，自由的吧！她欣羡着那外面的神秘世界，于是那小小的灵魂，每每跟着春风，一同飞翔了。她觉得自己变成一只蝴蝶，在那盛开着美丽的花丛中翱翔着，有时她觉得自己是一只小鸟，直扑天空，伏在柔软的白云间甜睡着。她整日支着颐不动不响的尽量陶醉，直到夕阳逃到山背后，大地垂下黑幕时，她才怏怏地离开那灵魂的休憩地，回到陌生的校舍里去。

她每日每日照例的到地窖里来，一直过完了整个的春天。忽然她看见蝴蝶兰残了，金钟罩也倒了头，只剩下一丛深碧的叶子，苍茂的在薰风里撼动着，那时她竟莫名其妙的流下眼泪来。这孩子真古怪得可以，十零岁的孩子前途正远大着呢，这春老花残，绿肥红瘦，怎能惹起她那么深切的悲感呢？！但是孩子从小就是这样古怪，因此她被家人所摒弃，同时也被社会所摒弃。在她的童年里，便只能在梦境里寻求安慰和快乐，一直到她是否认现实世界的一切，她终成了一个疏狂孤介的人。在她三十年的岁月里，只有这些片段的梦境，维系着她的生命。

阳光渐渐地已移到那素心兰上，这目前的窗外春光，撩拨起她童年的眷恋，她深深地叹息了："唉，多缺陷的现实的世界呵！在这春神努力地创造美丽的刹那间，你也想遮饰起你的丑恶吗？人类假使的连这些梦影般的安慰也没有，我真不知道人们怎能延续他们的生命哟！"

但愿这窗外的春光，永驻人间吧！她这样虔诚地默祝着，素心兰像是解意般的向她点着头。

（选自《人间世》杂志 1934 年第 1 期）

夏的歌颂

出汗不见得是很坏的生活吧，全身感到一种特别的轻松。尤其是出了汗去洗澡，更有无穷的舒畅，仅仅为了这一点，我也要歌颂夏天，

其久被压迫，而要挣扎过——而且要很坦然地过去，这也不是毫无意义的生活吧——春天是使人柔困，四肢瘫软，好像受了酒精的毒，再无法振作；秋天呢，又太高爽，轻松使人忘记了世界上有骆驼——说到骆驼，谁也不忘了它那高峰凹谷之间的重载和那慢腾腾，不尤不怨的往前走的姿势吧！冬天虽然是风雪严厉，但头脑尚不受压轧。只有夏天，它是无隙不入的压迫你，你每一个毛孔，每一根神经，都受着重大的压轧；同时还有臭虫蚊子苍蝇助虐的四面夹攻，这种极度紧张的夏日生活，正是训练人类变成更坚强而有力量的生物。因此我又不得不歌颂夏天！

二十世纪的人类，正度着夏天的生活——纵然有少数阶级，他们是超越天然，而过着四季如春享乐的生活，但这太暂时了，时代的轮子，不久就要把这特殊的阶级碎为齑粉——夏天的生活是极度紧张而严重，人类必要努力地挣扎过，尤其是我们中国不论士农工商军，哪一个不是喘着气，出着汗，与紧张压迫的生活拚命呢？脆弱的人群中，也许有诅咒，但我却以为只有虔敬的承受，我们尽量地出汗，我们尽量地发泄我们生命之力，最后我们的汗液，便是甘霖的源泉，这炎威逼人的夏天，将被这无尽的甘霖所毁灭，世界变成清明爽朗。

夏天是人类生活中，最雄伟壮烈的一个阶段，因此，我永远地歌颂它。

吹牛的妙用

吹牛是一种夸大狂，在道德家看来，也许认为是缺点，可是在处事接物上却是一种刮刮叫的妙用。假使你这一生缺少了吹牛的本领，别说好饭碗找不到，便连黄包车夫也不放你在眼里的。

西洋人究竟近乎白痴，什么事都只讲究脚踏实地去做，这样费力气的勾当，我们聪明的中国人，简直连牙齿都要笑掉了。西洋人什么事都讲究按部就班地慢慢来，从来没有平地登天的捷径，而我们中国人专门走捷径，而走捷径的第一个法门，就是善吹牛。

吹牛是一件不可轻看的艺术，就如《修辞学》上不可缺少"张喻"一类的东西一样，像李白什么"黄河之水天上来"，又是什么"白发三千丈"，这在《修辞学》上就叫作"张喻"，而在不懂《修辞学》的人看来就觉得李太白在吹牛了。

而且实际上说来，吹牛对于一个人的确有极大的妙用。人类这个东西，就有这么奇怪，无论什么事，你若老老实实的把实话告诉他，不但不能激起他共鸣的情绪，而且还要轻蔑你冷笑你，假使你见了那摸不清你根底的人，你不管你家里早饭的米是当了被褥换来的，你只要大言不惭的说"某部长是我父亲的好朋友，某政客是我拜把子的叔公，我认得某某某巨商，我的太太同某军阀的第五位太太是干姊妹"。吹起这一套法螺来，那摸不清你的人，便帖帖服服的向你合十顶礼，说不定碰得巧还恭而且敬的请你大吃一顿燕菜席呢！

吹牛有了如许的好处，于是无论哪一类的人，都各尽其力的大吹其牛了。但是且慢！吹牛也要认清对方的，不然的话，必难打动他或她的心弦，那么就失掉吹牛的功效了。比如说你见了一个仰慕文人的无名作家或学生时，而你自己要自充老前辈时，你不用说别的，只要说胡适是我极熟的朋友，郁达夫是我最好的知己，最好你再转弯抹角地去探听一些关于胡适、郁达夫琐碎的轶事，比如说胡适最喜听什么，郁达夫最讨厌什么，于是便可以亲亲切切的叫着“适之怎样怎样，达夫怎样怎样”，这样一来，你便也就成了胡适、郁达夫同等的人物，而被人所尊敬了。

如果你遇见一个好虚荣的女子呢，你就可以说你周游过列国，到过土耳其、南非洲！并且还是自费去的，这样一来就可以证明你不但学识、阅历丰富，而且还是个资产阶级。于是乎你的恋爱便立刻成功了。

你如遇见商贾、官僚、政客、军阀，都不妨察颜观色，投其所好，大吹而特吹之。总而言之，好色者以色吹之，好利者以利吹之，好名者以名吹之，好权势者以权势吹之，此所谓以毒攻毒之法，无往而不利。

或曰吹牛妙用虽大，但也要善吹，否则揭穿西洋镜，便没有戏可唱了。

这当然是实话，并且吹牛也要有相当的训练，第一要不红脸，你虽从来没有著过一本半本的书，但不妨咬紧牙根说：“我的著作等身，只可恨被一把野火烧掉了！”你家里因为要请几个漂亮的客人吃饭，现买了一副碗碟，你便可以说：“这些东西十年前就有了”，以表示你并不因为请客受窘。假如你荷包里只剩下一块大洋，朋友要邀你坐下来八圈，你就可以说：“我的钱都放在银行里，今天竟匀不出工夫去取！”假如哪天你的太太感觉你没多大出息时，你就可以说张家大小姐说我的诗作的好，王家少奶奶说我脸子漂亮而有丈夫气，这样一来太太便立刻加倍地爱你了。

这一些吹牛经，说不胜说，但神而明之，存乎其人！

咖啡店

橙黄色的火云包笼着繁闹的东京市，烈焰飞腾似的太阳，从早晨到黄昏，一直光顾着我的住房；而我的脆弱的神经，仿佛是林丛里的飞萤，喜欢忧郁的青葱，怕那太厉害的阳光，只要太阳来统领了世界，我就变成了冬令的蛰虫，了无生气。这时只有烦躁疲弱无聊占据了我的全意识界，永不见如春波般的灵感荡漾……呵！压迫下的呻吟，不时打破木然的沉闷。

有时勉强振作，拿一本小说在地席上睡下，打算潜心读两行，但是看不到几句，上下眼皮便不由自主地合拢了。这样昏昏沉沉挨到黄昏，太阳似乎已经使尽了威风，渐渐地偃旗息鼓回去，海风也凑趣般吹了来，我的麻木的灵魂，陡然惊觉了，“呵！好一个苦闷的时间，好像换过了一个世纪！”在自叹自伤的声音里，我从地席上爬了起来，走到楼下自来水管前，把头脸用冷水冲洗以后，一层遮住心灵的云翳遂向苍茫的暮色飞去，眼前现出鲜明的天地河山，久已凝闭的云海也慢慢掀起波浪，于是过去的印象，和未来的幻影，便一种种地在心幕上开映起来。

忽然一阵非常刺耳的东洋音乐不住地送来耳边，使听神经起了一阵痉挛。唉！这是多么奇异的音调，不像幽谷里多灵韵的风声，不像丛林里清脆婉转的鸣鸟之声，也不像碧海青崖旁的激越澎湃之声……而只是为衣食而奋斗的劳苦挣扎之声，虽然有时声带颤动得非常婉妙，使街上的行人不知不觉停止了脚步，但这只是好奇，也许还含着些不自然的压迫，发出无告的呻吟，使那些久受生之困厄的人们同样地叹息。

这奇异的声音正是从我隔壁的咖啡店里一个粉面朱唇的女郎樱口里发出来的。那所咖啡店是一座狭小的日本式楼房改造成的，在三四天以前，我就看见一张红纸的广告贴在墙上，上面写着本咖啡店择日开张，从那天起，有时看见泥水匠人来洗刷门面，几个年青精壮的男人布置壁饰和桌椅，一直忙到今天早晨，果然开张了。当我才起来，推开玻璃窗向下看的时候，就见这所咖啡店的门口，两旁放着两张红白夹色纸糊的三角架子，上面各支着一个满缀纸花的华丽的花圈，在门楣上斜插着一枝姿势活泼鲜红色的枫树，沿墙根列着几种松柏和桂花的盆栽，右边临街的窗子垂着淡红色的窗帘，衬着那深咖啡色的墙，真有一种说不出的鲜明艳丽。

在那两个花圈的下端，各缀着一张彩色的广告纸，上面除写着本店即日开张，欢迎主顾以外，还有一条写着“本店用女招待”字样。我看到这里，不禁回想到西长安街一带的饭馆门口那些红绿纸写的雇用女招待的广告了。呵！原来东方的女儿都有招徕主顾的神通！

我正出神地想着，忽听见叮叮当当的响声，不免寻声看去，只见街心有两个年轻的日本男人，身上披着红红绿绿仿佛袈裟式的半臂，头上顶着像是凉伞似的一个圆东西，手里拿着铙钹，像戏台上的小丑一般，在街心连敲带唱，扭扭捏捏，怪样难描，原来这就是活动的广告。

他们虽然这样辛苦经营，然而从清晨到中午还不见一个顾客光临，门前除却他们自己做出热闹声外，其余依然是冷清清的。

黄昏到了，美丽的阳光斜映在咖啡店的墙隅，淡红色的窗帘被晚凉的海风吹得飘了起来，隐约可见房里有三个年青的女人盘膝跪在地席上，对着一面大菱花镜，细细地擦脸，涂粉，画眉，点胭脂，然后袒开前胸，又厚厚地涂了一层白粉，远远看过去真是“肤如凝脂，领如蝤蛴”，然而近看时就不免有石灰墙和泥塑美人之感了。其中有一个是梳着两条辫子的，比较最年轻也最漂亮，在打扮头脸之后，换了一身藕荷色的衣服，腰里拴一条橙黄色白花的腰带，背上驮着一个包袱似的东西，然后款摆着柳条似的腰肢，慢慢下楼来，站在咖啡店的门口，向着来往的行人“巧笑倩兮，美目盼兮”大施其外交手段。果然没有经过多久，就进去两个穿和服木履的男人。从此冷清清的咖啡店里骤然笙箫并奏，笑语杂作起来。有时那个穿藕荷色衣服的雏儿唱着时髦的爱情曲儿，灯红酒绿，直闹到深夜兀自不散。而我呢，一双眼的上眼皮和下眼皮简直分不开来，也顾不得看个水落石出。总而言之，想钱的钱到手，赏心的开了心，圆满因果，如是而已，只应合十念一声“善哉！”好了，何必神经过敏，发些牢骚，自讨苦趣呢！

（原载 1930 年《妇女杂志》第 16 卷第 12 号）

庙会

正是秋雨之后，天空的雨点虽然停了，而阴云兀自密布太虚。夜晚时的西方的天，被东京市内的万家灯火照得起了一层乌灰的绛红色。晚饭后，我们照例要到左近的森林中去散步。这时地上的雨水还不曾干，我们各人都换上破旧的皮鞋，拿着雨伞，踏着泥滑的石子路走去。不久就到了那高矗入云的松林里。林木中间有一座土地庙，平常时都是很清静地闭着山门，今夜却见庙门大开，门口挂着两盏大纸灯笼。上面写着几个蓝色的字——天主社，庙里面灯火照耀如同白昼，正殿上搭起一个简单的戏台，有几个戴着假面具穿着彩衣的男人。那面具有的像龟精鳖怪，有的像判官小鬼，大约有四五个人，忽坐忽立，指手画脚地在那里扮演，可惜我们语言不通，始终不明白他们演的是什么戏文。看来看去，总感不到什么趣味，于是又到别处去随喜。在一间日本式的房子前，围着高才及肩的矮矮的木栅栏，里面设着个神龛，供奉的大约就是土地爷了。可是我找了许久，也没找见土地爷的法身，只有一个圆形铜制的牌子悬在中间，那上面似乎还刻着几个字，离得远，我也认不出是否写着本土地神位——反正是一位神明的象征罢了。在那佛龛前面正中的地方悬着一个幡旌似的东西，飘带低低下垂。我们正在仔细揣摩赏鉴的时候，只见一位年纪五十上下的老者走到神龛面前，将那幡旌似的飘带用力扯动，使那上面的铜铃发出零丁之声，然后从钱袋里掏出一个铜钱——不知是十钱的还是五钱的，只见他便向佛龛内一甩，顿时发出铿锵的声响，他合掌向神前三击之后，闭眼凝神，躬身膜拜，约过一分钟，又合掌连击三声，这才慢步离开神龛，心安意得地走去了。

自从这位老者走后，接二连三来了许多人，男的女的，老的少的，还有尚在娘怀抱里的婴孩也跟着母亲向神前祈祷求福，凡来顶礼的人都向佛龛中舍钱布施。还有一个年纪二十多岁的女人，身上穿着白色的围裙，手中捧着一个木质的饭屉，满满装着白米，向神座前贡献。礼毕，那位道袍秃顶的执事僧将饭屉接过去，那位善心的女施主便满面欣慰地退出。

我们看了这些善男信女礼佛的神气，不由得也满心紧张起来，似乎冥冥之中真有若干神明，他们的权威足以支配昏昧的人群，所以在人生的道途上，只要能逢山开路，见庙烧香，便可获福无穷了。不然，自己劳苦得来的银钱柴米，怎么便肯轻轻易易双手奉给僧道享受呢？神秘的宇宙！不可解释的人心！

我正在发呆思量的时候，不提防同来的建扯了我的衣襟一下，我不禁“呀！”了一声，出窍的魂灵儿这才复了原位，我便问道：“怎么？”建含笑道：“你在想什么？好像进了梦境，莫非神经病发作了吗？”我被他说得也好笑起来，便一同离开神龛到后面去观光。吓！那地方更是非常热闹，有许多倩装艳服，脚着木屐的日本女人，在那里购买零食的也有，吃冰激凌的也有。其中还有几个西装的少女，脚上穿着长统丝袜和皮鞋——据说这是日本的新女性，也在人丛里挤来挤去，说不定是来参礼的，还是也和我们一样来看热闹的。总之，这个小小的土地庙里，在这个时候是包罗万象的。不过倘使佛有眼睛，瞧见我满脸狐疑，一定要瞪我几眼吧。

迷信——具有伟大的威权，尤其是当一个人在倒霉不得意的时候，或者在心灵失却依据徘徊歧路的时候，神明便成人心的主宰了。我有时也曾经历过这种无归宿而想象归宿的滋味，然而这在我只像电光一瞥，不能坚持久远的。

说到这里，使我想起童年的时候——我在北平一个教会学校读书，那一个秋天，正遇着耶稣教徒的复兴会——期间是一来复。在这一来复中，每日三次大祈祷，将平日所做亏心欺人的罪恶向耶稣基督忏悔，如是，以前的一切罪恶便从此洗涤尽净 v 哪怕你是个杀人放火的强盗，只要能侮罪便可得救，虽然是苦了倒霉钉在十架的耶稣，然而那是上帝的旨意，叫他来舍身救世的，这是耶稣的光荣，人们的福音。这种无私的教理，当时很能打动我弱小的心弦，我觉得耶稣太伟大了，而且法力无边，凡是人类的困苦艰难，只要求他，便一切都好了。所以当我被他们强迫地跪在礼拜堂里向上帝祈祷时，我是无情无绪地正要到梦乡去逛逛，恰巧我们的校长朱老太太颤颤巍巍走到我面前也一同跪下，并且抚着我的肩说："呵！可怜的小羊，上帝正是我们的牧羊人，你快些到他的面前去罢，他是仁爱的伟大的呵！"我听了她那热烈诚挚的声音，竟莫名其妙地怕起来了，好像受了催眠术，觉得真有这么一个上帝，在睁着眼看我呢，于是我就在那些因忏悔而痛哭的人们的哭声中流下泪来了。朱老太太更紧紧地把我搂在怀里说道："不要伤心，上帝是爱你的。只要你虔心地相信他，他无时无刻不在你的左右……"最后她又问我："你信上帝吗？……好像相信我口袋中有一块手巾吗？"我简直不懂这话的意思，不过这时我的心有些空虚，想到母亲因为我太顽皮送我到这个学校来寄宿，自然她是不喜欢我的，倘使有个上帝爱我也不错，于是就回答道："朱校长，我愿意相信上帝在我旁边。"她听了我肯皈依上帝，简直喜欢得跳了起来，一面笑着一面擦着眼泪……从此我便成了耶稣教徒了。不过那年以后，我便离开那个学校，起初还是满心不忘上帝，又过了几年，我脑中上帝的印象便和童年的天真一同失去了。最后我成了个无神论者了。

但是在今晚这样热闹的庙会中，虔诚信心的善男信女使我不知不觉生出无限的感慨，同时又勾起既往迷信上帝的一段事实，觉得大千世界的无量众生，都只是些怯弱可怜的不能自造命运的生物罢了。

在我们回来时，路上依然不少往庙会里去的人，不知不觉又联想到故国的土地庙了，唉！……

（原载1930年《妇女杂志》第16卷第12号）

邻居

别了，繁华的闹市！当我们离开我们从前的住室门口的时候，恰恰是早晨七点钟。那耀眼的朝阳正照在电车线上，发出灿烂的金光，使人想象到不可忍受的闷热。而我们是搭上市外的电车，驰向那屋舍渐稀的郊野去；渐渐看见陂陀起伏的山上，林木葱茏，绿影婆娑，丛竹上满缀着清晨的露珠，兀自向人闪动。一阵阵的野花香扑到脸上来，使人心神爽快。经过三十分钟，便到我们的目的地。

在许多整饬的矮墙里，几株姣艳的玫瑰迎风袅娜，经过这一带碧绿的矮墙南折，便看见那一座郁郁葱葱的松柏林，穿过树林，就是那些小巧精洁的日本式的房屋掩映于万绿丛中。微风吹拂，树影摩荡，明窗净几间，帘幔低垂，一种幽深静默的趣味，顿使人忘记这正是炎威犹存的残夏呢。

我们沿着鹅卵石累成的马路前进，走约百余步，便见斜刺里有一条窄窄的草径，两旁长满了红蓼白荻和狗尾草，草叶上朝露未干，沾衣皆湿。草底鸣虫唧唧，清脆可听。草径尽头一带竹篱，上面攀缘着牵牛茑萝，繁花如锦，清香醉人。就在竹篱内，有一所小小精舍，便是我们的新家了。淡黄色木质的墙壁门窗和米黄色的地席，都是纤尘不染。我们将很简单的家具稍稍布置以后，便很安然地坐下谈天。似乎一个月以来奔波匆忙的心身，此刻才算是安定了。

但我们是怎么的没有受过操持家务的训练呵！虽是一个很简单的厨房，而在我这一切生疏的人看来，真够严重了。怎样煮饭——一碗米应放多少水，

煮肉应当放些什么浇料呵！一切都不懂，只好凭想像力一件件地去尝试。这其中最大的难题是到后院井边去提水，老大的铅桶，满满一桶水真够累人的。我正在提着那亮晶晶发光的水桶不知所措的时候，忽见邻院门口走来一个身躯胖大，满面和气的日本女人——那正是我们头一次拜访的邻居胖太太——我们不知道她姓什么，可是我们赠送她这个绰号，总是很合适的吧。

她走到我们面前，向我们咕哩咕噜说了几句日本话，我们是又聋又哑的外国人，简直一句也不懂，只有瞪着眼向她呆笑。后来她接过我手里的水桶，到井边满满的汲了一桶水，放在我们的新厨房里。她看见我们那些新买来的锅呀、碗呀、上面都微微沾了一点灰尘，她便自动地替我们一件一件洗干净了，又一件件安置得妥妥帖帖，然后她鞠着躬说声サセテラナ（再见）走了。

据说这位和气的邻居，对中国人特别有感情，她曾经帮中国人做过六七年的事，并且，她曾嫁过一个中国男人……不过人们谈到她的历史的时候，都带着一种猜度的神气，自然这似乎是一个比较神秘的人儿呢，但无论如何，她是我们的好邻居呵！

她自从认识我们以后，没事便时常过来串门。她来的时候，多半是先到厨房，遇见一堆用过的锅碗放在地板上，或水桶里的水完了，她就不用吩咐地替我们洗碗打水。有时她还拿着些泡菜、辣椒粉之类零星物件送给我们。这种出乎我们意外的热诚，不禁使我有些赧然。

当我没有到日本以前，在天津大阪公司买船票时，为了一张八折的优待券——那是由北平日本公使馆发出来的，同那个留着小胡子的卖票员捣了许久的麻烦。最后还是拿到天津日本领事馆的公函，他们这才照办了。而买票后找钱的时候，只不过一角钱，那位含着狡猾面相的卖票员竟让我们等了半点多钟。当时我曾赌气牺牲这一角钱，头也不回地离开那里。他们这才似乎有些过不去，连忙喊住我们，从桌子的抽屉里拿出一角钱给我们。这样尖酸刻薄的行为，无处不表现岛国细民的小气。真给我一个永世不会忘记的坏印象。

及至我们上了长城丸（日本船名）时，那两个日本茶房也似乎带着些欺侮人的神气。比如开饭的时候，他们总先给日本人开，然后才轮到中国人。至于，那些同渡的日本人，有几个男人嘴脸之间时时表现着夜郎自大的气概——自然也由于我国人太不争气的缘故——那些日本女人呢，个个对于男人低首下心，柔顺如一只小羊。这虽然惹不起我们对她们的愤慨，却使我们有些伤心，“世界上最没有个性的女性呵，你们为什么情愿做男子的奴隶和傀儡呢！”我不禁大声地喊着，可惜她们不懂我的话，大约以为我是个疯子吧。

总之我对于日本人从来没有好感，豺狼虎豹怎样凶狠恶毒，你们是想象得出来的，而我也同样地想象那些日本人呢。

但是不久我便到了东京，并且在东京住了两个礼拜了。我就觉得我太没出息——心眼儿太窄狭，日本人——在我们中国横行的日本人，当然有些可恨，然而在东京我曾遇见过极和蔼忠诚的日本人，他们对我们客气，有礼貌，而且极热心地帮忙，的确的，他们对待一个异国人，实在比我们更有理智更富于同情些。至于做生意的人，无论大小买卖，都是言不二价，童叟无欺——现在又遇到我们的邻居胖太太，那种慈和忠实的行为，更使我惭愧我的小心眼了。

我们的可爱的邻居，每天当我们煮饭的时候，她就出现在我们的厨房门口。

“奥サン（太太）要水吗？”柔和而熟习的声音每次都激动我对她的感愧。她是怎样无私的人儿呢！有一天晚上，我从街上回来，穿着一件淡青色的绸衫，因为时间已晏，忙着煮饭，也顾不得换衣服，同时又怕弄脏了绸衫，我就找了一块白包袱权做围裙，胡乱地扎在身上，当然这是有些不舒服的。正在这时候，我们的邻居来了。她见了我这种怪样，连忙跑到她自己房里，拿出一件她穿着过于窄小的白围裙送给我，她说：“我现在胖了，不能穿这围裙，送给你很好。”她说时，就亲自替我穿上，前后端详了一阵，含笑学着中国话道：“很好！很好！”

她胖大的身影，穿过遮住前面房屋的树丛，渐渐地看不见了。而我手里拿着炒菜的勺子，竟怔怔地如同失了魂。唉！我接受了她的礼物，竟忘记向她道谢，只因我接受了她的比衣服更可宝贵的仁爱，将我惊吓住了；我深自忏悔，我知道世界上的人类除了一部分为利欲所沉溺的以外，都有着丰富的同情和纯洁的友谊，人类的大部分毕竟是可爱的呵！

我们的邻居，她再也想不到她在一些琐碎的小事中给了我偌大的启示吧。愿以我的至诚向她祝福！

（原载 1930 年《妇女杂志》第 16 卷第 12 号）

樱花树头

春天到了，人人都兴高采烈盼望看樱花，尤其是一个初到日本留学的青年，他们更是渴慕著名闻世界的蓬莱樱花，那红艳如天际火云，灿烂如黄昏晚霞的色泽真足使人迷恋呢。

在一个黄昏里，那位丰姿翩翩的青年，抱着书包，懒洋洋地走回寓所，正在门口脱鞋的时候，只见那位房东西川老太婆迎接了出来，行了一叩首的敬礼后便说道："陈样（日本对人之尊称）回来了，楼上有位客人在等候你呢！"那位青年陈样应了一声，便匆匆跑上楼去，果见有一人坐在矮几旁翻《东方杂志》呢，听见陈样的脚步声便回过头叫道：

"老陈！今天回来得怎么这样晚呀？"

"老张，你几时来的？我今天因为和一个朋友打了两盘球，所以回来迟些。有什么事？我们有好久不见了。"

那位老张是个矮胖子，说话有点土腔，他用劲地说道：

"没有……什么大事，只是……现在天气很——好！樱花有的都开了，昨天一个日本朋友——提起来，你大概也认得——就是长泽一郎，他家里有两棵大樱花已开得很好……他请我们明天一早到他家里去看花，你去不？"

"哦，这么一回事呀！那当然奉陪。"

老张跟着又嘻嘻笑道："他家还有……很好看的漂亮姑娘呢！"

"你这个东西，真太不正经了。"老陈说。

"怎么太不正经呀！"老张满脸正色地说。

“得了！得了！那是人家的女眷，你开什么玩笑，不怕长泽一郎恼你！”老陈又说。

老张露着轻薄的神色笑道：

“日本的女儿，生来就是替男人开……心的呀！在他们德川时代，哪一个将军不是把酒与女人看成两件消遣品呢？你不要发痴了，要想替日本女人树贞节坊，那真是太开玩笑了！”

老陈一面蹙眉一面摇头道：“咳！这是怎么说，老张简直愈变愈下流了……正经地说吧，明天我们怎么样去法？”

老张眯着眼想了想道：“明早七点钟我来找你同去好了。”

“好吧！”老陈道：“你今天在这里吃晚饭吧！”

“不！”老张站起来说：“我还要去……看一个朋友，不打搅你了，明天会吧？”

“明天会！”老陈把老张送到门口回来，吃了晚饭，看了几页书，又写了两封家信就去睡了。

第二天七点钟时，老张果然跑来了。他们穿好衣服便一同到长泽一郎家里去，走到门口已看见两棵大樱花树，高出墙头，那上面花蕊异常稠密，现在只开了一小部分，但是已经很动人了。他们敲了两下门，长泽一郎已迎了出来，请他们在一间六铺席的客堂里坐下。不久，有一个十四五岁的女郎托着一个花漆的茶盘，里面放着三盏新茶，中间还有一把细磁的小巧茶壶放在他们围坐着的那张小矮几上，一面恭恭敬敬地说了一声“诸位请用茶。”那声音娇柔极了，不禁使老陈抬起头来，只见那女孩头上盘着松松的坠马髻，一张长圆形的脸上，安置着一个端正小巧的鼻子，鼻梁两旁一双日本人特有的水秀细长的眼睛，两片如花瓣的唇含着驯良的微笑——老陈心里暗暗地想道：这个女孩倒不错，只因初次见面不好意思有什么表示。但是老张却张大了眼睛，看着那女孩嘻嘻地笑道：“呵！这位贵嬢的相貌真漂亮！”

长泽一郎道：“多谢张样夸奖，这是我的小舍妹，今年才十四岁，年纪还小呢，她还有一个阿姊比她大四岁……”长泽一郎得意扬扬地夸说她的妹子，同时又看了陈样一眼，向老张笑了笑。老张便向他挤眉弄眼地暗传消息。

长泽一郎敬过茶后便站起来道：“我们可以到外面去看樱花吧！”

他们三个一同到了长泽一郎的小花园里，那是一个颇小而布置得有趣的花园；有玫瑰茶花的小花畦，在花畦旁还有几块假山石。长泽一郎同老张走到假山后面去了。这里只剩下老陈。他站在樱花树下，仰着头向上看时，只听见一阵推开玻璃窗的声音，跟着楼窗旁露出一个十八九岁少女的艳影。她身上穿着一件淡绿色大花朵的和服，腰间系了一根藕荷色的带子，背上背着一个绣花包袱，那面庞儿和适才看见的那个小女孩有些相像，但是比她更艳丽些。有一枝樱花正伸在玻璃窗旁，那女郎便伸出纤细而白嫩的手摘了一朵半开的樱花，放在鼻旁嗅了嗅，同时低头向老陈嫣然一笑。这真使老陈受宠若惊，连忙低下头装作没理会般。但是觉得那一刹那的印象竟一时抹不掉，不由自主地又抬起头来，而那个捻花微笑的女孩似乎害羞了，别转头去吃吃地笑，这些做作更使老陈灵魂儿飞上半天去了，不过老陈是一个很有操守的青年，而且他去年暑假才同他的爱人结婚，这一个诱惑其势来得太凶，使老陈不敢兜揽，赶紧悬崖勒马，离开这个危险的处所，去找老张他们。

走到假山后，正见他们两人坐在一张长凳上，见他来了，长泽一郎连忙站起来让坐，一面含笑说道："陈样看过樱花了吗？觉得怎么样？"

老陈应道："果然很美丽，尤其远看更好，不过没有梅花香味浓厚。"

"是的，樱花的好看只在它那如荼如火的富丽，再过几天我们可以到上野公园去看，那里樱花非常多，要是都开了，倒很有看头呢。"长泽一郎非常热烈地说着。

"那么很好，哪一天先生有工夫，我们再来相约吧。我们打搅了一早晨，现在可要告别了。"

"陈样事情很忙吧！那么我们再会吧！"

"再会！"老张老陈说着就离开了长泽一郎家里。在路上的时候，老张嬉皮笑脸地向老陈说道：

"名花美人两争艳，到底是哪一个更动心些呢？"老陈被他这一奚落不觉红了脸道："你满嘴里胡说些什么？"

"得了！别装腔吧！适才我们走出门的时候，还看见人家美目流盼地在送你呢？你念过词没有——'若问行人去哪边，眉眼盈盈处'。真算是为你们写真了。"

老陈急得连颈都红了道："你真是无中生有，越说越离奇，我现在还要到图书馆去，没工夫和你斗口，改日闲了，再同你慢慢地算账呢！"

“好吧！改天我也正要和你谈谈呢，那么这就分手——好好地当心你的桃花运！”老张狡狯地笑着往另一条路上去了。老陈就到图书馆里看了两点多钟的书，在外面吃过午饭后才回到寓所，正好他的妻子的信到了，他非常高兴拆开读后，便急急的写回信，写到正中，忽然间停住笔，早晨那一出剧景又浮上在心头，但是最后他只归罪于老张的爱开玩笑，一切都只是偶然的值不得什么。这么一想，他的心才安定下来，把其余的半封信续完，又看了些时候的书，就把这天混过去了。第二天是星期一，老早便起来到学校去，走到半路的时候，他忽然想起他到学校去的那条路是要经过长泽一郎的门口的，当他走到长泽一郎家的围墙时，那两棵樱花树枝在温暖的春风里微微向他点头，似乎在说“早安呵，先生！”这不禁使他站住了。正在这时候，那楼窗上又露出一张熟识的女郎笑靥来，那女郎向他微微点着头，同时伸手折了一枝盛开的樱花含笑地扔了下来，正掉在老陈的脚旁，老陈踌躇了一下，便捡了起来说了一声“谢谢，”又急急地走了。隐隐还听见女郎关玻璃窗的声音，老陈一路走一路捉摸，这果真是偶然吗？但是怎么这样巧，有意吗？太唐突人了。不过老张曾说过日本女人是特别驯良是特别没有身份的，也许是有意吧？管她呢，有意也吧，无意也吧，纵使“小”姑居处本无郎，而“使君自有妇”……或者是我神经过敏，那倒冤枉了人家，不过魔由自招，我明天以后换条路走好了。

过了三四天，老张又来找他，一进门便嚷道：

“老陈！你真是红鸾星照命呵！恭喜恭喜！”

“喂！老张，你真没来由，我哪里又有什么红鸾星照命，你不知道我已经结过婚吗？”

“自然！你结婚的时候还请我喝过喜酒，我无论如何不会把这件事忘了，可是谁叫你长得这么漂亮，人家一定要打你的主意，再三央告我做个媒，你想我受人之托怎好不忠人之事呢！”

“难道你不会告诉他我已经结过婚了吗？”老陈焦急地说。

“唉！我怎么没说过啊，不过人家说你们中国人有的是三房四妾，结过婚，再结一个又有什么要紧。只要分开两处住，不是也很好的吗？”老张说了这一番话，老陈更有些不耐烦了，便道：“老张，你这个人的思想竟是越来越落伍，这个三妻四妾的风气还应当保持到我们这种时代来吗？难道你还主张不要爱情的婚姻吗？你知道爱情是要有专一的美德的啊！”

“老陈，你慢慢的，先别急得脸红筋暴，做媒只管做，允不允还在你。其实我早就知道这事一定是碰钉子的，不过我要你相信我一向的话——日本女人是太没个性，没身份的，你总以为我刻薄，就拿你这回事说吧，长泽一郎为什么要请你看樱花，就是想叫你和他的妹妹见面。他很知道青年人是最易动情的，所以他让他妹妹向你卖尽风情，要使这婚事易于成功……”

“哦！原来如此啊！怪道呢！”

“你现在明白了吧！”老张插言道：“日本人家里只要有女儿，他便逢人就宣传这个女儿怎样漂亮，怎样贤慧，好像买卖人宣传他的货品一样，惟恐销不出去。尤其是他们觉得嫁给中国留学生是一个最好的机会，因为留学生家里多半有钱，而且将来回国后很容易得到相当的地位，并且中国女人也比较自由舒服。有了这些优点，他情愿把女儿给中国人做妾，而不愿为本国人的妻。所以留学生不和日本女人发生关系的可以说是很难得，而他们对于女人的贞操又根本没有这个观念。日本女人的性的解放在世界上可算首屈一指了，并且和她们发生关系之后，只要不生小孩，你便可以一点责任不负地走开，而那个女孩依然可以光明正大地嫁人。其实呢，讲到贞操本应男女两方面共同遵守才公平。如像我们中国人，专责备女人的贞操而男子眠花宿柳养情妇都不足为怪，倘使哪个女孩失去处女的贞洁便终身要为人所轻视，再休想抬头，这种残酷的不平等的习惯当然应当打破。不过像日本女人那样毫没有处女神圣的情感和尊严，也是太可怕的。唷！我是来做媒的，谁知道打开话匣子便不知说到哪里去了。怎么样，你是绝对否认的，是不是？”

“当然否认！那还成问题吗？”

“那么我的喜酒是喝不成了。好吧，让我给他一个回话，免得人家盼望着。”

“对了！你快些去吧！”

老张走后，老陈独自睡在地席上看着玻璃窗上静默的阳光，不禁把这件出乎意料的滑稽剧从头到尾想了一遍，心头不免有些不痛快。女权的学说尽管像海潮般涌了起来，其实只是为人类的历史装些好看的幌子，谁曾受到实惠？——尤其是日本女人，到如今还只幽囚在十八层的地狱里呵！难怪社会永远呈露着畸形的病态了！

（原载 1931 年《妇女杂志》第 1 卷第 5 号）

那个怯弱的女人

我们隔壁的那所房子，已经空了六七天了。当我们每天打开窗子晒阳光时，总有意无意地往隔壁看看。有时我们并且讨论到未来的邻居，自然我们希望有中国人来住，似乎可以壮些胆子，同时也热闹些。

在一天的下午，我们正坐在窗前读小说，忽见一个将近二十岁的男子经过我们的窗口，到后边去找那位古铜色面容而身体胖大的女仆说道：

“哦！大婶，那所房子每月要多少房租啊？”

“先生！你说是那临街的第二家吗？每月十六元。”

“是的，十六元，倒不贵，房主人在这里住吗？”

“你看那所有着绿顶白色墙的房子，便是房主人的家；不过他们现在都出去了。让我引你去看看吧！”

那个男人同着女仆看过以后，便回去了。那女仆经过我们的窗口，我不觉好奇地问道：

“方才租房子的那个男人是谁？日本人吗？”

“哦！是中国人，姓柯……他们夫妇两个……”

“他们已决定搬来吗？”

“是的，他们明天下午就搬来了。”

我不禁向建微笑道：“是中国人多好呵？真的，从前在国内时，我不觉得中国人可爱，可是到了这里，我真渴望多看见几个中国人！”

“对了！我也有这个感想；不知怎么的他们那副轻视的狡猾的眼光，使人看了再也不会舒服。”

“但是，建，那个中国人的样子，也不很可爱呢，尤其是他那撅起的一张嘴唇，和两颊上的横肉，使我有点害怕。倘使是那位温和的陈先生搬来住，又是多么好！建，我真感觉得此地的朋友太少了，是不是？”

“不错！我们这里简直没有什么朋友，不过慢慢的自然就会有的，比如隔壁那家将来一定可以成为我们的朋友！”

“建，不知他的太太是哪一种人？我希望她和我们谈得来。”

“对了！不知道他的太太又是什么样子？不过明天下午就可以见到了。”

说到这里，建依旧用心看他的小说；我呢，只是望着前面绿森森的丛林，幻想这未来的邻居。但是那些太没有事实的根据了，至终也不曾有一个明了的模型在我脑子里。

第二天的下午，他们果然搬来了，汽车夫扛着沉重的箱笼，喘着放在地席上，发出些许的呼声。此外还有两个男人说话和布置东西的声音。但是还不曾听见有女人的声音，我悄悄从竹篱缝里望过去，只看见那个姓柯的男人，身上穿了一件灰色的绒布衬衫，鼻梁上架了一副罗克式的眼镜，额前的头发蓬蓬的盖到眼皮，他不时用手往上梳掠，那嘴唇依然撅着，两颊上一道道的横肉，依然惹人害怕。

“建，奇怪，怎么他的太太还不来呢？”我转回房里对建这样说。建正在看书，似乎不很注意我的话，只“哦”了声道：“还没来吗？”

我见建的神气是不愿意我打搅他，便独自走开了。借口晒太阳，我便坐到窗口，正对着隔壁那面的竹篱笆。我只怔怔地盼望柯太太快来。不久，居然看见门前走进一个二十多岁的少妇；穿着一件紫色底子上面有花条的短旗袍，脚上穿的是一双黑色高跟皮鞋，剪了发，向两边分梳着。身子很矮小，脸子也长得平常，不过比柯先生要算强点。她手里提了一个白花布的包袱，走了进来。她的影子在我眼前撩过去以后，陡然有个很强烈的印象粘在我的脑膜上，一时也抹不掉——这便是她那双不自然的脚峰，和她那种移动呆板直撅的步法，仿佛是一个装着高脚走路的，木硬无生气。这真够使人不痛快。同时在她那脸上，近俗而简单的表情里，证明她只是一个平凡得可以的女人，很难引起谁对她发生什么好感，我这时真是非常的扫兴！

建，他现在放了书走过来了。他含笑说：

“隐，你在思索什么？隔壁的那个女人来了吗？”

“来是来了，但是呵……”

“但是怎么样？是不是样子很难惹？还是过分的俗不可耐呢？”

我摇头应道：“难惹倒不见得，也许还是一个老好人。然而离我的想象太远了，我相信我永不会喜欢她的。真的！建，你相信吗？我有一种可以自傲的本领，我能在见任何人的第一面时，便已料定那人和我将来的友谊是怎样的。我举不出什么了不起的理由；不过最后事实总可以证明我的直觉是对的。”

建听了我的话，不回答什么，只笑笑，仍回到他自己的屋子里去了。

我的心怏怏的，有一点思乡病。我想只要我能回到那些说得来的朋友面前，便满足了。我不需要更多认识什么新朋友，邻居与我何干？我再也不愿关心这新来的一对，仿佛那房子还是空着呢！

几天平平安安的日子过去了。大家倒能各自满意。忽然有一天，大约是星期一吧，我因为星期日去看朋友，回来很迟。半夜里肚子疼起来，星期一早晨便没有起床。建为了要买些东西，到市内去了。家里只剩我独自一个，静悄悄地正是好睡。陡然一个大闹声，把我从梦里惊醒，竟自出了一身冷汗。我正在心跳着呢，那闹声又起来了。先是砰磅砰磅地响，仿佛两个东西在扑跌；后来就听见一个人被捶击的声音，同时有女人尖锐的哭喊声：

“哎唷！你打死人了！打死人了！”

呀！这是怎样可怕的一个暴动呢？我的心更跳得急，汗珠儿沿着两颊流下来，全身打颤。我想，“打人……打死人了！”唉！这是多么严重的事情！然而我没有胆量目击这个野蛮的举动。但隔壁女人的哭喊声更加凄厉了。怎么办呢？我听出是那个柯先生在打他矮小的妻子。不问谁是有理，但是女人总打不过男人；我不觉有些愤怒了。大声叫道：“野蛮的东西！住手！在这里打女人，太不顾国家体面了呀！……”但是他们的打闹哭喊声竟压过我这微弱的呼喊。我正在想从被里跳起来的时候，建正好回来了。我便叫道：“隔壁在打架，你快去看看吧！”建一面踌躇，一面自言自语道：“这算是干什么的呢？”我不理他，又接着催道：“你快去呀！你听，那女人又在哭喊打死人了……”建被我再三催促，只得应道：“我到后面找那个女仆一同去吧！我也是奈何不了他们。”

不久就听见那个老女仆的声音道："柯样！这是为什么？不能，不能，你不可以这样打你的太太！"捶击的声音停了，只有那女人呜咽悲凉的高声哭着。后来仿佛听见建在劝解柯先生，叫柯先生到外面散散步去。他们两人走了。那女人依然不住声地哭。这时那女仆走到我们这边来了，她满面不平地道："柯样不对……他的太太真可怜！你们中国也是随便打自己的妻子吗？"

"不！"我含羞地说道："这不是中国上等人能做出来的行为，他大约是疯子吧！"老女仆叹息着走了。

隔壁的哭声依然继续着。使得我又烦躁又苦闷。掀开棉被，坐起来，披上一件大衣，把头发拢拢。就跑到隔壁去。只见那位柯太太睡在四铺地席的屋里，身上盖着一床红绿道的花棉被，两泪交流地哭着。我坐在她身旁劝道："柯太太，不要伤心了！你们夫妻间有什么不了的事呢？"

"哎唷！黄样，你不知道，我真是一个苦命的人呵！我的历史太悲惨了，你们是写小说的人，请你们替我写写。哎！我是被人骗了哟！"

她无头无尾地说了这一套，我简直如堕入五里雾中，只怔怔地望着她，后来我就问她道：

"难道你家里没有人吗？怎么他们不给你做主？"

"唉！黄样，我家里有父亲，母亲，还有哥哥嫂嫂，人是很多的。不过这其中有一个缘故，就是我小的时候我父亲替我定下了亲，那是我们县里一个土财主的独子。他有钱，又是独子，所以他的父母不免太纵容了他，从小就不好生读书，到大了更是吃喝嫖赌不成材料。那时候我正在中学读书，知识一天一天开了。渐渐对于这种婚姻不满意。到我中学毕业的时候，我就打算到外面来升学。同时我非常不满意我的婚姻，要请求取消婚约。而我父亲认为这个婚姻对于我是很幸福的，就极力反对。后来我的两个堂房侄儿，他们都是受过新思潮洗礼的，对于我这种提议倒非常表同情。并且答应帮助我，不久他们到日本来留学，我也就随后来了。那时日本的生活，比现在低得多，所以他们每月帮我三四十块钱，我倒也能安心读书。"

"但是不久我的两个侄儿都不在东京了。一个回国服务，一个到九州进学校去了。只剩下我一个人在东京。那时我是住在女生寄宿舍里。当我侄儿临走的时候，他便托付了一位同乡照应我，就是柯先生，所以我们便常常见面，并且我有什么疑难事，总是去请教他，请他帮忙。而他也非常殷勤地照顾我。

唉！黄样！你想我一个天真烂漫的女孩，哪里有什么经验？哪里猜到人心是那样险诈……”

“在我们认识了几个月之后，一天，他到寄宿舍来看我，并且约我到井之头公园去玩。我想同个朋友出去逛逛公园，也是很平常的事，没有理由拒绝人家，所以我就和他同去了。我们在井之头公园的森林里的长椅上坐下，那里是非常寂静，没有什么游人来往，而柯先生就在这种时候开始向我表示他对我的爱情——唉！说的那些肉麻话，到现在想来，真要脸红。但在那个时候，我纯洁的童心里是分别不出什么的，只觉得承他这样的热爱，是应当有所还报的。当他要求和我接吻时，我就对他说：‘我一个人跑到日本来读书，现在学业还没有成就，哪能提到婚姻上去？即使要提到这个问题，也还要我慢慢想一想；就是你，也应当仔细思索思索。’他听了这话，就说道：‘我们认识已经半年了，我认为对你已十分了解，难道你还不了解我吗？’那时他仍然要求和我接吻，我说你一定要吻就吻我的手吧；而他还是坚持不肯。唉，你想我一个弱女子，怎么强得过他，最后是被他占了胜利，从此以后，他向我追求得更加厉害。又过了几天，他约我到日光去看瀑布，我就问他：‘当天可以回来吗？’他说：‘可以的。’因此我毫不迟疑的便同他去了。谁知在日光玩到将近黄昏时，他还是不肯回来，看看天都快黑了，他才说：‘现在已没有火车了，我们只好在这里过夜吧！’我当时不免埋怨他，但他却做出种种哀求可怜的样子，并且说：‘倘使我再拒绝他的爱，他立即跳下瀑布去。’唉！这些恐吓欺骗的话，当时我都认为是爱情的保障，后来我就说：‘我就算答应你，也应当经过正当的手续呵！’他于是就发表他对于婚姻制度的意见，极力毁诋婚姻制度的坏习，结局他就提议我们只要两情相爱，随时可以共同生活。我就说：‘倘使你将来负了我呢？’他听了这话立即发誓赌咒，并且还要到铁铺里去买两把钢刀，各人拿一把，倘使将来谁背叛了爱情，就用这刀取掉谁的生命。我见这种信誓旦旦的热烈情形，简直不能再有所反对了，我就说：‘只要你是真心爱我，那倒用不着要刀弄枪的，不必买了吧！’他说，‘只要你允许了我，我就一切遵命。’”

“这一夜我们就找了一家旅馆住下，在那里我们私自结了婚。我处女的尊严，和未来的光明，就在沉醉的一刹那中失掉了。”

“唉！黄样……”

柯太太述说到这里，又禁不住哭了。她呜咽着说："从那夜以后，我便在泪中过日子了！因为当我同他从日光回来的时候，他仍叫我回女生寄宿舍去，我就反对他说：'那不能够，我们既已结了婚，我就不能再回寄宿舍去过那含愧疚心的生活。'他听了这话，就变了脸说：'你知道我只是一个学生，虽然每月有七八十元的官费，但我还须供给我兄弟的费用。'在这种情形之下，我不免气愤道：'柯泰南，你是个男子汉，娶了妻子能不负养活的责任吗？当时求婚的时候，你不是说我以后的一切事都由你负责吗？'他被我问得无言可答，便拿起帽子走了，一去三四天不回来，后来由他的朋友出来调停，才约定在他没有毕业的时候，我们的家庭经济由两方彼此分担——在那时节我侄儿还每月寄钱来，所以我也就应允了。在这种条件之下，我们便组织了家庭。唉！这只是变形的人间地狱呵，在我们私自结婚的三个月后，我家里知道这事，就写信给我，叫我和柯泰南非履行结婚的手续不可。同时又寄了一笔款作为结婚时的费用；由我的侄儿亲自来和柯办交涉。柯被迫无法，才勉强行过结婚礼。在这事发生以后，他对我更坏了。先是骂，后来便打起来了。哎！我头一个小孩怎么死的呵？就是因为在我怀孕八个月的时候，他把我打掉了的。现在我又已怀孕两个月了，他又是这样将我毒打。你看我手臂上的伤痕！"

柯太太说到这里，果然将那紫红的手臂伸给我看。我禁不住一阵心酸，也陪她哭起来。而她还在继续地说道："唉！还有多少的苦楚，我实在没心肠细说。你们看了今天的情形，也可以推想到的。总之，柯泰南的心太毒，到现在我才明白了，他并不是真心想同我结婚，只不过拿我要耍罢了！"

"既是这样，你何以不自己想办法呢？"我这样对她说了。

她哭道："可怜我自己一个钱也没有！"

我就更进一步地对她说道："你是不是真觉得这种生活再不能维持下去？"

她说："你想他这种狠毒，我又怎么能和他相处到老？"

"那么，我可要说一句不客气的话了，"我说，"你既是在国内受过相当的教育，自谋生计当然也不是绝对不可能，你就应当为了你自身的幸福，和中国女权的前途，具绝大的勇气，和这恶魔的环境奋斗，干脆找个出路。"

她似乎被我的话感动了，她说："是的，我也这样想过，我还有一个堂房的姊姊，她在京都，我想明天先到京都去，然后再和柯泰南慢慢地说话！"

我握住她的手道："对了！你这个办法很好！在现在的时代，一个受教育有自活能力的女人，再去忍受从前那种无可奈何的侮辱，那真太没出息了。我想你也不是没有思想的女人，纵使离婚又有什么关系？倘使你是决定了，有什么用着我帮忙的地方，我当尽力！"

说到这里，建和柯泰南由外面散步回来了。我不便再说下去，就告辞走了。

这一天下午，我看见柯太太独自出去了，直到深夜才回来。第二天我趁柯泰南不在家时，走过去看她，果然看见地席上摆着捆好的行李和箱笼，我就问道："你吃了饭吗？"

她说："吃过了，早晨剩的一碗粥，我随便吃了几口。唉！气得我也不想吃什么！"

我说："你也用不着自己戕贼身体，好好地实行你的主张便了。你几时走？"

她正伏在桌上写行李上的小牌子，听见我问她，便抬头答道："我打算明天乘早车走！"

"你有路费吗？"我问她。

"有了，从这里到京都用不了多少钱，我身上还有十来块钱。"

"希望你此后好好努力自己的事业，开辟一个新前途，并希望我们能常通消息。"我对她说到这里，只见有一个男人来找她——那是柯泰南的朋友，他听见他们夫妻决裂，特来慰问的。我知道再在那里不便，就辞了回来。

第二天我同建去看一个朋友，回来的时候，已经下午七点了。走过隔壁房子的门外，忽听有四五个人在谈话，而那个捆好了行李，决定今早到京都去的柯太太，也还是谈话会中之一员。我不免低声对建说："奇怪，她今天怎么又不走了？"

建说："一定他们又讲和了！"

"我可不能相信有这样的事！并不是两个小孩子吵一顿嘴，隔了会儿又好了！"我反对建的话。但是建冷笑道："女孩儿有什么胆量？有什么独立性？并且说实在话，男人离婚再结婚还可以找到很好的女子，女人要是离婚再嫁可就难了！"

建的话何尝不是实情，不过当时我总不服气，我说："从前也许是这样，可是现在的时代不是从前的时代呵！纵使一辈子独身，也没有什么关系，总强似受这种的活罪。哼！我不瞒你说，要是我，宁愿给人家去当一个佣人，却不甘心受他的这种凌辱而求得一碗饭吃。"

"你是一个例外；倘使她也像你这么有志气，也不至于被人那样欺负了。"

"得了，不说吧！"我拦住建的话道："我们且去听听他们开的什么谈判。"

似乎是柯先生的声音，说道："要叫我想办法，第一种就是我们干脆离婚。第二种就是她暂时回国去，每月生活费，由我寄日金二十元，直到她分娩两个月以后为止。至于以后的问题，到那时候再从长计议。第三种就是仍旧维持现在的样子，同住下去，不过有一个条件，我的经济状况只是如此，我不能有丰富的供给，因此她不许找我麻烦。这三种办法随她选一种好了。"

但是没有听见柯太太回答什么，都是另外诸个男人的声音，说道："离婚这种办法，我认为你们还不到这地步。照我的意思，还是第二种比较稳当些。因为现在你们的感情虽不好，也许将来会好，所以暂时隔离，未尝没有益处，不知柯太太的意思以为怎样？"

"你们既然这样说，我就先回国好了。只是盘费至少要一百多块钱才能到家，这要他替我筹出来。"

这是柯太太的声音，我不禁哎了一声。建接着说："是不是女人没有独立性？她现在是让步了，也许将来更让一步，依旧含着苦痛生活下去呢！"

我也不敢多说什么了，因为我也实在不敢相信柯太太做得出非常的举动来，我只得自己解嘲道："管她三七二十一，真是吹皱一池春水，干卿底事？我们去睡了吧。"

他们的谈判直到夜深才散。第二天我见着柯太太，我真有些气不过，不免讥讽她道："怎么昨天没有走成呢？柯太太，我还认为你已到了京都呢！"她被我这么一问，不免红着脸说："我已定规月底走！"

"哦，月底走！对了，一切的事情都是慢慢的预备，是不是？"她真羞得抬不起头来，我心想饶了她吧，这只是一个怯弱的女人罢了。

果然建的话真应验了，已经过了两个多月，她还依然没走。

"唉！这种女性！"我最后发出这样叹息了，建却含着胜利的笑……

（原载 1931 年《妇女杂志》第 1 卷第 6 号）

柳岛之一瞥

我到东京以后，每天除了上日文课以外，其余的时间多半花在漫游上。并不是一定自命作家，到处采风问俗；只是为了满足我的好奇心，同时又因为我最近的三四年里，困守在旧都的灰城中，生活太单调，难得有东来的机会，来了自然要尽量地享受了。

人间有许多秘密的生活，我常抱有采取各种秘密的野心。但据我想象最秘密而且最足以引起我好奇心的，莫过于娼妓的生活。自然这是因为我没有逛妓女的资格，在那些惯于章台走马的王孙公子们看来，那又算得什么呢?

在国内时，我就常常梦想：哪一天化装成男子，到妓馆去看看她们轻颦浅笑的态度，和纸迷金醉的生活，也许可以从那里发现些新的人生。不过，我的身材太矮小，装男子不够格，又因为中国社会太顽固，不幸被人们发见，不一定疑神疑鬼的加上些什么不堪的推测。我存了这个怀惧，绝对不敢轻试。在日本的漫游中，我又想起这些有趣的探求来。有一天早晨，正是星期日，补习日文的先生有事不来上课，我同建坐在六铺席的书房间，秋天可爱的太阳，晒在我们微感凉意的身上；我们非常舒适的看着窗外的风景。在这个时候，那位喜欢游逛的陆先生从后面房子里出来，他两手插在磨光了的斜纹布的裤袋里，拖着木屐，走近我们书屋的窗户外，向我们用日语问了早安，并且说道：“今天天气太好了，你们又打算到哪里去玩吗？”

“对了，我们很想出去，不过这附近的几处名胜，我们都走遍了，最好再发现些新的；陆样，请你替我们做领导，好不好？”建回答说。

陆样哦了一声，随即仰起头来，向那经验丰富的脑子里，搜寻所谓好玩的地方，而我忽然心里一动，便提议道："陆样，你带我们去看看日本娼妓生活吧！"

"好呀！"他说："不过她们非到四点钟以后是不做生意的，现在去太早了。"

"那不要紧，我们先到郊外散步，回来吃午饭，等到三点钟再由家里出发，不就正合适了吗？"我说。建听见我这话，他似乎有些诧异，他不说什么，只悄悄地瞟了我一眼。我不禁说道："怎么，建，你觉得我去不好吗？"建还不曾回答。而陆样先说道："那有什么关系，你们写小说的人，什么地方都应当去看看才好。"建微笑道："我并没有反对什么，她自己神经过敏了！"我们听了这话也只好一笑算了。

午饭后，我换了一件西式的短裙和薄绸的上衣。外面罩上一件西式的夹大衣，我不愿意使她们认出我是中国人。日本近代的新妇女，多半是穿西装的。我这样一打扮，她们绝对看不出我本来的面目。同时，陆样也穿上他那件蓝地白花点的和服，更可以混充日本人了。据陆样说日本上等的官妓，多半是在新宿这一带，但她们那里门禁森严，女人不容易进去。不如到柳岛去。那里虽是下等娼妓的聚合所，但要看她们生活的黑暗面，还是那里看得逼真些。我们都同意到柳岛去。我的手表上的短针正指在三点钟的时候，我们就从家里出发，到市外电车站搭车，柳岛离我们的住所很远，我们坐了一段市外电车，到新宿又换了两次的市内电车才到柳岛。那地方似乎是东京最冷落的所在，当电车停在最后一站——柳岛驿——的时候，我们便下了车。当前有一座白石的桥梁，我们经过石桥，没着荒凉的河边前进，远远看见几根高矗云霄的烟筒，据说那便是纱厂。在河边接连都是些简陋的房屋，多半是工人们的住家。那时候时间还早，工人们都不曾下工。街上冷冷落落的只有几个下女般的妇人，在街市上来往地走着。我虽仔细留心，但也不曾看见过一个与众不同的女人。我们由河岸转弯，来到一条比较热闹的街市，除了几家店铺和水果摊外，我们又看见几家门额上挂着"待合室"牌子的房屋。那些房屋的门都开着，由外面看进去，都有一面高大的穿衣镜，但是里面静静的不见人影。我不懂什么叫做"待合室"，便去问陆样。他说，这样"待合室"专为一般嫖客，在外面钓上了妓女之后，便邀着到那里去开房间。我们正在谈论着，忽见对面走来一个姿容妖艳的女人，脸上涂着极厚的白粉，鲜红的嘴唇，细弯的眉梢，头上梳的是蟠龙髻；穿着一件藕荷色绣着凤鸟的和服，前胸袒露着，同头项一样的僵白，真仿佛是大理石雕刻的假人，一些也没有肉色的鲜活。她用手提着衣襟的下幅，姗姗地走来。陆样忙道："你们看，这便是妓女了。"我便问他怎么看得出来。他说："你们看见她用手提着衣襟吗？她穿的是结婚时的礼服，因为她们天天要和人结婚，所以天天都要穿这种礼服，这就是她们的标识了。"

"这倒新鲜！"我和建不约而同地这样说了。

穿过这条街，便来到那座"龟江神社"的石牌楼前面。陆样告诉我们这座神社是妓女们烧香的地方，同时也是她们和嫖客勾诱的场合。我们走到里面，果见正当中有一座庙，神龛前还点着红蜡和高香，有几个艳装的女人在那里虔诚顶礼呢。庙的四面布置成一个花园的形式，有紫藤花架，有花池，也有石鼓形的石凳。我们坐在石凳上休息，见来往的行人渐渐多起来，不久工厂放哨了。工人们三五成群从这里走过。太阳也已下了山，天色变成淡灰，我们就到附近中国料理店吃了两碗荞麦面，那时候已快七点半了。陆样说："正是时候了，我们去看吧。"我不知为什么有些胆怯起来，我说："她们看见了我，不会和我麻烦吗？"陆样说："不要紧，我们不到里面去，只在门口看看也就够了。"我虽不很满意这种办法，可是我也真没胆子冲进去，只好照陆样的提议做了。我们绕了好几条街，好容易才找到目的地，一共约有五六条街吧，都是一式的白木日本式的楼房，陆样和建在前面开路，我像怕猫的老鼠般，悄悄怯怯地跟在他俩的后面。才走进那胡同，就看见许多阶级的男人——有穿洋服的绅士，有穿和服的浪游者；还有穿制服的学生，和穿短衫的小贩。人人脸上流溢着欲望的光炎，含笑地走来走去。我正不明白那些妓人都躲在什么地方，这时我已来到第一家的门口了。那纸隔扇的木门还关着。但再一仔细看，每一个门上都有两块长方形的空隙处，就在那里露出一个白石灰般的脸，和血红的唇的女人的头。谁能知道这时她们眼里是射的哪种光？她们门口的电灯特别的阴暗，陡然在那淡弱的光线下，看见了她们故意做出的娇媚和淫荡的表情的脸；禁不住我的寒毛根根竖了起来。我不相信这是所谓人间，我仿佛曾经经历过一个可怕的梦境：我觉得被两个鬼卒牵到地狱里来。在一处满是脓血腥臭的院子里，摆列着无数株艳丽的名花，这些花的后面，都藏着一个缺鼻烂眼，全身毒疮溃烂的女人。她们流着泪向我望着，似乎要向我诉说什么；我吓得闭了眼不敢抬头。忽然那两个鬼卒，又把我带出这个院子！在我回头再看时，那无数株名花不见踪影，只有成群男的女的骷髅，僵立在那里。“呀！”我为惊怕发出惨厉的呼号，建连忙回头问道：“隐，你怎么了？……快看，那个男人被她拖进去了。”这时我神志已渐清楚，果然向建手所指的那个门看去，只见一个穿西服的男人，用手摸着那空隙处露出来的脸，便听那女人低声喊道：“请，哥哥……洋哥哥来玩玩吧！”那个男人一笑，木门开了一条缝，一只纤细的女人的手伸了出来，把那个男人拖了进去。于是木门关上，那个空隙处的纸帘也放下来了，里面的电灯也灭了……

我们离开这条胡同，又进了第二条胡同，一片“请呵，哥哥来玩玩”的声音，在空气中震荡。假使我是个男人，也许要觉得这娇媚的呼声里，藏着可以满足我欲望的快乐，因此而魂不守舍的跟着她们这声音进去的吧。但是实际我是个女人，竟使那些娇媚的呼声，变了色彩。我仿佛听见她们在哭诉她们的屈辱和悲惨的命运。自然这不过是我的神经作用。其实呢，她们是在媚笑，是在挑逗，引动男人迷荡的心。最后她们得到所要求的代价了。男人们如梦初醒地走出那座木门，她们重新在那里招徕第二个主顾。我们已走过五条胡同了。当我们来到第六条胡同口的时候，看见第二家门口走出一个穿短衫的小贩。他手里提着一根白木棍，笑迷迷的，似乎还在那里回味什么迷人的经过似的。他走过我们身边时，向我看了一眼，脸上露出惊诧的表情，我连忙低头走开。但是最后我还逃不了挨骂。当我走到一个没人照顾的半老妓女的门口时，她正伸着头在叫“来呵！可爱的哥哥，让我们快乐快乐吧！”一面她伸出手来要拉陆样的衣袖。我不禁“呀”了一声——当然我是怕陆样真被她拖进去，那真太没意思了。可是她被我这一声惊叫，也吓了一跳，等到仔细认清我是个女人时，她竟恼羞成怒地骂起我来。好在我的日本文不好，也听不清她到底说些什么，我只叫建快走，我逃出了这条胡同，便问陆样道：“她到底说些什么？”陆样道：“她说你是个摩登女人，不守妇女清规，也跑到这个地方来逛，并且说你有胆子进去吗？”这一番话，说来她还是存着忠厚呢！我当然不愿怪她，不过这一来我可不敢再到里边去了。而陆样和建似乎还想再看看。他们说：“没关系，我们既来了，就要看个清楚。”可是我极力反对，他们只好随我回来了。在归途上，我问陆样对于这一次漫游的感想，他说："当我头一次看到这种生活时，的确心里有些不舒服；不过看过几次之后，也就没有什么了。"建他是初次看，自然没有陆样那种镇静，不过他也不像我那样神经过敏。我从那里回来以后，差不多一个月里头每一闭眼就看见那些可怕的灰白脸，听见含着罪恶的"哥哥！来玩"的声音。这虽然只是一瞥，但在心幕上已经留下不可磨灭的印象了！

（原载 1931 年《妇女杂志》第 1 卷第 7 号）

烈士夫人

异国的生涯，使我时时感到陌生和飘泊。自从迁到市外以来，陈样和我们隔得太远，就连这唯一的朋友也很难有见面的机会。我同建只好终日幽囚在几张席子的日本式的房屋里读书写文章——当然这也是我们的本分生活，一向所企求的，还有什么不满足，不过人总是群居的动物，不能长久过这种单调的生活而不感到不满意。

在一天早饭后，我们正在那临着草原的窗子前站着——这一带的风景本不坏，远远有滴翠的群峰，稍近有万株矗立的松柯，草原上虽仅仅长些蓼荻同野菊，但色彩也极鲜明，不过天天看，也感不到什么趣味。我们正发出无聊的叹息时，忽见，从松林后面转出一位中年以上的女人。她穿着黑色白花纹的和服，拖着木屐往我们的住所的方向走来，渐渐近了，我们认出正是那位嫁给中国人的柯太太。唉！这真仿佛是那稀有而陡然发现的空谷足音，使我们惊喜了，我同建含笑地向她点头。

来到我们屋门口，她脱了木屐上来了，我们请她在矮几旁的垫子上坐下，她温和地说："怎么，你们住得惯吗？"

"还算好，只是太寂寞些。"我有些怅然地说。

"真的，"建接着说："这四周都是日本人，我们和他们言语不通，很难发生什么关系。"

柯太太似乎很了解我们的苦闷，在她沉思以后，便替我们出了以下的一条计策。她说："我方才想起在这后面西川方里住着一位老太婆，她从前曾嫁给一个四川人，她对于中国人非常好，并且她会煮中国菜，也懂得几句中国话。她原是在一个中国人家里帮忙，现在她因身体不好，暂且在这里休息。我可以去找她来，替你们介绍，以后有事情尽可请她帮忙。”

“那真好极了，就是又要麻烦柯太太了！”我说。

“哦，那没有什么，黄样太客气了，”柯太太一面谦逊着，一面站起来，穿了她的木屐，绕过我们的小院子，往后面那所屋里去。我同建很高兴地把坐垫放好，我又到厨房打开瓦斯管，烧上一壶开水。一切都安派好了，恰好柯太太领着那位老太婆进来——她是一个古铜色面孔而满嘴装着金牙的硕胖的老女人，在那些外表上自然引不起任何人的美感，不过当她慈和同情的眼神射在我们身上时，便不知不觉想同她亲近起来。我们请她坐下，她非常谦恭伏在席上向我们问候。我们虽不能直接了解她的言辞，但那种态度已够使我们清楚她的和蔼与厚意了。我们请柯太太当翻译随意地谈着。

在这一次的会见之后，我们的厨房里和院子中便时常看见她那硕大而和蔼的身影。当然，我对于煮饭洗衣服是特别的生手，所以饭锅里发出焦臭的气味，和不曾拧干的衣服，从晒竿上往下流水等一类的事情是常有的。每当这种时候，全亏了那位老太婆来解围。

那一天上午因为忙着读一本新买来的日语文法，煮饭的时候完全“心不在焉”，直到焦臭的气味一阵阵冲到鼻管时，我才连忙放下书，然而一锅的白米饭，除了表面还有几颗淡黄色的米粒可以辨认，其余的简直成了焦炭。我正在不知所措的时候，那位老太婆也为着这种浓重的焦臭气味赶了来。她不说什么，立刻先把瓦斯管关闭，然后把饭锅里的饭完全倾在铅筒里，把锅拿到井边刷洗干净；这才重新放上米，小心地烧起来。直到我们开始吃的时候，她才含笑地走了。

我们在异国陌生的环境里，居然遇到这样热肠无私的好人，使我们忘记了国籍，以及一切的不和谐，常想同她亲近。她的住室只和我们隔着一个小院子。当我们来到小院子里汲水时，便能看见她站在后窗前向我们微笑；有时她也来帮我，抬那笨重的铅筒，有时闲了，她便请我们到她房里去坐，于是她从橱里拿出各式各种的糖食来请我们吃，并教我们那些糖食的名辞；我们也教她些中国话。就在这种情形之下，大家渐渐也能各抒所怀了。

在一个星期六的下午，建同我都不到学校去。天气有些阴，阵阵初秋的

凉风吹动院子里的小松树，发出竦竦的响声。我们觉得有些烦闷，但又不想出去，我便提议到附近点心铺里买些食品，请那位老太婆来吃茶；既可解闷，又应酬了她。建也赞成这个提议。

不久我们三个人已团团围坐在地席上的一张小矮几旁，喝着中国的香片茶。谈话的时候，我们便问到她的身世，我们自从和她相识以来，虽然已经一个多月了，而我们还不知道她的姓名，平常只以“オォバサン”（伯母之意）相称。当这个问题发出以后，她宁静的心不知不觉受了撩拨，在她充满青春余辉的眸子中宣示了她一向深藏的秘密。

“我姓斋滕，名叫半子，”她这样的告诉我们以后，忽然由地席上站了起来，一面向我鞠躬道：“请二位稍等一等，我去取些东西给你们看。”她匆匆地去了。建同我都不约而同地感到一种新奇的期待，我们互相沉默地猜想着等候她。约莫过了十分钟她回来了，手里拿着一个淡灰色绵绸的小包，放在我们的小茶几上。于是我们重新围着矮几坐下，她珍重地将那绵绸包袱打开，只见里面有许多张的照片，她先拣了一张四寸半身的照相递给我们看，一面叹息着道：“这是我二十三年前的小照，光阴比流水还快，唉，现在已这般老了。你们看我那时是多么有生机？实在的，我那时有着青春的娇媚——虽然现在是老了！”我听了她的话，心里也不免充满无限的惆惘，默然地看着她青春时的小照。我仿佛看见可怕的流光的锤子，在捣毁一切青春的艺术。现在的她和从前的她简直相差太远了，除了脸的轮廓还依稀保有旧时的样子，其余的一切都已经被流光伤害了。那照片中的她，是一个细弱的身材，明媚的目睛，温柔的表情，的确可以使一般青年沉醉的，我正在呆呆地痴想时，她又另递给我一张两人的合影；除了年青的她以外，身旁边站着一个英姿焕发的中国青年。

“这位是谁？”建很质直地问她。

“哦，那位吗？就是我已死去的丈夫呵！”她答着话时，两颊上露出可怕的惨白色，同时她的眼圈红着。我同建不敢多向她看，连忙想用别的话混过去，但是她握着我的手，悲切地说道：“唉，他是你们贵国一个可钦佩的好青年呢，他抱着绝大的志愿，最后他是做了黄花岗七十二个烈士中的一个——他死的时候仅仅二十四岁呢，也正是我们同居后的第三年……”

老太婆说到这些事上，似乎受不住悲伤回忆的压迫，她低下头抚着那些相片，同时又在那些相片堆里找出一张六寸的照相递给我们看道：“你看这个小孩怎样？”我拿过照片一看，只见是个十五六岁的男孩，穿着学生装，含笑地站在那里，一双英敏的眼眸很和那位烈士相像，因此我一点不迟疑地说道：“这就是你们的少爷吗？”她点头微笑道：“是的，他很有他父亲的气概咧。”

“他现在多大了，在什么地方住，怎么我们不曾见过呢？”

“唉！”她叹了一口气道：“他今年二十一岁了，已经进了大学，但是，”说到这里，她的眼皮垂下来了，鼻端不住地掀动，似乎正在那里咽她的辛酸泪液；这使我觉得窘迫了，连忙装作拿开水对茶，走出去了！建也明白我的用意，站起来到外面屋子里去拿点心；过了些时，我们才重新坐下，请她喝茶，吃糖果，她向我们叹口气道：“我相信你们是很同情我的，所以我情愿将我的历史告诉你们。”

“我家里的环境，一向都不很宽裕，所以在我十八岁的时候，我便到东京来找点职业做。后来遇到一个朋友，他介绍我在一个中国人的家里当使女，每月有十五块钱的工资，同时吃饭住房子都不成问题。这是对于我很合宜的，所以就答应下来。及至到了那里，才知道那是两个中国学生合组的贷家，他们没有家眷，每天到大学里去听讲，下午才回来。事情很简单，这更使我觉得满意，于是就这样答应下来。我从此每天为他们收拾房间，煮饭洗衣服，此外有的是空闲的时间，我便自己把从前在高等学校所读过的书温习温习，有时也看些杂志，遇到不明白的地方，常去请求那两位中国学生替我解释。他们对于我的勤勉，似乎都很为感动，在星期日没有什么事情的时候，便和我谈论日本的妇女问题，等等。这两个青年中有一位姓余的，他是四川人，对我更觉亲切。渐渐的我们两人中间就发生了恋爱，不久便在东京私自结了婚。我们自从结婚后，的确过着很甜蜜的生活，所使我们觉得美中不满足的，就是我的家族不承认这个婚姻，因此我们只能过着秘密的结婚生活。两年后我便怀了孕，而余君便在那一年的暑假回国。回国以后，正碰到中国革命党预备起事的时期，他为了爱祖国，不顾一切地加入工作，所以暑假后他就不曾回日本来。过了半年多，便接到黄花岗七十二烈士遭难的消息，而他的噩耗也同时传了来。唉！可怜我的小孩，也就在他死的那一个月中诞生了。唉！这个可怜的一生下来就没有父亲的小孩，叫我怎样安排？而且我的家族既不承认我和余君的婚姻，那么这个小孩简直就算是个私生子，绝不容我把他养在身边。我没有办法，恰好我的妹子和妹夫来看我，见了这种为难，就把孩子带回去作为她的孩子了。从此以后，我的孩子便姓了我妹夫的姓，与我断绝母子关系；而我呢，仍在外面帮人家做事，不知不觉已过了二十多年……”

“呵，原来她还是烈士夫人呢！”建悄悄地对我说。

“可不是吗？……但她的境遇也就够可怜了。”我说。

建和我都不免为她叹息，她似乎很感激我们对她的同情，紧紧握着我的手，好久才说道：“你们真好呵！”一面含笑将绸包收起告辞走了。

过了两个月，天气渐渐冷了，每天自己做饭洗碗够使人麻烦的，我便和建商议请那位烈士夫人帮帮我们。但我们经济很穷，只能每月出一半的价钱，不知道她肯不肯就近帮帮忙，因此我便去找柯太太请她代我们接洽。

那时柯太太正坐在回廊晒太阳，见我们来了，便让我们也坐在那里谈话，于是我便把来意告诉她。柯太太笑了笑道：“这正太不巧……不然的话那个老太婆为人极忠厚，绝不会不帮你们的。不过现在她正预备嫁人，恐怕没有工夫吧！”

“呀，嫁人吗？”我不禁陡然地惊叫起来道：“这真是想不到的事，她现在将近五十岁的人，怎么忽然间又思起凡来呢？”

柯太太听了这话也不禁笑了起来，但同时又叹了一口气道：“自然，她也有她的苦痛，照我看来，以为她既已守了二十多年寡，断不至再嫁了。不过，她从前的结婚始终是不曾公布的，她娘家父母仍认为她没有结婚，并且余先生家里她势不能回去。而她的年纪渐渐老上来，孤孤单单一个无依无靠的人，将来死了都找不到归宿，所以她现在决定嫁了。”

“嫁给什么人？”建问。

“一个日本老商人，今年有五十岁吧！”

“倒也是个办法！”建含笑地说。

他这句话不知为什么惹得我们全笑起来。我们谈到这里，便告辞回去。在路上恰好遇见那位烈士夫人，据说她本月就要结婚，但她脸上依然憔悴颓败，再也看不出将要结婚的喜悦来。

真的，人们都传说，“她是为了找死所而结婚呢！”呵！妇女们原来还有这种特别的苦痛！

（原载 1931 年《妇女杂志》第 1 卷第 8 号）

给我的小鸟儿们

一

整整两年了，我不看见你们。

世路太崎岖，然而我相信你们仍是飞翔空中的自由鸟。在我感到生活过分的严重时，我就想躲在你们美丽的羽翼下，求些许时的安息。

唉！亲爱的小鸟儿们——你们最欢喜我这样的称呼，不是吗？当我将要离开你们时，我曾经过虑地猜疑你们，我说："孩子们，我要多看你们几次，使我的脑膜上深印着你们纯洁的印象，一直到我没有知觉的那一天……"

"先生！你不是说两年后就回来吗？"阿堃诚挚地望着我的脸说。

"不错，我是这样计划着，不过我怕两年后你们已不像现在的对我热烈了。我怕失掉这人间的至宝，所以现在我要深深地藏起来。"

"哦！不会的，先生！我们永远是一只柔驯的小鸟儿，时常围绕着您！"

多可爱，你们那清脆的声音，无邪的眼睛，现在虽然离开了你们整两年，为了特别的原因，我不能回到你们那里，而关于你们的一切，我不时都能想起。

每逢在下课后，你们牵成一个大圈子，把我围在核心，你们跳舞、唱歌，有时我急着要走，你们便抢掉我手里的书包，夺走我披着的大衣。阿堃最顽皮，跑出圈子，悄悄走到整容镜前，穿上我的大衣，拿著书包，学着我走路的姿势，一般正经地走过同学们面前，以致惹得他们大笑，而阿堃的脸上却绷得没有一丝笑纹，这时你们有的笑得俯下身体叫肚子疼，我却高声地喊："小鸟儿们不要吵！"

"是的大姐姐，我们不再吵了，可是大姐姐得告诉我们《夜莺诗人》的故事！"阿堃娇憨地央求着。而你们也附和着大姐姐讲，大姐姐讲，乱哄地嚷成一片。呵！多可爱的小鸟儿们呀！两年来我不曾听见你们清脆的歌声了，在江南我虽也教着那一群天真的女孩，但是她们太娇婉，太懂事故，使我不能从她们的身上，找出你们的坦白、直爽、无愁无虑，因此我时常热切地怀念你们。

你们所刻在我心幕上的印象太深了，在丰润苹果般的脸上，不只充溢了坦白的顽皮；有时诚挚感动的光波，是盎然于你们的眼里，每当我不响地向你们每个可爱的面孔上看时，你们是那样乖，那样知趣地等待着，自然你们早已摸到我的脾气，每逢这种时候，我总有些严重的话，要敲进你们的心门，唉！亲爱的小鸟儿们，现在想来我真觉得罪过，我自己太脆弱易感，可是我有了什么忧愁和感慨，我不愿在那些老成持重的人们面前申诉，而我只喜欢把赤裸的心弦在你们面前弹。说起来我太自私，因为我得把定这凄音能激起你们深切的共鸣，而我忘记这是使你们受苦的。

那一天我给你们讲国语，正讲到一个《爱国童子》的故事，那时你们已经够兴奋了，而我还要更使你们兴奋到流泪，我把国内政治的黑暗，揭示给你们听；把险诈的人心在你们面前解剖，立刻我看见你们脸上的笑容淡了；舒展的眉峰慢慢攒聚起来了，你们在地板上擦鞋底的毛病，也陡然改了，课堂里那样静悄悄，我呢，庄严地坐在讲坛上，残忍地把你们的灵魂宰割，好像一个屠夫宰割一群小羊般。因此每次在我把你们搅扰后，我不知不觉要红脸，要咽泪。唉！亲爱的孩子们，我虽然对你们如是的不仁，而你们还是那样热烈地信任我、爱戴我，有时候你们遇到困难的问题，不去告诉你们亲切的父母，而反来和我商量，当这种时候，竟使我又欢喜又惭愧。在这个到处弥漫了欺诈的世界上，而你们偏是这样天真无邪，这怎能叫我不欢喜呢？但是自己仔细一想，像我这样寒伧的灵魂，又有什么修养，究能帮助你们多少？恐怕要辜负了你们的热望，这种罪恶，比我在一切人群中，所犯的任何罪恶都来得不容轻赦。唉！亲爱的小鸟儿们呀！你们诚意的想从人间学到一切，而你们实是这世界上最高明的先生，你们有世人久已遗失的灵魂，你们有世人所绝无的纯真。你们的器量胸襟是与万物神灵相融合的。一个乞丐，被人人所鄙视，而你们看他与天上的神祇没有分别，便是一只麻雀也能得你们热烈友情的爱护。你们是伟大的，我一生不崇拜英雄，我只崇拜你们。

但是残忍的时光，转变的流年，他们无时无刻不在剥蚀你们，层出不穷的人事，将如毒蛇般毁灭你们的灵魂。在你们含着甜净的美靥上，刻了轻微的愁苦之纹，渐渐地你们便失去了纯真。被快乐的神祇所摒弃。唉！亲爱的小鸟儿们！你们应当怎样抓住你们的青春！你们不愿意永远保持孩子的心吗？但是你们无法禁止太阳的轮子，继续不断地转，也不能留住你们的青春！只有一件事是你们可以办得到的，你们永远不要做一件使良心痛苦的事，努力亲近大自然，选择你们的朋友，于春风带来的鸟声中；于秋雨洒遍的田野间。一切的小生物都比久经世故的人类聪明、纯洁。这样你们才能永远保持孩子纯真的心，永远做只自由翔空的鸟儿，并且可用你们大公无私的纯情来拯救沉沦的人类。

亲爱的小鸟儿们，愿秋风带来你们清醇的歌声，更盼雁阵从这里过时，给我留下些你们的消息。

我心弦的繁音，将慢慢地向你们弹；我将告诉你们在这分别的两年中，我所经历的一切。我更想把江南温柔女儿的心音，弹给你们听。

再谈了，我亲爱的小鸟儿们！愿今夜你们的美羽，飞入我的梦魂！

二

黄昏时你们如一群小天使般飞到我家里。堃和璧每人手里捧着两束鲜花。花束上的凤尾草直拖到地上，堃个子太小，又怕踏了它，因此踮起脚来走着，璧先开口说：“大姐！这是我们送你的纪念品！”

“呵！多谢！我的小鸟儿们！”我说过这话。心里真有些酸楚，回头看你们时，也都眼泪汪汪地注视着我，天真的孩子们！我真有些不该，使你们嫩弱的心灵上，受到离别的创伤！我笑着拉你们到房里。把我预备好了的许多小画片分给你们，并且每人塞了一块糖在嘴里，你们终竟笑了，我才算放了心。

七点多钟，我们分坐三辆汽车，一同来到东车站，堃和璧还不曾忘记那两束花。可怜的小手臂，一定捧得发酸了吧！我叫你们把它们放在箱子上，你们只笑着摇头，直到我的车票买好，上了二等车，你们才恭恭敬敬地把那两束花放在我身旁的小桌上。这时来送行的朋友亲戚竟挤满了一屋子，你们真乖觉，连忙都退出来，只站在车窗前，两眼灼灼地望着我。这使我无心应酬那些亲戚朋友，丢下他们，跑下车来，果然不出所料，你们都团团把我围住。可是你们并没多话说。只在你们的神色上，把你们惜别的真情，都深印在我心上了。

不久开车的铃声响了。我和你们握过手，跳上车去，那车已渐渐地动起来了。

“给我们写信！”在人声喧闹中，我听见堃这样叫着，我点头，摇动手中，而你们的影子远了。车子已出了城，我只向着那两束花出神，好像你们都躲在花心里，可是当我采下一朵半开的玫瑰细看时，我的幻想被惊破了。哦！我才知道从此我的眼前找不到你们，要找除非到我的心里去。

不知不觉，车子已到了丰台站，推开窗子。漫天涌着朵朵的乌云，那上弦的残月，偶尔从云隙里向外探头，照着荒漠的平原，显出一种死的寂静，我靠窗子看了半晌，觉得秋夜的风十分锐利，吹得全身发颤，连忙关上玻璃窗，躲在长椅上休息，正在有些睡意的时候，忽听见一阵细碎的声音，敲在窗上，抬起身子细看了，才知道已经下起雨来，这时车已到天津站了。雨越下越紧，水滴从窗子缝里淌了下来，车厢里满了积水，脚不敢伸下去，只好蜷伏着不动。

在听风听雨的心情中我竟沉沉睡去，天亮时我醒来，知道雨还不曾止，车窗外的天竟墨墨地向下沉，几乎立刻就要被活埋了。唉，亲爱的孩子们！这时我真想回去，同你们在一起唱歌捉迷藏呢！

正在我烦躁极了的时候，忽然车子又停住了。伸头向外看看正是连山车站，我便约了同行的朋友，到饭车去吃些东西，一顿饭吃完了，而车子还没有开走的消息，我们正在猜疑，忽又遇见一个朋友，从头等车那面走来，我们谈起，才知道前面女儿河的桥被大水冲坏了，车子开不过去，据他说也许隔几个钟头便可修好，因此我们只好闷坐着等，可恨雨仍不止，便连到站台上散散步都办不到，而且车厢里非常潮湿，一群群的苍蝇像造反般飞旋。同时厕所里一阵阵的臭味，熏得令人作呕——而最可恼的是你们送我的那些鲜花，也都低垂了头，憔悴地望着我。

夜里八点了，仍然没有开车的消息，雨呢！一阵密一阵稀地下着，全车上的人，都无精打采地在打盹，忽然听见呜呜的汽笛声，跟着从东北开来一辆火车，到站停车，我们以为前面断桥已经修好，都不禁喜形于色，热望开车，哪晓得这时忽跳上几个铁路的路警，和护车的兵士来，他们满身淋得水鸡似的，一个身材高高，年纪很轻的兵自言自语地道："他妈的，差点没干了，好家伙，这群胡子，够玩的，要不仗了水深，他们早追上来了，瞎乒乓开了几十枪。"

"怎么，没有受伤吗？"一个胖子护车警察接着问。

"还好！没有受伤的，唉，他妈的，我们就没敢开枪，也顾不得要开车的牌子，拨转车头就跑回来了。"那高身材的兵说。

这个没头没脑的消息，多么使人可怕，全车的人，脸上都变了颜色，这二等车上有从北戴河上来的外国女人。她们听说胡子，不知是什么东西，也许她们是想到那戏台上所看见披红胡子的花脸了吗？于是一阵破竹般的笑声，打破了车厢里的沉闷空气。

后来经一个中国女医生，把这胡子的可怕告诉她们，立刻她们耸了一耸肩皱皱眉头，沉默了！

车上的客人们，全为了这件事，纷纷议论，才知道适才那车辆，是从山海关开来的，车上有几箱现款，被胡子探听到了，所以来抢车，那些胡子都在陈家屯高粱地里埋伏着。只是这时山水大涨，高粱地上水深三尺多，这些胡子都伏在水里，因此走得慢，不然把车子包围了，两下里就免不了要开火，那就要苦了车上的客人，所以只好掉头跑回来了。现在这辆车也停在连山站，就是退回去都休想了，因为上一站绥中县也被大水冲了，因此只好都在连山过夜，连山是个小站，买东西极不方便，饭车上的饭也没有多少了，这些事情都不免使客人们着急。

夜里车上的电灯都熄了，所有的路警护车兵，都调到站外驻扎去了。满车乌黑，而且窗外狂风虎吼般地吹着，睡也不能入梦，不睡却苦无法消遣，真窘极了，好容易挨到村外的鸡唱五更东方有些发白了，心才稍稍安定——亲爱的小鸟儿们！我想你们看到这里也正为我担着心呢，不是吗？

我们车上，女客很少，除了几个外国女人外，还有两个年轻的姑娘，一个姓唐的，是比你们稍微大些，可是比你们像是懂事。她是一个温柔沉默的女孩，这次为了哥哥娶嫂嫂同父亲回奉天参加典礼的。另外的那一个姓李，她是女子大学的学生，这次回家看她的母亲，并且曾打电报给家里，派人来接，因此她最焦急——怕她倚闾盼望的母亲担心，她一直愁容满面地呆坐着，亲爱的孩子们！我同那两个年轻的姑娘，在连山站的站台上，散着步时，我是深切地想到你们，假如在这苦闷的旅途里，有了你们的笑声歌声，我一定要快乐得多！而现在呢，我也是苦恼地皱着眉头。

中午到了，太阳偶尔从云缝里透出光来，我的朋友铁君他忽走来说道：恐怕这车一时开不成，吃饭睡觉都不方便，约我们到离这里不远的高桥镇去，那里他有一个朋友，在师范学校做教务主任。真的这车上太闷人，所以我就决定去了。

到了高桥镇，小小的几间破烂瓦房，原来就是车站的办公室了。走过一条肮脏的小泥路，忽见面前河水涟漪。除变成有翅翼的小天使，是没法过去的。后来一个乡下人，赶着一辆骡车来了，骡车你们大约都没有看见过吧！用木头做成轿子形成的一个车厢，下面装上两个轮子，用一头骡子拖着走，这种车子，是从前清朝的时候，王公大人常坐的。可是太不舒服了，不但脚伸不直，而且时时要挨暴栗——因为车子四周围都是硬木头做成的，车轮也是木头的，走在那坑陷不平的道路上，一颠一簸的，使坐在车里的人，一不小心，头上就碰起几个疙瘩来。

那个赶车的乡下人对我们说："坐我的车子过去吧！"

"你拖我们到师范学校要多少钱？"我的朋友们问。

"一块半钱吧！"车夫说。

"怎么那么贵？"我们说。

"先生！你不知道这路多难走呢，这样吧，干脆你给一块钱好了！"

"好，可是你要拖得稳！"

我们把东西先放到车上，然后我坐在车厢最里面，那两个朋友一个坐在外面，一个坐在右车沿上，赶车的坐在左车沿，他一声"于，得。"骡子开始前进了，走不到几步，那积水越发深了，骡子的四条腿都淹没在水里，车厢歪在一边，我的心吓得怦怦跳，如果稍稍再歪一些，那车厢一定要翻过来扣在水里，这是多么险呀！

这时候车夫用蛮劲的打那骡，打得那骡子左闪右避，脚踝上淌着鲜血，真叫我不忍心，连忙禁止车夫不许打，我们想了方法，先叫一个乡下人把两位朋友背过河去，然后再把东西拿出来，车子轻了，骡子才用劲一跳，离开了那陷坑，我才算脱了险。

下了车子，一脚就踏进黄泥漩里去，一双白皮鞋立刻染成淡黄色的了。而且水都渗进鞋里去，满脚都觉得湿漉漉的，非常不舒服，巅巅簸簸，最后走到了师范学校了，可是我真不好意思进去，一双水泥鞋若被人看见了，简直非红脸不可。亲爱的小鸟儿们！假使你们看见了我这副形象，我想你们一定要好笑，可是你们同时也一定替我找双干净的鞋袜换上。现在呢！我只有让它湿着。因为箱子没有拿来，也无处找干净鞋子，只把袜子换了，坐在椅子上等鞋干。

这个学校房屋破旧极了，而且又因连日的大雨，墙也新塌了几座，不过这里的王先生待我们很忠实，心里也就大满意了。我们分住在几间有雨漏的房子里，把东西放下后，王先生请我们到馆子里去吃饭，可是我们走到所谓的大街上，原来是一条长不到十丈，阔不满一丈的小土道，在道旁有一家饭馆，也就是这镇上唯一的大店了，我们坐下喝了一杯满是咸涩味儿的茶，点起菜来除了猪肉就是羊肉，我被这些肉装满了肚子，回来时竟胃疼起来了。

到了晚上，没有电灯，只好点起洋蜡头来，正想睡觉，忽听见远处哨子的响声，那令人丧胆的胡匪影子，又逼真地涌上我的心头，这一夜我半睁着眼挨到天亮。

一天一天像囚犯坐监般地过去，也竟挨过十天了。这时忽得到有车子开回北平的消息，虽然我们不愿意折回去，可是通辽宁的车也不知什么时候才能开。没有办法，只好预备先回天津，从天津再乘船到日本去吧！

夜半从梦里醒来，半天空正下着倾盆的大雨，第二天清晨看见院子里积了一二尺深的水，叫人到车站问今天几点钟有车，谁知那人回来说，轨道又被昨夜的大雨冲坏了。我们只得把已经打好的行李再打开，苦闷地等，足足又等了三天才上了火车，一路走过营盘、绥中等处，轨道都只用沙石暂垫起来的，所以车子走得像一条受了伤的虫子一般慢。挨到山海关时，车子停下来时，前途又发生了风波，车站上人声乱哄哄，有的说这车不往南开了。问他为什么不开，他支支吾吾的更叫人疑心，我们也推测不出其中的奥妙。后来隐约听见有人在低声地说，“关里兵变所以今夜这车不能开。”过了半点钟光景，我的朋友铁君又得了一个消息说：“兵变的事，完全是谣言，车子立刻就开了！”

果然不久车子便动起来，第二天九点钟到了天津，在天津住了几天，又坐船到日本……呵！亲爱的孩子们，你们再想不到我又回到天津了吧！按理我应当再到北平和你们玩玩，不过我竟因了许多困难不能如愿——而且直到今天我才得工夫，把这一段艰辛的旅途告诉你们，亲爱的小鸟儿们，我想在这两年中，你们一定都长高了，但我愿你们还保持着从前那种纯真的心！

（原载 1932 年 11 月 27 日、12 月 11 日《申江日报》）

愧

在整理旧稿时，发现了一个孩子给我的信，那是一颗如水晶般透明的心，热诚地贡献给我，而且这个孩子，正走到满是荆棘的园地里，家庭使他受苦，社会又使他惶惑，他那颗稚嫩的心，便开始受伤，隐隐地滴血，正在这时候，他抓住了我，叫道："老师！你领导我呀，你给我些止血的圣药呀！"唉，伟大这霎时间，在我心灵中闪光，我觉得我的确充实着力量，而且我很愿意，摧毁一切的虚伪，一样的把我赤裸裸的心，贡献于他，于是两颗无疵无瑕的心，携着手，互相地抚摸安慰。

但恶魔从暗陬里闪了进来，把我灵宫中昙花一现的神光遮蔽了，在渐积的世故人情的威权下，我忽略了那孩子所贡献给我的心，他是那样饥饿地盼望我的救助，而我只是淡淡地对他一瞥便躲开了。

残酷的流年，变迁了一切，这颗孩子的心，恐也不免被渐积的世故人情所污染，这自然未必都是我的错，可是在事隔五年的今天，翻出那孩子所给我心的供状。我的脸不禁火般地灼热，我的心难免战抖，呵，我怎能避免良心的鞭策？

而且就是如今，我仍继续着，干这惨忍的勾当，我不能如我想象般应付那些透明孩子的心，当她们将纯洁的心泪，流向我面前时，只有我受恩惠，因为在那一霎时，我真烛见无掩无饰的人生，而我又给他们些什么呢？

惭愧，我对于一切的孩子的心抱愧，在这谲诡奸诈的社会里，孩子们从所谓教育家那里所能得到，仅是一些龌龊的人世经验，唉，这个世界上只有孩子才配称得起人们之师吧！

（原载 1933 年 7 月 28 日《时事新报》）

寄天涯一孤鸿

亲爱的朋友：这是什么消息，正是你从云山叠翠的天末带来的！我绝不能顷刻忘记，也绝不能刹那不为此消息思维。我想到你所说的“从今后我真成了天涯一孤鸿了”，这一句话日夜在我心魂中回旋荡漾。我不时地想，倘若一只孤鸿，停驻在天水交接的云中，四顾苍茫，无枝可栖，其凄凉当如何？你现在既是变成天涯一孤鸿，我怎堪为你虚拟其凄凉之境，我也不愿你真个是那样的冷漠凄凉。但你带来的一纸消息，又明明是：“……一切的世界都变了，我处身其中，正是活骸转动于冷酷的幽谷里，但是我总想着一年之中，你要听到我归真的信息……”唉，朋友！久已心灰意懒的海滨故人，不免为此而怦怦心动，正是积思成痗了。我昨夜因赴友人之召，回来已经十时后，我归途中穿过一带茂密的树林，从林隙中闪烁着淡而无力的上弦月，我不免又想起你了。回来后，我懒懒坐在灯光下，桌上放着一部宋人词钞，我随手翻了几页，本想于此中找些安慰，或能把想你的念头忘却。但是不幸，我一翻便翻出你给我的一封信来，我想搁起它，然而不能，我始终又从头把它读了。这信是你前一个月寄给我的，大约你已忘了这其中的话。我本不想重复提这些颓丧的话，以惹你的伤心，但是其中有一个使命，是你叫我为你作一篇记述的，原文是：“……我友，汝尚念及可怜陷入此种心情的朋友吗？你有兴，我愿你用诚恳的笔墨为伤心人一吐积悃……”朋友！这个使命如何的重大？你所希望我的其实也是我所愿意作的。但是朋友，你将叫我怎样写法？唉！我终是踯躅，我曾三翻五次，握管沉思，竟至镇日无语，而只字不曾落纸。我与你交虽莫逆，但是你的心究竟不是我的心，你的悲伤我虽然知道，但是我所知道的，我不敢臆断你伤感的程度，是否正应我所直觉到的一样。我每次作稿，描写某人的悲哀或烦恼，我只是欺人自欺，说某人怎样的痛哭，无论说得怎样像，但是被我描写的某人，是否和我所想象的伤心程度一样，谁又敢断定呢？然而那些人只是我借他们来为我象征之用，是否写得恰合其当，都无伤于事；而你是我最好的朋友，我对于你的嘱托，怎好不忠于其事。因此我再三踌躇，不能轻易落笔，便到如今我也不敢为你作记述。我只能把我所料想你的心情，和你平日的举动，使我直觉到你的特性，随便写些寄给你。你看了之后，你若因之而浮白称快，我的大功便成了五分。你若读了之后，竟为之流泪，而至于痛哭，我的大功便成了九分九。这种办法，谅你也必赞成？

我记得我认识你的时候，正是我将要离开学校的头一年春天。你与我同学虽不止一年，可是我对于新来的同学，本来多半只知其名，不识其面，有的识其面又不知其名，我对于你也是如此。我虽然知道新同学中有一个你，而我并不知道，我所看见很活泼的你，便是常在报纸上作缠绵悱恻的诗的你。直到那一年春天，我和同级的莹如在中央公园里，柏树荫下闲谈，恰巧你和你的朋友从荷池旁来，我们只以彼此面熟的缘故，点头招呼。我们也不曾留你坐下谈谈，你也不曾和我说什么，不过那时我觉得你很好，便想认识你，我便问莹如你叫什么名字。她告诉我之后，才狂喜地叫起来道："原来就是她呵，不像！不像！"莹如对于我无头无脑的话，很觉得诧异，她说："什么不像不像呵？"我被她一问，自已也不觉笑起来，我说："你不知道我的心里的想头，怪不得你不懂我的意思了。你常看见报上PM的诗吗？你就那个诗的本身研究，你应当觉到那诗的作者心情的沉郁了，但是对她的外表看起来，不是很活泼的吗？我所以说不像就是这个原故了。"莹如听了我的解释，也禁不住点头道："果然有点不像，我想她至少也是怪人了！"朋友！自从那日起，我算认识你了，并且心中常有你的影像，每当无事的时候，便想把你的人格分析分析，终以我们不同级，聚会的时间很少，隔靴搔痒式的分析，总觉无结果，我的心情也渐渐懒了。

过了二年，我在某中学教书。那中学是个男校，教职员全是男人。我第一天到学校里，觉得很不自然，坐在预备室里很觉得无聊，正在神思飞越的

时候，忽听预备室的门呀的一响，我抬头一看，正是你拿着一把藕荷色的绸伞进来了。我那时异常兴奋，连忙握着你的手道："你也来了，好极！好极！你是不是担任女生的体操。"你也顾不得回答我的话，只管嘻嘻地笑——这情景谅你尚能仿佛？亲爱的朋友！我那时心里的欢乐，真是难以形容，不但此后有了合作的伴侣，免得孤孤单单一个人坐在女教员预备室里，而且与你朝夕相爱，得以分析你的特性，酬了我的心愿。

想你还记得那女教员预备室的样子，那屋子是正方形的，四壁新裱的白粉连纸，映着阳光，都十分明亮。不过屋里的陈设，异常简陋，除了一张白木的桌子，和两三张白木椅子外，还有一个书架，以外便什么都没有了。当时我们看了这干燥的预备室，都感到一种怅惘情绪。过了几天，我们便替这个预备室起了一个名字，叫做白屋。每逢下课后，我们便在白屋里雄谈阔论起来。不过无论怎样，彼此总是常常感到苦闷，所以后来我们竟弄得默然无言。我喜欢诗词，你也爱读诗词，便每人各手一卷，在课后浏览以消此无谓的时间。我那时因为这预备室里很干燥，一下了课便想回到家里去，但是当我享到家庭融洽乐趣的时候，免不得想到栖身学校寄宿舍中，举目无与言笑的你，便决意去访你，看你如何消遣。我因雇车到了你所住的地方，只见两扇欲倒未倒的剥漆黑灰不分明的大柴门，墙头的瓦七零八落的叠着，门楼上满长着狗尾巴草，迎风摇摆，似乎代表主人招待我。下车后，我微用力将柴门推了一下，便呀地开了。一个老看门人恰巧从里面出来，我便问他你住的屋子，他说："这外头院全是男教员的住舍，往东去另有一小门，又是一个院子，便是女教员住的地方了。"我因按他话往东去，进了小门，便看见一个院落，院之中间有一座破亭子，亭子的四围放着些破木头的假枪戟，上头还有红色的缨子，过了破亭有一株合抱的大槐树，在枝叶交覆的荫影下，有三间小小的瓦房，靠左边一间，窗上挂着淡绿色的纱幔，益衬得四境沉寂。我走到窗下，低声叫你时，心潮突起，我想着这种冷静的所在，何异校中白屋。以你青年活泼的少女，镇日住在这种的环境里，何异老僧踞石崖而参禅，长此以往，宁不销铄了生趣。我一走进屋子里，看见你突然问道："你原来住在破庙里！"你微笑着答道："不错！我是住在破庙里，你觉得怎样？"我被你这一问，竟不知所答，只是怔怔地四面观望。只见在小小的门斗上有一张妃红色纸，写着梅窟两字。这时候我仿佛有所发见，我知道素日对你所想象的，至少错了一半，从此我对你的性格分析，更觉兴味浓厚了。

光阴过得很快，不觉开学两个多月了，天气已经秋凉。在那晓露未干的公园草地上，我们静静地卧着。你对我说：“我愿就这样过一世，我的灵魂便可常常与浩然之气，结伴遨游。”我听了你的话，勾起我好作玄思的心，便觉得身飘飘凌云而直上，顷刻间来到四无人迹的仙岛里，枕藉芳草以为茵缛，餐美果，饮花露，绝不染丝毫烟火气。那时你心里所想的什么，我虽无从知道，但看你那悠然游然的样子，我感到你已神游天国了。

我和你相处将及一年，几次同游，几次深谈，我总相信你是超然物外的人。我记得冬天里我们彼此坐在白屋里向火的时候，你曾对我说，你总觉得我是个怪人，你说：“我不曾和你同事的时候，我常常对婉如说，你是放荡不羁的天马。但是现在我觉得你志趣消沉束缚维深……”我当时听了你的话，我曾感到刺心的酸楚，因为我那时正困顿情海里拔脱不能，听你说起我从前悲歌慷慨的心情，现在何以如此萎靡呢？

但是朋友！你所怀疑于我的，也正是我所怀疑于你；不过我觉得你只是被矛盾的心理争战而烦闷，我却不曾疑心你有什么更深的苦楚。直到我将要离开北京的那一天，你曾到车站送我，你对我说：“朋友！从此好好的游戏人间吧！”我知道你又在打趣我，我因对你说：“一样的大家都是游戏人间，你何必特别嘱咐我呢！”你听了我这话，脸色忽然惨淡起来。哽咽着道：“只怕要应了你在《或人的悲哀》里的一句话：我想游戏人间，反被人间游戏了我！”当时我见你这种情形，我才知道我从前的推想又错了。后来我到上海，你写信给我，常常露着悲苦的调子，但我还不能知道你悲苦到什么地步；直到上月我接到你一封信说，你从此变成天涯一孤鸿了，我才想起有一次正是风雨交作的晚上，我在你所住的梅窟坐着，你对我说：“隐！世界上冷酷的人太多了，我很佩服你的卓然自持，现在已得到最后的胜利！我真没有你那种胆量和决心，只有自己摧残自己，前途结果现在虽然不能定，但是惨象已露，结果恐不免要演悲剧呢。”我那时知道你蕴藏心底必有不可告人的哀苦，本想向你盘诘，恐怕你不愿对我说，故只对你说了几句宽解的话。不久雨止了，余云尽散，东山捧出淡淡月儿，我们站在廊庑下，沉默着彼此无语，只有互应和着低微之吁气声。

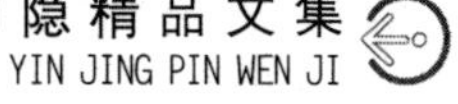

最近我接到你一封信，你说：

隐友！《或人的悲哀》中的恶消息：“唯逸已于昨晚死了！”隐友！怎么想得到我便是亚侠了，游戏人间的结果只是如斯！……但是亚侠的悲哀是埋葬在湖心了，我的悲哀只有飘浮的天心了，有母亲在，我须忍受腐蚀的痛苦活着。

……

我自从接到你这封信，我深悔《或人的悲哀》之作。不幸的唯逸和亚侠，其结果之惨淡，竟深刻在你活跃的心海里。即你的拘执和自傲，何尝不是受我此作的无形影响。我虽然知道纵不读我的作品，在你超特的天性里早已蛰伏着拘执的分子，自傲的色彩，不过若无此作，你自傲和拘执或不至如是之深且刻。唉！亲爱的朋友，你所引为同情的唯逸既已死了，我是回天无术，但我却要恳求你不要作亚侠罢。你本来体质很好，并没有心脏病，也不曾吐血，你何必自己过分地糟蹋呢。我接到你纵性喝酒的消息，十分难受。亲爱的朋友！你对于爱你的某君，既是不能在他生时牺牲无谓的毁誉，而满足他如饥如渴的纯挚情怀，又何必在他死后，作无谓的摧残呢？你说：“人事难测，我明年此日或者已经枯腐，亦未可知！……现在我毫无痛苦，一切麻木，仰观明月一轮常自窃笑人类之愚痴可怜。”唉！你的矛盾心理，你自己或不觉得，而我却不能不为你可怜。你果真麻木，又何至于明年此日化为枯槁？我诚知人到伤心时，往往不可理喻，不过我总希望你明白世界本来不是完全的，人生不如意事也自难免，便是你所认为同调的某君不死，并且很顺当的达到完满的目的，但是胜利以后，又何尝没有苦痛？况且恋感譬如漠漠平林上的轻烟微雾，只是不可捉摸的，使恋感下跻于可捉摸的事实，恋感便将与时日而并逝了。亲爱的朋友呀！你虽确是悲剧中之一角，我但愿你以此自傲，不要以此自伤吧！

昨夜星月皎洁，微风拂煦，炎暑匿迹，我同一个朋友徘徊于静安寺路。忽见一所很美丽庄严的外国坟场，那时铁门已阖，我们只在那铁棚隙间向里窥看，只见坟牌莹洁，石墓纯白。墓旁安琪儿有的低头沉默，似为死者之幽灵祝福。有的仰瞩天容，似伴飘忽的魂魄上游天国。我们驻立忘返。忽然坟场内松树之巅，住着一个夜莺，唱起悲凉的曲子。我忽然又想起你来了。

回来之后忽接得文菊的一封信说：

隐友！前接来信，令我探听PM的近状，她现在确是十分凄楚。我每和她谈起FN的死，她必泪沾襟袖呜咽地说："造物戏我太甚！使我杀人，使我陷入于类似自杀之心境！"自然哟！她的悲凉原不是无因。我当年和她在故乡同学的时候，她是很聪明特殊的学生。有一个青年十分羡慕她，曾再三想和她缔交，她也晓得那青年也是个很有志趣的人，渐渐便相熟了。后来她离开故乡，到北京去求学，那青年便和她同去。她以离开温情的父母和家庭，来到四无亲故的燕都，当然更觉寂寞凄凉，FN常常伴她出游。在这种环境下，她和他的交感之深，自与时日俱进了。那时我们总以为有情人终成眷属了；然而人事不可测，不久便听说FN病了，病因很复杂，隐约听说是呕血之症。这种的病，多半因抑郁焦劳而起，我很觉得为PM担忧，因到她住的梅窟去访她。我一进门便看见她黯然无言的坐在案旁，手里拿着一张甫写成的几行信稿。她见我进来，便放下信稿招呼我。正在她倒茶给我喝的时候，我已将那桌上的信稿看了一遍，她写的是："……飞蛾扑火而焚身，春蚕作茧以自缚，此岂无知之虫虱独受其危害，要亦造物罗网，不可逃数耳！即灵如人类，亦何能摆脱？……"隐友PM的哀苦，已可在这数行信笺中寻绎了解，何况她当时复戚容满面呢。我因问她道："你曾去看FN吗？他病好些吗？"她听我问完，便长叹道："他的病怎能那么容易好呢！瞧着罢！我虽不杀伯仁，伯仁终不免因我而死！"我说："你既知你有左右他的生死权，何忍终置之于死地！"她这时禁不住哭了，她不能回答我所问的话，只从抽屉里拿出一封信给我看，只见上面写道：

"PM！近来我忽觉得我自己的兴趣变了，经过多次的自省，我才晓得我的兴趣所以致变的原因。唉！PM！在这广漠的世界上我只认识了你，也只专程的膜拜你，愿飘零半世的我，能终覆于你爱翼之下！"

"诚然，我也知道，这只是不自然的自己束缚自己。我们为了名分地位的阻碍，常常压伏着自然情况的交感，然而愈要冷淡，结果愈至于热烈。唉！我实不能反抗我这颗心，而事实又不能不反抗，我只有幽囚在这意境的名园里，做个永久的俘虏罢！"

F韩

隐友！世界上不幸的事何其多！不过因为区区的名分和地位，卒断送了一个有用的青年！其实其惨淡尚不止此，PM的毁形灭灵，更使人为之不忍，当时我禁不住陪着哭，但是何益！

她现在体质日渐衰弱，终日哭笑无常，有人劝她看佛经，但何处是涅槃？我听说她叫你替她作一篇记述，也好！你有功夫不妨替她写写，使她读了痛痛快快哭一场，久积的郁闷，或可借之一泻！

文菊

亲爱的朋友！当我读完文菊这封信，正是午夜人静的时候，淡月皎光已深深隐于云被之后，悲风呜咽，以助我的叹息。唉，朋友呵！我常自笑人类痴愚，喜作茧自缚，而我之愚更甚于一切人类。每当风清月白之夜，不知欣赏美景，只知握着一管败笔，为世之伤心人写照，竟使洒然之心，满蓄悲楚！故我无作则已，有所作必皆凄苦哀凉之音，岂偌大世界，竟无分寸安乐土，资人欢笑！唉！朋友哟！我不敢责备你毁情绝义以自苦，你为了因你而死的FN，终日以眼泪洗面，我也绝不敢说你想不开。因为被宰割的心绝不是别人所能想到其痛楚；那么更有何人能断定你的哭是不应该的呢？哭罢，吾友！有眼泪的时候痛快的流，莫等欲哭无泪，更要痛苦万倍了。

你叫我替你作记述，无非要将一腔积闷宣泄。文菊叫我作记述，也不过要借我的酒杯为你浇块垒。这都有益于你的，我又焉敢辞。不过我终不敢大胆为你作传，我怕我的预料不对，我若写得不合你的意，必更增你的惆怅，更觉得你是天涯一孤鸿了。但是我若写得合你的意，我又怕你受了无形的催眠，只有这封信给你，我对于你同情和推想，都可于此中寻得。你为之欣慰或伤感，我无从得知，只盼你诚实地告诉我，并望你有出我意料外的澈悟消息告诉我！亲爱的朋友！保重罢！

隐自海滨寄

（原载1926年《小说月报》第17卷第10号）

灵海潮汐致梅姊

亲爱的梅姊：

我接到你的来信后，对于你的热诚，十分的感激。当时就想抉示我心头的隐衷，详细为你申说。然自从我回到故乡以后，我虽然每天照着明亮的镜子，不曾忘却我自己的形容，不过我确忘记了整个儿我的心的状态。我仿佛是喝多了醇酒，一切都变成模糊。其实这不是什么很奇怪的事，因为你只要知道我的处境，是怎样的情形，和我的心灵怎样被捆扎，那么你便能想象到，纵使你带了十二分活泼的精神来到这里，也要变成阶下的罪囚，一切不能自由了。

我住的地方，正在城里的闹市上。靠东的一条街，那是全城最大的街市，两旁全是店铺，并不看见什么人们的住房。因为这地方的街市狭小，完全赁用人民的住房的门面作店铺，所以你可以想象到这店铺和住家是怎样的毗连。住户们自然有许多不便，他们店铺的伙计和老板，当八点以后闭了店门，便掇三两条板凳，放上一块藤绷子，横七竖八地睡着，倘若你夜里从外头回来的时候，必要从他们挺挺睡着的床边走过，不但是鼾声吓人，那一股炭气和汗臭，直熏得人呕吐。尤其是当你从朋友家里宴会回来以后，那一股强烈的刺激，真容易使得人宿酒上涌呢!

我曾记得有一次，我和玉姊同到青年会看电影，那天的片子是《月宫宝盒》，其中极多幽美的风景，使我麻木的感想，顿受新鲜的刺激，那轻松的快感仿佛置身另一世界。不久，影片映完，我们自然要回到家里，这时候差不多快十二点了。街上店铺大半全闭了门，电灯也都掩息，只有三数盏路灯，如曙后孤星般在那里淡淡地发着亮，可是月姊已明装窥云，遂使世界如笼于万顷清波之下似的，那一种使人悄然意远的美景，不觉与心幕上适才的印象，融而为一……但是不久已到家门口，吓一阵“鼾呼”“鼾呼”的鼾声雷动，同时空气中渗着辣臭刺鼻，全身心被重浊的气压困着出不来气，这才体贴出人间的意味来。至于庭院里呢？为空间经济起见，并不种蓓蕾的玫瑰和喷芬的夜合，只是污浊破烂的洗衣盆，汲水桶，纵横杂陈。从这不堪寓目的街市，走到不可回旋的天井里，只觉手绊脚牵。至于我住的那如斗般的屋子里，虽勉强的把它美化，然终为四境的嘈杂，和孩子们的哭叫声把一切搅乱了。

这确是沉重的压迫，往往激起我无名的愤怒。我不耐烦再开口和人们敷衍，我只咒诅上帝的不善安置，使我走遍了全个儿的城市，找不到生命的休息处。我又怎能抉示我心头的灵潮，于我亲爱的梅姊之前呢！

不久又到了夏天，赤云千里的天空，可怜我不但心灵受割宰，而且身体更郁蒸，我实在支持不住了，因移到鼓岭来住——这是我们故乡三山之一。鼓岭位于鼓山之巅，仿佛宝塔之尖顶，登峰四望，可以极目千里，看得见福州的城市民房栉比，及汹涛骇浪的碧海，还有隐约于紫雾白云中的岩洞迷离，峰峦重叠。我第一天来到这个所在，不禁满心怅惘，仿佛被猎人久围于暗室中的歧路亡羊，一旦被释重睹天日，欣悦自不待说。然而回想到昔日的颠顿艰辛，不禁热泪沾襟！

然而透明的溪水，照见我灵海的潮汐，使它重新认识我自己。我现在诚意的将这潮汐的印影，郑重的托付云雀，传递给我千里外的梅姊和凡关心我的人们，这是何等的幸运。使我诅咒人生之余，不免自惭，甚至忏悔，原来上帝所给予人们的宇宙，正不是人们熙攘奔波的所在。呵！梅姊，我竟是错了哟！

一　鸡声茅店月

当我从崎岖陡险的山径，攀援而上以后，自是十分疲倦，没有余力更去饱觅山风岚韵；但是和我同来的圃，她却斜披夕阳，笑意沉酣的，来到我的面前说：“这里风景真好，我们出去玩玩吧！”我听了这话，不免惹起游兴，早忘了疲倦，因遵着石阶而上，陡见一片平坦的草地，静卧于松影之下。我们一同坐在那柔嫩的碧茵上，觉得凉风拂面，仿佛深秋况味。我们悄悄坐着，谁也不说什么，只是目送云飞，神并霞驰，直到黄昏后，才慢慢地回去。晚饭后，摊开被褥，头才着枕，就沉沉入梦了。这一夜睡得极舒畅。一觉醒来，天才破晓，淡灰色的天衣，还不曾脱却，封岩闭洞的白云，方姗姗移步。天边那一钩残月，容淡光薄，仿佛素女身笼轻绡，悄立于霜晨凌竦中。隔舍几阵鸡声，韵远趣清。推窗四望，微雾轻烟，掩映于山巅林际。房舍错落，因地为势，美景如斯，遂使如重囚的我，遽然被释，久已不波的灵海，顿起潮汐，芸芸人海中的我真只是一个行尸呵！

灵海既拥潮汐，其活泼腾越有如游龙，竟至不可羁勒。这一天黎明，我便起来，怔立在回廊上，不知是何心情，只觉得心绪茫然，不复自主。

记起五年前的一个秋天早晨，天容淡淡，曙光未到之前，我和仪姊同住在一所临河的客店里，那时正是我们由学校回家乡的时候。头一天起早，坐轿走了五十里，天已黑了，必须住一夜客店，第二天方能到芜湖乘轿。那一家客店，只有三间屋子，一间堂屋，一间客房，一间是账房，后头还有一个厂厅排着三四张板床，预备客商歇脚的。在这客店住着的女客除了我同仪姊没有第三个人，于是我们两人同住在一间房里——那是唯一的客房。我一走进去，只见那房子里阴沉沉的，好像从来未见阳光。再一看墙上露着不到一尺阔的小洞，还露着些微的亮光，原来这就是窗户。仪姊皱着眉头说："怎么是这样可怕的所在？你看这四面墙壁上和屋顶上，都糊着十年前的陈报纸，不知道里面藏着多少的臭虫虱子呢！……"我听了这话由不得全身肌肉紧张，掀开那板床上的破席子看了看，但觉臭气蒸溢不敢再往那上面坐。这时我忽又想到《水浒传》上的黑店来了，我更觉心神不安。这一夜简直不敢睡，怔怔地坐着数更筹。约莫初更刚过，就来了两个查夜的人，我们也不敢正眼看他，只托店主替我们说明来历，并给了他一张学校的名片，他才一声不响地走了。查夜的人走了不久，就听见在我们房顶上，许多人嘻嘻哈哈地大笑。我和仪姊四目对望着，正不知怎么措置，刚好送我们的听差走进来了，问我们吃什么东西。我们心里怀着黑店的恐惧，因对他说一概不吃。仪姊又问他这上面有楼吗，怎么有许多人在上面呵？那听差的说："那里并不是楼，只是高不到三尺堆东西的地方，他们这些人都窝在上边过大烟瘾和赌钱。"我和仪姊听了这话，才把心放下了，然而一夜究竟睡不着。到三更后，那楼上的客人大概都睡了，因为我们曾听见鼾呼的声音，又坐了些时就听见远远的鸡叫，知道天快亮了，因悄悄地开了门到外面一看，倒是满庭好月色，茅店外稻田中麦秀迫风，如拥碧波。我同仪姊正在徘徊观赏，渐听见村人赶早集的声音，我们也就整装奔前途了。

灵潮正在奔赴间，不觉这时的月影愈斜，星光更淡，鸡鸣，犬吠，四境应响，东方浓雾渐稀，红晕如少女羞颜的彩霞，已择隙下窥，红而且大的昊日冉冉由山后而升，霎那间霞布千里，山巅云雾，逼炙势而匿迹，蔚蓝满空。唉！如浮云般的人生，其变易还甚于这月露风云呵，梅姊也以为然吗？

二　动人无限愁如织

梅姊！你不是最喜欢苍松吗？在弥漫黄沙的燕京，固然缺少这个，然而我们这里简直遍山都是。这种的树乡里的人都不看重它，往往砍下它的枝干作薪烧，可是我极爱那伏龙夭矫的姿势。恰好在我的屋子前有数十株臂般的大松树，每逢微风穿柯，便听见涛声澎湃，我举目云天，一缕愁痕，直奔胸臆。噫！清翠的涛声呵！然而如今都变成可怕的涛声了。梅姊！你猜它是带来的什么消息？记得去年八月里，正是黄昏时候，我还是住在碧海之滨的小楼上，我们沿着海堤看去，只见斜阳满树，惊风鼓浪，细沫飞溅衣襟，也正是涛声澎湃，然而我那时对于这种如武士般的壮歌，只是深深地崇拜，崇拜它的伟大的雄豪。

我深深记得我们同行海堤共是五人，其间有一个J夫人——梅姊未曾见过——她的面貌很美丽，尤其她天性的真稚，仿佛出壳的雏莺。她从来不曾见过四无涯涘的海，这是她第一次看见了海，她极欣悦地对我说：“海上的霞光真美丽，真同闪光的柔锦相仿佛，我几时也能乘坐那轮船，到外国邀游一番，便不负此生了。”我微笑道：“海行果然有趣。然而最怕遇见风浪……”J夫人道：“吓，如果遇见暴风雨，那真是可怕呢。我记得我母亲的一个内侄，有一次从天津到上海，遇到飓风，在海里颠沛了六七天，幸而倚傍着一个小岛，不然便要全船翻覆了！”我们说到海里的风浪，大家都感着心神的紧张，我更似乎受到暗示般，心头觉得忐忑不定。我忽想到涵曾对我说：“星相者曾断定他二十八岁必死于水……”这自然是可笑的联想，然而实觉得涵明年出洋的计划，最好不要实现……这时涵正与铎谈讲着怎样为他的亡友编辑遗稿，我自不便打断他的话头，对他说我的杞忧……

我们谈着不觉天色已黑下来，并且天上又洒下丝丝的细雨来。我们便沿着海堤回去了。晚饭后我正伏着窗子看海，又听见涛声澎湃，陡的又勾起我的杞忧来。我因对涵说："我希望你明年不要到外国去……"涵怔怔地道："为什么？"我被他一问又觉得我的思想太可笑了，不说罢！然而不能，我嗫嚅着说："你不记得星相者说你二十八岁要小心吗？"涵听了这话不觉嗤的一声笑道："你真有些神经过敏了，怎么忽然又想起这个来！"我被他讪笑了一阵，也自觉惭沮，便不愿多说，……而不久也就忘记了。

涛声不住的澎湃，然而涵却不曾被它卷入旋涡，但是涵还不到二十八岁，已被病魔拖了去。唉！这不但星相者不曾料到，便是涵自身也未曾梦想到呵！当他在浪拥波掀的碧海之滨，计划为他的亡友整理遗稿，他何尝想到第二年的今日，松涛澎湃中，我正为他整理残篇呢。我一页一页地抄着，由不得心凄目眩。我更拿出他为亡友预备编辑而未曾编辑的残简一叠，更不禁鼻酸泪涕。唉！不可预料的昙花般的生命，正不知道我能否为他整理完全遗著，并且又不知道谁又为我整理遗著呢！梅姊！你看风神勤鼓着双翼，松涛频作繁响，它带来的是什么消息，正是动人无限愁如织呵！

三　斜阳正在烟柳断肠处

斜阳满山，繁英呈艳。我同圃绕过山径，那山路忽高忽低曲折蜿蜒。山洼处一方稻田，麦浪拥波，翠润悦目。走尽田垄，忽见奇峰壁立，一抹残阳，正反映其上。由这里拨乱草探幽径，转而东折，忽露出一条石阶，随阶而上，其势极险，弯腰曲背，十分吃力，走到顶巅，下望群峰起伏，都映掩于淡阳影里。我同圃坐在悬崖上，默默地各自沉思。

我记得那是一个极轻柔而幽静的夜景，没有银盆似的明月，只是点点的疏星，发着闪烁的微光。那寺里一声声钟鼓荡漾在空气里时，实含着一种庄严玄妙的暗示。那一队活泼的青年旅行者，正在那大殿前一片如镜般地平地上手搀着手，捉迷藏为嬉。我同圃德三个人悄悄地走出了山门，便听见瀑布

潺潺溅溅的声音，我们沿着石路慢慢地散着步，两旁的松香清彻，树影参差。我们唱着极凄凉的歌调，圃有些怅惘了，她微微地叹息道："良辰美景……"底下的话她不愿意再说下去，因换了话头说："这个景致，极像某一张影片上的夜景，真比什么都好，可是我顶恨这种太好的风景恒使我惹起无限莫名的怅惘来。"我仿佛有所悟似的，因道："圃，你猜这是什么原因？正是因为环境的轻松，内心得有回旋的余地，潜伏心底的灵性的要求自然乘机发动，如果不能因之满足，便要发生一道怅惘的情绪，然而这怅惘的情绪，却是一种美感，恒使我人迟徊不忍舍去。"我们正发着各自的议论，只有德一声不哼地感叹着。圃似乎不在意般地又接着道："我想无论什么东西，过于着迹，就要失却美感，风景也是如此，只要是自然的便好，那人工堆砌的究竟经不住仔细端相，……甚至于交朋友，也最怕的是腻，因为腻了便觉得丑态毕露。世界上的东西，一面是美的一面是丑的，若果能够掩饰住丑的，便都是美的可欣羡的，否则都是些罪恶！"唉！梅姊，圃的一席话，正合了我的心。你总当记得朋友们往往嫌我冷淡，其实这种电流般的交感，不过是霎时的现象，索居深思的时候，一切都觉淡然！我当时极赞同圃的话，但我觉得德这时有些仿佛失望似的。自然啦，她本是一个热情的人，对于朋友，常常牺牲了自己而宛转因人，而且是过分的细心，别人的一举一动，她都以为是对她而发的，或者是有什么深意。她近来待我很好，可是我久已冷淡的心情，虽愿意十分的和她亲热，无如总是落落的。她自然常时感到不痛快，可是我不能出于勉强的敷衍，不但这是对良心不住，而且也不耐烦，然而她现在没精打采地长叹着，我有些难受了。我想上帝太作弄我，既是给我这种冷酷而少信仰的心性，就不该同时又给我这种热情的焚炙。

最使我不易忘怀的，是德将要离开我们的那一天。午饭后，她便忙着收拾行装，我只怔怔地坐着发呆。她凄然地对我说："我每年暑假离开这个学校时，从不曾感到一些留恋的意味，可是这一次就特别了，老早的就心乱如麻说不出那一种'剪不断，理还乱'的滋味……"她说着眼圈不觉红了。我呢？梅姊若是前五年，我的眼泪早涌出来了，可是现在百劫之余的心灵，仿佛麻木了。我并不是没有同情心，然而我终没有相当的表现，使那对方的人得到共鸣的安慰，当我送她离开校门的时候，正是斜阳满树，烟云凄迷，我因冷冷地道："德！你看斜阳正在烟柳断肠处。"德听了这话，顿时泪如雨下，可是我已经干枯的泪泉，只有惭愧着，直到德的影子不可再见了，我才悄悄地回来。我想到了这里，不觉叹了一声，圃忽回头对我说："趁着好景未去的时候，我们回去吧！也留些不尽的余兴。"梅姊！这却是至理名言吧！

四　寒灰寂寞凭谁暖，落叶飘扬何处归

梅姊！我这个心终久是空落落的，然而也绝不想使这个心不空落，因为世界上究少可凭托的地方，至于归宿呢，除出进了"死之宫门"恐怕没有归宿处呵！空落落的心不免到处生怯，明明是康庄大道，然而我从不敢坦然地前进，但是独立于落日参横，灰淡而沉寂的四空中，又不免怅然自问"寒灰寂寞凭谁暖？落叶飘扬何处归"了。梅姊！可怜以矛刺盾，转战灵田，不至筋疲力倦，奄然物化，尚有何法足以解脱？

有时觉得人们待我也很有情谊，聊以自慰吧！然而多半是必然的关系，含着责任的意味，而且都是搔不着痒处的安慰，甚于有时强我咽所不愿咽的东西。唉！转不如没有这些不自然的牵扯，反落得心身潇洒，到而今束身于桎梏之中，承颜仰色，何其无聊！

但是世界上可靠的人，究竟太少，怯生生的我，总不敢挣脱这个牢笼，放胆前去。我梦想中的乐园，并不是想在绮罗丛里，养尊处优，也不是想在饮宴席上，觥筹交错。我不过求两椽清洁质朴的茅屋，一庭寂寞的花草，容我于明窗净几之下，饮酽茶，茹山果，读秋风落叶之什，抉灵海潮汐，示我亲爱的朋友们。唉！我所望的原来非奢，然而蹉跎至今，依然夙愿莫偿，岁月匆匆，安知不终抱恨长辞。虽然我也知道在这世界上，正有许多醉梦沉酣的人们，膏沐春花秋月般的艳容，傲睨于一群为他们而颠倒的青年之前，是何等的尊若天神。青年们如疯狂似地俯伏她们的足前，求她们的嫣然一笑时，是何等的沉醉迷离。呵！梅姊！你当然记得从前在梅窟时你我的豪兴，我们曾谈到前途的事业，你说你希望诗神能够假你双翼，使你凌霄而上，采撷些仙果琼葩，赐与久不赏识美味的世人，这又是何等超越之趣，然而现在你却怔立在悲风惨日的新墓之旁，含泪仰视。呵！梅姊！你岂是已经掀开人间的厚幕，看到最后的秘密了吗？若果是的，请你不必深说罢！我并恳求你暂且醉于醇醪，以幻象为真实吧！更不必问到"落叶飘扬何处归"的消息，因为

我不能相信在这世界上可以求到所谓凭托与归宿呵！

梅姊！只要我一日活着，我的灵海潮汐将掀腾没有已时，我尤其怕回首到那已经成尘的往事，然而我除了以往事的余味，强为自慰外，我更不知将何物向你诉说！现在的我，未来的我，真仿佛剩余的糟粕，无情的世界诚然厌弃我，然而我也同样的憎厌世界呵！

梅姊！我自然要感激你对我的共鸣，你希望我再到北京，并应许我在凄风苦雨之下伴我痛哭，唉！我们诚然是世界上的怯弱者，终不免死于失望呵！……梅姊！我兴念及此，一管秃笔不堪更续了哟！

（原载1926年《小说月报》第17卷第11号）

愁情一缕付征鸿

蠲：

你想不到我有冒雨到陶然亭的勇气吧！妙极了，今日的天气，从黎明一直到黄昏，都是阴森着，沉重的愁云紧压着山尖，不由得我的眉峰蹙起。可是在时刻挥汗的酷暑中，忽有这么仿佛秋凉的一天，多么使人兴奋！汗自然的干了，心头也不曾燥热得发跳；简直是初赦的囚人，四围顿觉松动。

蠲！你当然理会得，关于我的僻性。我是喜欢暗淡的光线和模糊的轮廓。我喜欢远树笼烟的画境，我喜欢晨光熹微中的一切，天地间的美，都在这不可捉摸的前途里。所以我最喜欢“笑而不答心自闲”的微妙人生，雨丝若笼雾的天气，要比丽日当空时玄妙得多呢！

今日我的工作，比任何一天都多，成绩都好，当我坐在公事房的案前，翠碧的树影，横映于窗间，刷刷的雨滴声，如古琴的幽韵，我写完了一篇温妮的故事，心神一直浸在冷爽的雨境里。

雨丝一阵紧，一阵稀，一直落到黄昏。忽在叠云堆里，露出一线淡薄的斜阳，照在一切沐浴后的景物上，真的，蠲！比美女的秋波还要清丽动怜，我真不知怎样形容才恰如其分，但我相信你总领会得，是不是！

这时君素忽来约我到陶然亭去，蠲！你当然深切地记得陶然亭的景物，万顷芦田，翠苇已有人高。我们下了车，慢慢踏着湿润的土道走着。从苇隙里已看见白玉石碑矗立，呵！蠲！我的灵海颤动了，我想到千里外的你，更想到隔绝人天的涵和辛。我悲郁地长叹，使君素诧异，或者也许有些惘然了。

他悄悄对我望着，而且他不让我多在辛的墓旁停留，真催得我紧！我只得跟着他走了。上了一个小土坡，那便是鹦鹉冢，我蹲在地下，细细辨认鹦鹉曲。颦！你总明白北京城我的残痕最多，这陶然亭，更深深地埋葬着不朽的残痕。五六年前的一个秋晨吧，蓼花开得正好，梧桐还不曾结子，可是翠苇比现在还要高，我们在这里履行最凄凉的别宴。自然没有很丰盛的筵席，并且除了我和涵也更没有第三人。我们带来一瓶血色的葡萄酒和一包五香牛肉干，还有几个辛酸的梅子。我们来到鹦鹉冢旁，把东西放下，搬了两块白石，权且坐下。涵将酒瓶打开，我用小玉杯倒了满满的一盏，鹦鹉冢前，虔诚地礼祝后，就把那一盏酒竟洒在鹦鹉冢旁。这也许没有什么意义，但到如今这印象兀自深印心头呢！

我祭奠鹦鹉以后，涵似乎得了一种暗示，他握着我的手说："音！我们的别宴不太凄凉吗？"我自然明白他言外之意，但是我不愿这迷信是有证实的可能，我咽住凄意笑道："我闹着玩呢，你别管那些，咱们喝酒吧。你不是说在你离开之先，要在我面前一醉吗？好，涵！你尽量地喝吧。"他果然拿起杯子，连连喝了几杯。他的量最浅，不过三四杯的葡萄酒，他已经醉了——两颊红润得如黄昏时的晚霞，他闭眼斜卧在草地上，我坐在他的身旁，把剩下大半瓶的酒，完全喝了。我由不得想到涵明天就要走了，离别是什么滋味？那孤零会如沙漠中的旅人吗？无人对我的悲叹注意，无人为我的不眠嘘唏！我颤抖，我失却一切矜持的力，我悄悄地垂泪，涵睁开眼对我怔视，仿佛要对我剖白什么似的，但他始终未哼出一个字，他用手帕紧紧捂住脸，隐隐透出啜泣之声，这旷野荒郊充满了幽厉之凄音。

颦！悲剧中的一角之造成，真有些自甘陷溺之愚蠢，但自古到今，有几个能自拔？这就是天地缺陷的唯一原因吧！

我在鹦鹉冢旁眷怀往事，心痕暴裂。颦！我相信如果你在跟前，我必致放声痛哭，不过除了在你面前，我不愿向人流泪，况且君素又催我走，结果我咽下将要崩泻的泪液。我们绕过了芦堤，沿着土路走到群冢时，细雨又轻轻飘落，我冒雨在晚风中悲嘘，颦！呵！我实在觉得羡慕你，辛的死，为你遗留下整个的爱，使你常在憧憬的爱园中踯躅。那满地都开着紫罗兰的花，常有爱神出没其中，永远是圣洁的。我的遭遇，虽有些像你，但是比你差逊多了。我不能将涵的骨殖，葬埋在我所愿他葬埋的地方，他的心也许是我的，但除了这不可捉摸的心以外，一切都受了牵掣。我不能像你般替他树碑，也不能像你般，将寂寞的心泪，时时浇洒他的墓土。呵！籫！我真觉得自己可怜！我每次想痛哭，但是没有地方让我恣意地痛哭。你自然记得，我屡次想伴你到陶然亭去，你总是摇头说："你不用去吧！"籫！你怜惜我的心，我何尝不知道，因此我除了那一次醉后痛快地哭过，到如今我一直抑积着悲泪，我不敢让我的泪泉溢出。籫！你想这不太难堪吗？世界上的悲情，孰有过于要哭而不敢哭的呢？你虽是怜惜我，但你也曾想到这怜惜的结果吗？

我也知道，残情是应当将它深深地埋葬，可恨我是过分的懦弱，眉目间虽时时含有英气，可济什么事呢？风吹草动，一点禁不住撩拨呵！

雨丝越来越紧，君素急要回去，我也知道在这里守着也无味，跟着他离开陶然亭。车子走了不远，我又回头前望，只见丛芦翠碧，雨雾幂幂，一切渐渐模糊了。

到家以后，大雨滂沱，君素也不能回去，我们坐在书房里，君素在案上写字，我悄悄坐在沙发上沉思，籫呵！我们相隔千里，我固然不知道你那时在做什么，可是我想你的心魂，日夜萦绕着陶然亭旁的孤墓呢！人间是空虚的，我们这种摆脱不开，聪明人未免要笑我们多余，有时我自己也觉得似乎多余！然而只有籫你能明白：这绵绵不尽的哀愁，在我们有生之日，无论如何，是不能扫尽抛开的呵！

我往往想做英雄，但此念越强，我的哀愁越深。为人类流同情的泪，固然比较一切伟大，不过对于自身的伤痕，不知抚摸惘惜的人，也绝对不是英雄。籫我们将来也许能做英雄，不过除非是由辛和涵使我们在悲愁中扎挣起来，我们绝不会有受过陶炼的热情，在我们深邃的心田中蒸勃呢！

我知道你近来心绪不好，本不应再把这些近乎撩拨的话对你诉说，然而我不说，便如梗在喉，并且我痴心希望，说了后可以减少彼此的深郁的烦纡，所以这一缕愁情，终付征鸿，籫呵！请你恕我吧！

云音七月十五写于灰城。

（原载 1927 年 5 月 24 日《蔷薇周刊》第 2 卷第 32 期）

寄燕北故人

亲爱的朋友们：

在你们闪烁的灵光里，大约还有些我的影子吧！但我们不见已经四年了，以我的测度你们一定不同从前了，至少梅姊给我的印影——夕阳下一个倚新坟而凝泪的梅姊，比起那衰草寒烟的梅窟，吃鸡蛋煎菊花的豪情逸兴要两样了。至于轩姊呢，听说愁病交缠，近来更是人比黄花瘦。那么中央公园里，慢步低吟的幽趣，怕又被病魔销尽了！……呵！现在想到隽妹，更使我心惊！我记得我离开燕京的时候，她还睡在医院里，后来虽常常由信里知道她的病终久痊愈了，并且她又生了两个小孩子，但是她活泼的精神和天真的情态，不曾因为病后改变了吗？哎！不过四年短促的岁月中，便有这许多变迁了，谁还敢打开既往的生活史看，更谁敢向那未来的生活上推想！

我自从去年自己害了一场大病，接着又遭人生的大不幸，终日只是被暗愁锁着。无论怎样的环境，都是我滋感之菌，清风明月，苦雨寒窗，我都曾对之泣泪泛澜，去年我不是告诉你们：我伴送涵的灵柩回乡吗？那时我满想将我的未来命运，整个的埋没于闭塞的故乡，权当归真的墟墓吧！但是当我所乘的轮船才到故乡的海岸时，已经给我一个可怕的暗示——一片寒光，深笼碧水。四顾不禁毛发为之悚栗，满不是我意想中足以和暖我战惧灵魂的故乡。及至上了岸，就见家人，约了许多道士，在一张四方木桌上，满插着招魂幡旗，迎冷风而飘扬。只见涵的衰年老父，揾泪长号，和那招魂的磬钹繁响争激。唉！马江水碧，鼓岭云高，渺渺幽冥，究竟何处招魂！徒使劫余的我肝肠俱断。到家门时，更是凄冷鬼境，非复人间。唉！那高举的丧幡，沉沉的白幔，正同五年前我奔母亲丧时的一样刺心伤神。——不过几年之间，我却两度受造物者的宰割。哎！雨打风摧，更经得几番磨折！——再加着故乡中的俚俗困人，我究竟不过住了半年，又离开故乡了——正是谁念客身轻似叶，千里飘零！

去年承你们的盛情约我北去，更续旧游，只恨我胆怯，始终不敢应诺。按说北京是我第二故乡，我七八岁的时候，就和它相亲相近，直到我离开它，其间差不多十八九年，它使我发生对它的好感，实远胜我发源地的故乡。我到北京去，自然是很妥当而适意的了；不过你们应当知道，我为什么不敢去？东交民巷的皎月馨风，万牲园的幽廊斜晖，中央公园的薄霜淡雾，都深深地镂刻着我和涵的往事前尘！我又怎么敢去？怎么忍去！朋友们！你们千里外的故人，原是不中用的呢！不过也不必因此失望，因为近来我似乎又找到新生路了。只要我的灵魂出了牢狱，我便可和你们相见了！

我这一次重到上海，得到一个出我意料外的寂静的环境，读书作稿，都用不着等待更深夜静。确是蓼荻绕宅，梧桐当户，荒坟蔓草，白杨晚鸦，而它们萧然地长叹，或冷漠，都给我以莫大的安慰，并且启示我，为俗虑所掩遮的灵光——虽只是很淡薄的灵光，然而我已经似有所悟了。

我所住的房子，正对着一片旷野，窗前高列着几棵大树，枝叶繁茂，宿鸟成阵，时时鼓舌如簧，娇啭不绝。我课余无事，每每开窗静听，在它们的快乐声中，常常告诉我，它们是自由的……有时竟觉得，它们在嘲笑我太不自由了，因为我灵魂永远不曾解放过，我不能离开现实而体察神的隐秘，无论做什么事情，都只能宛转因人，这不是太怯弱了吗？

有一天我正向窗外凝视，忽然看见几个小孩子，满脸都是污泥，衣服也和他们的脸一样的肮脏，在我们房子左右满了落叶枯枝的草地上，摭拾那落叶枯枝。这时我由不得心里一惊——天寒岁暮了，这些孩子们，捡这枯枝，想来是，燃了取暖的。昨天听说这左右发见不少小贼，于是我告诉门房的人，把那些孩子赶了出去，并且还交代小工，将那破损的竹篱笆修修好，不要让闲杂人进来，这自然是我的责任，但是我可对不起那几个圣洁的小灵魂了。我简直是蔑视他们，贼自然是可怕的罪恶，然而我没有用的人，只知道关紧门，不许他们进来，这只图自己的安适，再不为那些不幸的人们着想，这是多么卑鄙的灵魂？除自私之外没有更大的东西了！朋友们：在这灵光一瞥中，我发见了人类的丑恶，所以现在除了不幸的人外，我没有朋友。有许多人，对着某一个不幸的人，虽有时也说可怜，然而只是上下唇、及舌头筋肉间的活动，和音带的震响罢了——真是十三分的漠然，或者可以说，其间含着幸灾乐祸的恶意呢？总之一个从来不懂悲哀和痛苦真义的人，要叫他能了解悲哀和痛苦的神秘，未免太不容易！所以朋友们！你们要好好记住，如果你们是有痛苦悲哀的时候，与其对那些不能了解的人诉说，希冀他们予以同情的共鸣，那只是你们的幻想，决不会成事实的。不如闭紧你们的口，眼泪向肚里流要好得多呢。

悲哀才是一种美妙的快感，因为悲哀的纤维，是特别的精细，它无论是触于怎样温柔的玫瑰花朵上，也能明切的感觉到，比起那近于欲的快乐的享受，真是要耐人寻味多了。并且只有悲哀，能与超乎一切的神灵接近。当你用怜悯而伤感的泪眼，去认识神灵的所在，比较你用浮夸的享乐的欲眼时，要高明得多。悲哀诚然是伟大的！

朋友们！你们读我的信到这个地方，总要放下来揣想一下吧！甚或要问这倒是怎么一回事？想来这个不幸的人，必要被暗愁搅乱了神经，不然为何如此尊崇悲哀和不幸者呢？要不然这个不幸的人，一定改了前此旷达的心胸，自囿于凄栗之中，……呵！朋友们：如果你们如是的怀疑，我可以诚诚实实地告诉你们，这揣想完全错了。我现在的态度，固然是比较从前严肃，然而我却好久不掉眼泪了。看见人家伤心，我仿佛是得到一句隽永的名句，有意义的，耐人寻味的名句。我得到这名句，一面是刻骨子的欣赏，一面又从其中得到慰安。这真是一种灵的认识，从悲哀的历程中，所发见的宝藏。

我前此常常觉得人生，过于单调：青春时互相的爱恋者，一天天平凡的度过去，究竟什么是生命的意义！有什么无上的价值，完全不明了。现在我仿佛得到神明的诏示，真了解悲哀才有与神接近的机会，才能以鲜红的热血为不幸者牺牲。朋友们！我相信你们中一定有能了解我这话的人，至少梅姊可以和我表同情，是不是？

我自从沦入失望和深愁浸渍的漩涡中，一直总是颓废不振。我常常自危，幸而近来灵光普照，差不多已由颓废的漩涡中扎挣起来了。只要我一旦对于我的灵魂，更能比较地解放，更认识得清楚些，那么那个人的小得失，必不至使我惊心动魄了。

梅姊的近状如何？我记得上半年来信，神气十分萎靡。固然我也知道梅姊的遭遇多苦。但是，我希望梅姊把自己的价值看重些，把自己的责任看大些，像我们这种个人的失意，应该把它稍为靠后些。因为这悲哀造成的世界，本以悲哀为原则，不过有的是可医治的悲哀，有的是不可医治的悲哀。我们的悲哀，是不可医治的根本的烦冤，除非毁灭，是不能使我们与悲哀相脱离。我们只有推广这悲哀的意味，与一切不幸者同运命，我们的悲哀岂不更觉有意义些吗？呵！亲爱的朋友！为了怜悯一个贫病的小孩子而流泪，要比因自己的不幸而流泪，要有意味得多呢！

神实在是不可思议的，所以能够使世界瑰琦灿烂，不可逼视，在这里我要告诉你一件很有趣味的事实。前天下午，我去看星姊，那时美丽的太阳，正射着玫瑰色的玻璃窗上，天边浮动着变幻的浅蓝的飞云。我走到星姊的房间的时候，正静悄悄不听一点声息。后来我开门进去，只见星姊正在摇篮旁用手极轻微地摇着睡在里面的小孩子。我一看，突然感觉到母亲伟大而高远的爱的神光，从星姊的两眸子中流射出来。那真是一朵不可思议的灿烂之花！呵隽妹！我现在能想象你，那温慈的爱欢，正注射着你那可爱的娇儿呢！这真是人间最大慰安吧，无论是怎么痛苦或疲乏的人，只要被母亲的春晖拂照便立刻有了生气。世界上还有比母亲的爱更伟大么？这正是能牺牲自己而爱，爱她们的孩子，并且又是无所为而爱的呵！母亲的爱是怎样的神圣，也正和为不幸而悲哀同样有意味呢？

现在天气冷了，秋风秋雨一阵紧一阵，燕北彤云，雪意必浓，四境的冷涩，不知又使多少贫苦人惊心骇魄。但愿梅姊用悲哀的更大同情，为他们洗涤创污，隽妹以母亲伟大的温情，为他们的孤零嘘拂。

如果是无甚阻碍，明年暑假，我们定可图一晤。敬祝亲爱的朋友为使灵魂的超越而努力呵！

你们海角的故人书于凄风冷雨之下。

（选自《曼丽》，北平古城书社 1928 年 1 月初版）

房东

当我们坐着山兜，从陡险的山径，来到这比较平坦的路上时，兜夫“哎哟”地舒了一口气，意思是说“这可到了”。我们坐山兜的人呢，也照样地深深地舒了一口气，也是说：“这可到了！”因为长久的颠簸和忧惧，实在觉得力疲神倦呢！这时我们的山兜停在一座山坡上，那里有一所三楼三底的中国化的洋房。若从房子侧面看过去，谁也想不到那是一座洋房，因为它实在只有我们平常比较高大的平房高。不过正面的楼上，却也有二尺多阔的回廊，使我们住房子的人觉得满意。并且在我们这所房子的对面，是峙立着无数的山峦，当晨曦窥云的时候，我们睡在床上，可以看见万道霞光，从山背后冉冉而升。跟着雾散云开，露出艳丽的阳光。再加着晨气清凉，稍带冷意的微风，吹着我们不曾掠梳的散发，真有些感觉得环境的松软。虽然比不上列子御风那么飘逸。至于月夜，那就更说不上来的好了。月光本来是淡青色，再映上碧绿的山景，另是一种翠润的色彩，使人目跌神飞。我们为了它们的倩丽往往更深不眠。

这种幽丽的地方，我们城市里熏惯了煤烟气的人住着，真是有些自惭形秽，虽然我们的外面是强似他们乡下人。凡从城里来到这里的人，一个个都仿佛自己很明白什么似的，但是他们乡下人至少要比我们离大自然近得多，他们的心要比我们干净得多。就是我那房东，她的样子虽特别的朴质，然而她却比我们好像知道什么似的人更知道些，也比我们天天讲自然趣味的人，实际上更自然些。

可是她的样子，实在不见得美，她不但有乡下人特别红褐色的皮肤，并且她左边的脖项上长着一个盖碗大的肉瘤。我第一次看见她的时候，对于她那个肉瘤很觉厌恶，然而她那很知足而快乐的老面皮上，却给我很好的印象。倘若她只以右边没长瘤的脖项对着我，那倒是很不讨厌呢！她已经五十八岁了，她的老伴比她小一岁，可是他俩所做的工作，真不像年纪这么大的人。他俩只有一个儿子，倒有三个孙子，一个孙女儿。他们的儿媳妇是个瘦精精的妇人。她那两只脚和腿上的筋肉，一股一股地隆起，又结实又有精神。她一天到晚不在家，早上五点钟就到田地里去做工，到黄昏的时候，她有时肩上挑着几十斤重的柴来家了。那柴上斜挂着一顶草笠，她来到她家的院子里时，把柴担从这一边肩上换到那一边肩上时，必微笑着同我们招呼道："吃晚饭了吗？"当这时候，我必想着这个小妇人真自在，她在田里种着麦子，有时插着白薯秧，轻快的风吹干她劳瘁的汗液，清幽的草香，阵阵袭入她的鼻观，有时可爱的百灵鸟，飞在山岭上的小松柯里唱着极好听的曲子，她心里是怎样的快活！当她向那小鸟儿瞬了一眼，手下的秧子不知不觉已插了很多了。在她们的家里，从不预备什么钟，她们每一个人的手上也永没有带什么手表，然而她们看见日头正照在头顶上便知道午时到了，除非是阴雨的天气，她们有时见了我们，或者要问一声：师姑，现在十二点了罢！据她们的习惯，对于做工时间的长短也总有个准儿。

住在城市里的人每天都能在五点钟左右起来，恐怕是绝无仅有，然而在这岭里的人，确没有一个人能睡到八点钟起来。说也奇怪，我在城里头住的时候，八点钟起来，那是极普通的事情，而现在住在这里也能够不到六点钟便起来，并且顶喜欢早起。因为朝旭未出将出的天容和阳光未普照的山景，实在别有一种情趣。更奇异的是山间变幻的云雾，有时雾拥云迷，便对面不见人。举目唯见，一片白茫茫，真有人在云深处的意味。然而刹那间风动雾开，青山初隐隐如笼轻绡。有时两峰间忽突起朵云，亭亭如盖，翼蔽天空，阳光黯淡，细雨霏霏，斜风潇潇，一阵阵凉沁骨髓，谁能想到这时是三伏里的天气。我曾记得古人词有"采药名山，读书精舍，此计何时就"？就是我从前一读一怅然，想望而不得的逸兴幽趣，今天居然身受，这是何等的快乐！更有我们可爱的房东，每当夕阳下山后，我们坐在岩上谈说时，她又告诉我们许多有趣的故事，使我们想象到农家的乐趣，实在不下于神仙呢。

女房东的丈夫，是个极勤恳而可爱的人，他也是天天出去做工，然而他可不是去种田，他是替他们村里的人，收拾屋漏。有时没有人来约他去收拾时，他便戴着一顶没有顶的草笠，把他家的老母牛和老公牛，都牵到有水的草地上拴在老松柯上，他坐在草地上含笑看他的小孙子在水池旁边捉蛤蟆。

不久炊烟从树林里冒出来，西方一片红润，他两个大的孙子从家塾里一跳一踯的回来了。我们那女房东就站在斜坡上叫道："难民仔的公公，回来吃饭。"那老头答应了一声"来了"，于是慢慢从草地上站起来，解下那一对老牛，慢慢踱了回来。那女房东在堂屋中间摆下一张圆桌，一碗热腾腾的老倭瓜，一碗煮糟大头菜，一碟子海蜇，还有一碟咸鱼，有时也有一碗鱼鲞墩肉。这时他的儿媳妇抱着那个七八个月大的小女儿喂着奶，一手抚着她第三个儿子的头。吃罢晚饭他给孩子们洗了脚，于是大家同坐在院子里讲家常，我们从楼上的栏杆望下去，老女房东便笑嘻嘻地说："师姑！晚上如果怕热，就把门开着睡。"我说："那怪怕的，倘若来个贼呢？这院子又只是一片石头叠就的短墙，又没个门！""呵哟师姑！真真的不碍事，我们这里从来没有过贼，我们往常洗了衣服，晒在院子里，有时被风吹了掉在院子外头，也从没有人给拾走。倒是那两只狗，保不定跑上去。只要把回廊两头的门关上，便都不得了！"我听了那女房东的话，由不得称赞道："到底是你们村庄里的人朴厚，要是在城里头，这么空落落的院子，谁敢安心睡一夜呢！"那老房东很高兴地道："我们乡户人家，别的能力没有，只讲究个天良，并且我们一村都是一家人，谁提起谁来都是知道的。要是做了贼，这个地方还住得下去吗？"我不觉叹了一声，只恨我不做乡下人，听了这返朴归真的话，由不得不心凉，不用说市井不曾受教育的人，没有天良，便是在我们的学校里还常常不见了东西呢！怎由得我们天天如履薄冰般的，掬着一把汗，时时竭智虑去对付人，哪复有一毫的人生乐趣？

我们的女房东，天天闲了就和我们说闲话儿，她仿佛很羡慕我们能读书识字的人，她往往称赞我们为聪明的人。她提起她的两个孙子也天天去上学，脸上很有傲然的颜色。其实她未曾明白现在认识字的人，实在不见得比他们庄农人家有出息。我们的房东，他们身上穿着深蓝老布的衣裳，用着极朴质的家具，吃的是青菜萝卜，白薯搀米的饭，和我们这些穿缎绸，住高楼大厦，吃鱼肉美味的城里人比，自然差得太远了。然而试量量身份看，我们是家之本在身，吃了今日要打算明日的，过了今年要打算明年的，满脸上露着深虑所渍的微微皱痕，不到老已经是发苍苍而颜枯槁了。她们家里有上百亩的田，据说好年成可收七八十石的米，除自己吃外，尚可剩下三四十石，一石值十二三块钱，一年仅粮食就有几百块钱的裕余。

以外还有一块大菜园，里面萝卜白菜，茄子豆角，样样俱全，还有白薯地五六亩，猪牛羊鸡和鸭子，又是一样不缺。并且那一所房除了自己住，夏天租给来这里避暑的人，也可租上一百余元，老母鸡一天一个蛋，老母牛一天四五瓶牛奶，倒是纯粹的奶子汁，一点不搀水的。我们天天向他买一瓶要一角二分大洋，他们吃用全都是自己家里的出产品，每年只有进款加进款，却不曾消耗一文半个，他们舒舒齐齐地做着工，过着无忧无虑的日，他们可说是“外干中强”，我们却是“外强中干”。只要学校里两月不发薪水，简直就要上当铺，外面再掩饰得好些，也遮不着隐忧重重呢！

我们的老房东真是一个福气人，她快六十岁的人了，却像四十几岁的人。天色朦胧，她便起来，做饭给一家的人吃。吃完早饭儿子到村集里去做买卖，媳妇和丈夫，也都各自去做工，她于是把她那最小的孙女用极阔的带把她驮在背上，先打发她两个大孙子去上学，回来收拾院子，喂母猪，她一天到晚忙着，可也一天到晚地微笑着。逢着她第三个孙子和她撒娇时，她便把地里掘出来的白薯，递一片给他，那孩子笑嘻嘻地蹲在捣衣石上吃着。她闲时，便把背上的孙女儿放下来，抱着坐在院子里，抚弄着玩。

有一天夜里月色布满了整个的山，青葱的树和山，更衬上这淡淡银光，使我恍疑置身碧玉世界，我们的房东约我们到房后的山坡上去玩，她告诉我们从那里可以看见福州。我们越过了许多壁立的巉岩，忽见一片细草平铺的草地，有两所很精雅的洋房，悄悄地站在那里。一带的松树被风吹得松涛澎湃，东望星火点点，水光泻玉，那便是福州了。那福州的城子，非常狭小，民屋垒集，烟迷雾漫，与我们所处的海中的山巅，真有些炎凉异趣。我们看了一会福州，又从这垒岩向北沿山径而前，见远远月光之下竖立着一座高塔，我们的房东指着对我们说：“师姑！你们看见这里一座塔吗？提到这个塔，有一个很有趣的故事，我们这里相传已久了。”

“人们都说那塔的底下是一座洞，这洞叫做小姐洞，在那里面住着一个神道，是十七八岁长得极标致的小姐，往往出来看山，遇见青年的公子哥儿，

从那洞口走过时，那小姐便把他们的魂灵捉去，于是这个青年便如痴如醉地病倒，吓得人们都不敢再从那地方来。有一次我们这村子，有一家的哥儿只有十九岁，这一天收租回来，从那洞口走过，只觉得心里一打寒战，回到家里便昏昏沉沉睡了，并且嘴里还在说：‘小姐把我请到卧房坐着，那卧房收拾得像天宫似的。小姐长得极好，我永不要回来。后来又说某家老二老三等都在那里做工。’他们家里一听这话，知道他是招了邪，因找了一位道士来家作法。第一次来了十几个和尚道士，都不曾把那哥儿的魂灵招回来；第二次又来了二十几个道士和尚，全都拿着枪向洞里放，那小姐才把哥儿的魂灵放回来！自从这故事传开来以后，什么人都不再从小姐洞经过，可是前两年来了两个外国人，把小姐洞旁的地买下来，造了一所又高又大的洋房，说也奇怪，从此再不听小姐洞有什么影响，可是中国的神道，也怕外国鬼子——现在那地方很热闹了，再没有什么可怕！”

我们的房东讲完这一件故事，不知想起什么，因问我道：“那些信教的人，不信有鬼神。师姑！你们读书的人自然知道有没有鬼神了。”

这可问着我了，我沉吟半晌答道：“也许是有，可是我可没看见过，不过我总相信在我们现实世界以外，总另有一个世界，那世界你们说他是鬼神的世界也可以，而我们却认那世界为精神的世界……”

“哦！倒是你们读书的人明白！可是什么叫做精神的世界呵！是不是和鬼神一样？”

我被那房东这么一问，不觉嗤地笑了，笑我自己有点糊涂，把这么抽象的名词和他们天真的农人说。现在我可怎样回答呢，想来想去，要免解释的麻烦，因嗫嚅着道：“正是也和鬼神差不多！”

好了！我不愿更谈这玄之又玄的问题，不但我不愿给她勉强的解释，其实我自己也不大明白，我因指着她那大孙子道：“孩子倒好福相，他几岁了？”我们的房东，听我问她的孩子，十分高兴地答道：“他今年九岁了，已定下亲事，他的老婆今年十岁了。”后又指着她第二个孙子道：“他今年六岁也定下亲，他的老婆也比他大一岁，今年七岁……我们家里的风水，都是女人比丈夫大一岁，我比他公公大一岁，她娘比他爹大一岁……我们乡下娶媳妇，多半都比儿子要大许多，因为大些会做事，我们家嫌大太多不大好，只大着一岁，要算很特别的了。”

“吓！阿姆你好福气，孙子媳妇都定下了，足见得家里有，要不然怎么做得起。”我们中的老林很羡慕似的，对我们的房东说。我觉得有些好奇，因对那两个小孩子望着，只见他们一双圆而黑的眼珠对他们的祖母望着……我不免想这么两个无知无识的孩子，倒都有了老婆，这真是有点不可思议的事实。自然，在我们受过洗礼的脑筋里，不免为那两对未来的夫妇担忧，不知他们到底能否共同生活，将来有没有不幸的命运临到他和她，可是我们的那老房东确觉得十分的爽意，仿佛又替下辈的人做成了一件功绩。

一群小鸡忽然啾啾地嘈了起来。那老房东说：“又是田鼠作怪！”因忙忙地赶去看。我们怔怔坐了些时就也回来了。走到院子里，正遇见那房东迎了出来，指着那山缝的流水道：“师姑！你看这水映着月光多么有趣……你们如果能等过了中秋节下去，看我们山上过节，那才真有趣，家家都放花，满天光彩，站在这高坡上一看真要比城里的中秋节还要有趣。”我听了这话，忽然想到我来到这地方，不知不觉已经二十天了，再有三十天，我就得离开这个富于自然——山高气清的所在，又要到那充满尘气的福州城市去，不用说街道是只容得一轮汽车走过的那样狭，屋子是一堵连一堵排比着，天空且好比一块四方的豆腐般呆板而沉闷，至于那些人呢，更是俗垢遍身不敢逼视。

日子飞快地悄悄地跑了，眼看着就要离开这地方了。那一天早起，老房东用大碗满满盛了一碗糟菜，送到我的房间，笑容可掬地说：“师姑！你也尝尝我们乡下的东西，这是我自己亲手做的，这几天才全晒干了，师姑你带到城里去管比市上卖的味道要好，随便炒吃墩肉吃，都极下饭的。”我接着说道：“怎好生受，又让你花钱。”那老房东忙笑道：“师姑！真不要这么说，我们乡下人有的是这种菜根子，哪像你们城市的人样样都须花钱去买呢！”我不觉叹道：“这正是你们乡下人叫人羡慕而又佩服的地方，你们明明满地的粮食，满院的鸡鸭和满圈子的牛羊猪，是要什么有什么，可是你们样子可都诚诚朴朴的，并没有一些自傲的神气，和奢侈的受用……这怎不叫人佩服！再说你们一年到头，各人做各人爱做的事，舒舒齐齐地过着日了，地方的风景又好，空气又清，为什么人不羡慕？”

那老房东听了这话，一手摸着那项上的血瘤，一面点头笑道：“可是的呢！我们在乡下宽敞清静惯了倒不觉得什么……去年福州来了一班耍马戏的，我儿子叫我去见识见识，我一清早起带着我大孙子下了岭，八点钟就到福州，我儿子说离马戏开演的时间还早咧，我们就先到城里各大街去逛，那人真多，房子也密密层层，弄得我手忙脚乱，实觉不如我们岭里的地方走着舒心……师姑！你就多住些日子下去吧！”

我笑道：“我自然是愿意多住几天，只是我们学校快开学了，我为了职务的关系，不能不早下去……这个就是城市里的人大不如你们乡下人自在呵！”

我们的房东听了这话，只点了一点头道：“那么师姑明年放暑假早些来，再住在我们这里，大家混得怪熟的，热辣辣地说走，真有点怪舍不得的呢！”

可是过了两天，我依然只得热辣辣地走了，不过一个诚恳而温颜的老女房东的印象却深刻在我的心幕上——虽是她长着一个特别的血瘤，使人更不容易忘怀。然而她的家庭，和她的小鸡和才生下来的小猪儿……种种都充满了活泼泼的生机使我不能忘怀——只要我独坐默想时，我就要为我可爱而可羡的房东祝福！并希望我明年暑假还能和她见面！

（选自《曼丽》，北平古城书社 1928 年 1 月初版）

秋风秋雨愁煞人

凌峰独乘着一叶小舟，在霞光璀璨的清晨里。淡雾仿若轻烟，笼住湖水与岗峦，氤氲的岫云，懒散地布在山谷里。远处翠翠隐隐，紫雾漫漫，这时意兴十分潇洒。舟子摇着双桨，低唱小调。这船已荡向芦荻丛旁。凌峰站在船头，举目四望，一片红寥，几丛碧苇，眼底收尽秋色。她吩咐舟子将船拢了岸。踏着细草，悄悄前进走过一箭多路。忽听长空雁唳，仰头一看，霞光无彩，雾氛匿迹，云高气爽，北雁南飞，正是“一年容易又秋风”，她怔怔倚着孤梧悲叹。

许多游山的人，在对面高峰上唱着陇头水曲，音调悲凉。她黯然危立，忽见树林里有一座孤坟，在孤坟的四围，满是霜后的枫叶，鲜红比血，照眼生辉。树梢头哀蝉穷嘶，似诉将要僵伏的悲愁，促织儿在草底若歌若泣，她在这冷峭的秋色秋声中，忽想起五年前曾在此地低吟“秋风秋雨愁煞人”!

她不由自主地向那孤坟走去，只见坟旁竖着残碑断碣，青苔斑斓，字迹模糊，从地上捡了一块瓦片，将青苔刮尽才露出几个字是“女烈士秋瑾之墓”。

“哦！女英雄”。她轻轻低呼着！已觉心潮激涌，这黄土坑中，深埋着虽是已腐化的枯骨，但是十几年前却是一个美妙的女英雄。那夜微冷的西风，吹拂着庭前松柯，发出凄厉的涛歌，沙沙的秋雨，滴在梧桐叶上。她正坐在窗下，凄影独吊，忽见门帘一动，进来一个英风满面的女子，神色露着张惶，急将桌上洋灯吹灭低声道：“凌妹真险，请你领我从你家后花园门出去，迟了他们必追踪前来。”凌峰莫名其妙地张慌着！她们冒雨走过花园的石子路，向北转，已看见竹篱外的后门了。凌峰开了后门，把她送出去，连忙关上跑到屋里，还不曾坐稳，已听见前面门口有人打门！她勉强镇定了，看看房里母亲，已经睡了，父亲还没有回来，壁上的时计正指在十点。看门的老王进来说：外面有两个侦探要见老爷，我回他老爷没在家，他说刚才仿佛看见一个女人进了咱们的家门，那是一个革命党，如果在这里，须立刻把她交出来，不然咱们都得受连累。凌峰道："你告诉他并没有人进来，也许他看错了，不信请他进来搜好了……"

母亲已在梦中惊醒，因问道："什么事？"老王把前头的话照样的回了母亲，仿佛已经料到是什么事了，因推枕起来道："快到隔壁叫李家少爷来……半夜三更倘或闹出事来还了得。"老王忙忙把李家少爷请来，母亲托他和那两个侦探交涉，这可怕的搅骚才幸免了。

凌峰背着人悄悄将适才的事告诉了母亲，母亲不禁叹道："你姑爹姑妈死得早，可怜剩下她一个孤女……又是生来气性高傲，喜打抱不平，现在竟做了革命党，哎！若果有什么意外发生怎么办？"说着不禁垂下泪来……十二点多钟凌峰的父亲回来了，听知这消息也是一夜担心，昨夜风雨中不知她躲在什么地方去？……惊惧的云幔一直遮蔽着凌峰的一家。"

过了几天忽从邮局送来一封信正是秋瑾的笔迹。凌峰的父亲忙忙展读道：

舅父母大人尊前：

前夜自府上逃出，正风雨交作，泥泞道上，仓遑奔驰，满拟即乘晚车北去引避，不料官网密密，卒陷其中，甫到车站，已遭逮捕，虽未经宣布罪状，而前途凶多吉少，则可预臆也。但甥自幼孤露，命运厄蹇，又际国家多事，满目疮痍，危神州之陆沉，何惜性命！以身许国甥志早决矣。虽刀踞斧钺之加，不变斯衷，念皇皇华胄，又摧残于腥膻之满人手中，谁能不冲发裂眦，以求涤雪光复耶？甥不揣愚鄙，窃慕良玉木兰之高行，妄思有以报国，乃不幸而终罹法网，此亦命也。但望革命克成，虽死犹生，又复何憾？唯夙蒙舅父母爱怜，时予训迪，得有今日，罔极深恩，未报万一，一旦溘逝，未免遗恨耳！别矣！别矣！临楮凄惶，不知所云。肃叩

福安！

甥女秋瑾再拜

自从这消息传来以后，母亲整整哭了一夜，第二天父亲到处去托人求情，但朝廷这时最忌党人，虽是女流也不轻赦，等到七天以后，就要绑到法场行刑。父亲不敢把这惊人的信息告诉母亲，只说已托人求情，或者有救，母亲每日在佛堂念佛，求菩萨慈悲，保佑这可怜的甥女。

这几天秋雨连绵，秋风瑟瑟，秋瑾被关在重牢里，手脚都上着镣铐，日夜受尽荼毒，十分苦楚，脸上早已惨白，没有颜色。她坐在墙犄角里，对着那铁窗的风雨，怔怔注视，后来她黯然吟道："秋风秋雨愁煞人！"她念完这诗句之后，她紧紧闭上眼睛，有时想到死的可怕，但是她最终傲然地笑了。如果因为她的牺牲，能助革命成功，这死是重于泰山，还有比这个更好的死法吗？她想到这里，不但不怕死，且盼死期的来临，鲜红的心血，仿佛是菩萨瓶中的甘露，她能救一切的生灵，僵卧断头台旁的死尸，是使人长久纪念的，伟大而隽永……

行刑的头一天，她的舅父托了许多人情，要会她一面，但只能在铁栏的空隙处，看一看，并且时间不得过五分钟。秋瑾这时脸色已变得青黄，两只眼球突出，十分惨厉可怕，她舅父从铁栏里伸进手来，握住她那铁镣铛的手，禁不住流下泪来。秋瑾怔怔凝注他的脸，眼睛里的血，一行行流在两颊上，她惨笑，她摇头！她凄厉地说："舅舅保重！"她的心已碎了，她晕然地倒在地下，她舅父在外面顿足痛哭，而五分钟的时间，已经到了，狱吏将他带出去。

到了第二天十点钟的时候，道路上人忙马乱，卫队一行行过去，荷枪实弹的兵士，也是一队队地过去，一个个威风凛凛，杀气蒸腾，杀一个人，究竟怎么一种滋味？呵！这只有上帝知道。

几辆囚车，载着许多青年英豪志士，向刑人场去。最后一辆车上，便是那女英雄秋瑾。凌峰远远地望见，不禁心如刀割呜咽地哭了。街上看热闹的人，对于这些为国死难的志士，有的莫名其妙地说："这些都是革命党？"有的仿佛很懂得这事情的意味的，只摇着头，微微叹道："可怜！"最后的囚车的女英雄出现了，更使街上的人惊异，"女人也做革命党，这真是破天荒的新闻！"

这些英雄，一刹那间都横卧在刑人场上，他们的魂魄，都离了这尘浊的世界了。秋瑾的尸骸，由她舅父装殓后，便停在普救寺里。

过了不久，革命已告成功，各省都悬上白布旗帜，那腥羶的满洲人，都从贵族的花园里，四散逃亡，皇帝也退了位，这些死难的志士，都得扬眉吐气，各处人士都来公祭黄花岗七十二烈士。秋瑾尤是其中一个努力的志士，因公议把她葬在西湖，使美妙的湖山，更增一段英姿。

凌峰想到这里，再看看眼底的景物，但见荒草离离，白杨萧萧，举首天涯，兵锋连年，国是日非，这深埋的英魂，又将何处寄栖！哪里是理想的共和国家，她由不得悲绪潮涌，叩着那残碑断碣，慨然高吟道：

“枫林古道，荒烟蔓草，
何处赋招魂！
更兼这——
秋风秋雨愁煞人！
……”

她正心魂凄迷的时候，舟子已来催上道，凌峰懒懒出了枫林，走到湖边，再回头一望，红蓼鲜枫，都仿若英雄的热血，她不禁凄然长叹。上了小船，舟子洒然鼓桨前进，不问人是何心情，他依然唱着小调，只有湖上的斜风细雨，助她叹息呢！

（原载 1927 年 6 月《蔷薇周刊》第 2 卷第 29 期）

生命的光荣

叩苍从狱中寄来的信。

这阴森惨凄的四壁，只有一线的亮光，闪烁在这可怕的所在。暗陬里仿佛狞鬼睁视，但是朋友！我诚实地说吧，这并不是森罗殿，也不是九幽十八层地狱，这原来正是覆在光天化日下的人间哟！

你应当记得那一天黄昏里，世界呈一种异样的淆乱，空气中埋伏着无限的恐惧，我们正从十字街头走过。虽然西方的彩霞，依然罩在滴翠的山巅，但是这城市里是另外包裹在黑幕中，所蓄藏的危机时时使我们震惊。后来我们看见槐树上，挂着血淋淋的人头，峰如同失了神似“哎哟”一声，用双手掩着两眼，忙忙跑开。回来之后，大家的心魂都仿佛不曾归窍似的。过了很久峰如才舒了一口气，凄然叹道：“为什么世界永远的如是惨淡？命运总是如饿虎般，张口向人间搏噬！”自然啦，峰当时可算是悲愤极了。不过朋友你知道吧！不幸的我，一向深抑的火焰，几乎悄悄焚毁了我的心，那时我不由地要向天发誓，我暗暗咒诅道：“天！这纵使是上苍的安排，我必以人力挽回，我要扫除毒氛恶气，我要向猛虎决斗，我要向一切的强权抗衡……”这种的决心我虽不曾明白告诉你们，但是朋友只要你曾留意，你应当看见我眼内爆烈的火星。

后来你们都走了，我独自站在院子里，只见宇宙间充满了冷月寒光，四境如死的静默，我独自厮守着孤影。我曾怀疑我生命的荣光，在这世界上，我不是巍峨的高山，也不是湛荡的碧海，我真微小，微小如同阴沟里的萤虫，又仿佛冢间闪荡的鬼火，有时虽也照见芦根下横行跋扈的螃蟹，但我无力使这霸道的足迹，不在人间践踏。

朋友！我独立凄光下，由寂静中，我体验出我全身血液的滚沸，我听见心田内起了爆火。我深自惊讶，呵！朋友！我永远不能忘记，那一天在马路上所看见的惨剧，你应也深深地记得：

那天似乎怒风早已诏示人们，不久将有可怕的惨剧出现，我们正在某公司的楼上，向那热闹繁华的马路瞭望，忽见许多青年人，手拿白旗向这边进行。忽然间人声鼎沸如同怒潮拍岸，又像是突然来了千军万马，这一阵紊乱，真不免疑心是天心震怒，我们正摸不着头脑的时候，忽听霹啪一阵连珠炮响。呵，完了！完了！火光四射，赤血横流，几分钟之后，人们有的发狂似的掩面而逃，有的失神发怔，等到马路上人众散尽，唉！朋友！谁想到这半点钟以前，车水马龙的大马路，竟成了新战场！愁云四裹，冷风凄凄，魂凝魄结，鬼影憧憧，不但行人避路，飞鸦也不敢停留，几声哑哑飞向天阊高处去了。

朋友！我恨呵！我怒呵！当时我不住用脚跺那楼板，但是有什么用处，只不过让那些没有同情的人类，将我推搡下楼。我是弱者，我只得含着眼泪回家，我到了屋里，伏枕放量痛哭，我哭那锦绣河山，污溅了凌践的血腥，我哭那皇皇中华民族，被虎噬狼吞的奇辱，更哭那睡梦沉酣的顽狮，白有好皮囊，原来是百般撩拨，不受影响，唉！天呵！我要叩穹苍，我要到碧海，虔诚地求乞醒魂汤。

可怜我走遍了荒漠，经过崎岖的山峦，涉过汹涌的碧海，我尚未曾找到醒魂汤，却惹恼了为虎作伥的厉鬼，将我捉住，加我以造反的罪名，于是我从料峭山巅，陨落在这所谓人间的人间。

朋友！在我的生命史上，我很可以骄傲，我领略过，玉软香温的迷魂窟的生活，我作过游山逛海的道人生活……现在我要深深尝尝这囚牢的滋味，所以我被逮捕的时候，我并不诅咒，做了世间的人，岂可不遍尝世间的滋味？当我走这刚足容身的牢里的时候，我曾酣畅地微笑着。呵！朋友这自然会使你们怀疑，坐监牢还值得这样的夸耀？但是朋友！你如果相信我，我将坦白地告诉你说，世界最苦痛的事情，并不是身体的入牢狱，只是不能舒展的心岳，这话太微妙了。但是朋友！只要你肯稍微沉默地想一想，你当能相信我不是骗你呢。

这屋子虽然很小，但他不能拘束我心，不想到天边，不想到海角，我依然是自由。朋友你明白吗？我的心非常轻松，没有什么铅般的压迫，有，只是那未沥尽的热血在蒸沸。

今天我伏在木板上，似忧似醉的当儿，我的确把世界的整个体验了一遍。哎！我真像是不流的死沟水，永远不动的，伏在那里，不但肮脏，而且是太有限了。我不由得自己倒抽了一口气，但是我感谢上帝，在我死的以前，已经觉悟了。即使我的寿命极短促，然而不要紧，我用我纯挚的热血为利器，我要使我的死沟流，与荡荡的大海洋相通，那么我便可成为永久的，除非海枯石烂了，我永远是万顷中的一滴。朋友！牢狱并不很坏，它足以陶熔精金。

昨夜风和雨，不住地敲打这铁窗，也许有许多的罪囚，要更觉得环境的难堪，但我却只有感谢，在铁窗风雨下，我明白什么是生命的光荣。

按罪名我或不至于死，不过从进来时，审问过一次后，至今还没有消息。今早峰替我送来书和纸笔，真使我感激，我现在不恐惧，也不发愁。虽然想起兰为我担惊受怕，有点难过，但是再一想“英雄的忍情，便是多情”的一句话，我微笑了，从内心里微笑了。兰真算知道我，我对她只有膜拜，如同膜拜纯洁圣灵的女神一般。不过还请你好好地安慰她吧！倘然我真要到断头台的时候，只要她的眼泪滴在我的热血上，我便一切满足了。至于儿女情态，不是我辈份内事……我并不急于出狱，我虽然很愿意看见整个的天，而这小小的空隙已足我游仞了。

我四周围的犯人很多，每到夜静更深的时候，有低默的呜咽，有浩然的长叹，我相信在那些人里，总有多一半是不愿犯罪，而终于犯罪的。哎！自然啦，这种社会底下，谁是叛徒，谁是英雄，真有点难说吧！况且设就的天罗地网，怎怪得弱者的陷落。朋友！在这种情形之下，我们该做什么？让世界永远埋在阴惨的地狱里吗？让虎豹永远的猖獗吗？朋友呵！如果这种恐慌不去掉，我们情愿地球整个的毁灭，到那时候一切死寂了，便没有心焰的火灾，也没有凌迟的恐慌和苦痛。但是朋友要注意，我们是无权利存亡地球的，我们难道就甘心做刍狗吗？唉！我简直不知道要说什么哟。

我在这狭逼囚室里，几次让热血之海沉没了，朋友呵！我最后只有祷祝只要恳求，青年的朋友们，认清生命的光荣……

（选自《曼丽》，北平古城书社 1928 年 1 月初版）

寄梅窠旧主人

在彼此隔绝音讯的半年中，知你又几经了世变。宇宙本是瞬息百变的流动体，更何处找安靖。人类的思想譬如日夜奔赴的江流，亦无时止息。深喜你已由沉沦的漩涡中，扎挣起来了！从此前途渐进光明，行见奔流入海，立鼓荡得波扬浪掀，使沉醉的人们，闻声崛兴，这是多么伟大的工作，亲爱的朋友努力吧！我愿与你一同努力。

最近我发现人世最深刻的悲哀，不是使人颓丧哀啭。当其能泪湿襟袖时，算不得已入悲哀之宫，那不过是在往悲哀之宫的程途上的表象，如果已进悲哀之宫——那里满蓄着富有弹性的烈火，它要烧毁世界一切不幸者的手铐脚镣，扫尽一切悲惨的阴霾，并且是无远不及的。吾友！这固然是由我自己命运中体验出来的信念，然而感谢你为我增加这信念的城堡坚固而深邃！

朋友！你应当记得瘦肩高耸，愁眉深锁的海滨故人吧！那时同在“白屋”中你曾屡次指我叹道：“可怜你瘦弱的双肩更担得多少烦悲。”但是吾友！这是过去更不再来的往事了。现在的海滨故人呵！她虽仍是瘦肩高耸，然而眉锋舒放，眼波凝沉，仿佛从X光镜中，窥察人体五脏似的窥察宇宙。吾友！你猜到宇宙的究极是展露些什么？我老实地告诉你：那里只是一个，深不见底的大缺陷，在展露着哟！比较起我们个人所遇的坎坷，我们真太渺小了。于此用了我们无限大的灵海而蓄这浅薄的泪泉，怎么怪得永久是干涸的……我现在已另找到前途了，我要收纳宇宙所有悲哀的泪泉，使注入我的灵海，方能兴风作浪，并且以我灵海中深渊不尽的巨流，填满那无底的缺陷。吾友！我所望的太奢吗？但是我决不以此灰心，只要我能做的时候，总要这样做，就是我的躯壳变成灰，倘我的一灵不泯，必不停止地继续我的工作。

你寄给我的蔷薇，我已经细看过了，在你那以血泪代墨汁的字句中，只加深我宇宙缺陷之感。不过眼泪却一滴没有，自从去年涵抛弃我时，痛哭之后，我才领受了哭的滋味。从那次以后，便永不曾痛哭过，这固然是由于我泪泉本身的枯竭，然而涵已收拾了我醉梦的人生，我已经不是原来的我了，从此便不再流眼泪了。

现在我要告诉你我最近的生活，我去年十一月回到故乡曾在那腐臭不堪的教育界混了半年。在那里只知有物质，而无精神的环境下，使我认识人类的浅薄和自私，并且除了肮脏的血肉之躯外，没有更重要的东西。所以耳濡目染，无非衣食住的问题，精神事业，那是永远谈不到的。虽偶有一两个特立独行之士，但是抵不过恶劣环境的压迫，不是洁身引退，便是志气消沉。吾友！你想我在百劫之余，已经遍体鳞伤，何堪忍受如此的打击？我真是愤恨极了！倘若是可能，但愿地球毁灭了吧！所以我决计离开那里，我也知道他乡未必胜故乡，不过求聊胜一步罢了，谁敢做满足的梦想！

不过在炎暑的夏天——两个月之中我得到比较清闲而绝俗的生活——因为那时，我是离开充满了浊气的城市，而到绝高的山岭上，那里住着质朴的乡民，和天真的牧童村女，不时倒骑牛背，横吹短笛。况且我住房的前后，都满植苍松翠柏，微风穿林，涛声若歌，至于涧底流泉，沙咽石激，别成音韵，更足使我怔坐神驰，我往往想，这种清幽的绝境，如果我能终老于此，可以算是人间第一幸福人了。不过太复杂的一生，如意事究竟太少，仅仅五十几天，我便和这如画的山林告别了。我记得，朝霞刚刚散布在淡蓝色的天空时，微风吹拂我覆额乱发，我正坐山兜，一步一步地离开他们了。唉！吾友！真仿佛离别恋人的滋味一样呢，一步一回头，况且我又是个天涯飘泊者，何时再与这些富于诗兴的境地，重行握手，谁又料得到呢！

我下山之后，不到一星期，就离开故乡，这时对着马江碧水，鼓岭白云，又似眷恋又似嫌恨唉！心情如此能不黯然，我想若到了“往事不堪回首”的江滨，又不知怎样把心魂扎挣！幸喜我所寄宿的学校宿舍，隔绝尘嚣，并且我的居室前面，一片广漠的原野，几座荒草离离的孤坟，不断有牧童樵叟在那里驻足，并且围着原野，有一道萦回的小河，天清日朗的时候，也有一两个渔人持竿垂钓，吾友！你可以想象，这是如何寂静而辽阔的境地，正宜于一个饱经征战的战士，退休的所在，我对上帝意外的赏赐，当如何感谢而欢忭呵！我每日除了一二小时替学生上课外，便静坐案侧，在那堆积的书丛中找消遣的材料，有时对着窗外的荒坟，寄我忆旧悼亡的哀忱，萧萧白杨，似为我低唱挽歌，我无泪只有静对天容寄我冤恨！

吾友！我现在唯一的愿望，暑假到来时，我能和你及其他的朋友，在我第二故乡的北京一聚，无论是眼泪往肚里咽也好，因为至少你总了解我，我也明白你，这样，已足彼此安慰了，但愿你那时不离开北京。

十五年十二月十七号隐寄自海滨

（选自《曼丽》，北平古城书杜 1928 年 1 月初版）

或人的悲哀

亲爱的朋友KY：

我的病大约是没有希望治好了！前天你走后，我独自坐在窗前玫瑰花丛前面，那时太阳才下山，余晖还灿烂地射着我的眼睛，我心脏的跳跃很厉害，我不敢多想什么，只是注意那玫瑰花，妖艳的色彩，和清润的香气，这时风渐渐大了，于我的病体不能适宜，媛姊在门口招呼我进去呢。

我到了屋里，仍旧坐在我天天坐着的那张软布椅上，壁上的相片，一张张在我心幕上跳跃着，过去的一件一件事情，也涌到我洁白的心幕上来，唉！KY，已经过去的，是事情的形式，那深刻的，使人酸楚的味道，仍旧深深地印在我的脑海中，渗在我的血液里，回忆着便不免要饮泣！

第一次，使我忏悔的事情，就是我们在紫藤花架下，那几张石头椅子上坐着，你和心印谈人生究竟的问题，你那时很郑重地说："人生哪里有究竟！一切的事情，都不过像演戏一般，谁不是涂着粉墨，戴着假面具上场呢？"后来你又说："梅生和昭仁他们一场定婚，又一场离婚的事情简直更是告诉我们说：人事是作戏，就是神圣的爱情，也是靠不住的，起初大家十分爱恋地定婚，后来大家又十分憎恶地离起婚来。一切的事情，都是靠不住的。"心印听了你的话，她便决绝地说："我们游戏人间吧！"我当时虽然没有开口，给你们一种明白的表示，但是我心里更决绝的，和心印一样，要从此游戏人间了！

从那天以后，我便完全改了我的态度，把从前冷静考虑的心思，都收起来，只一味地放荡着——好像没有目的地的船，在海洋中飘泊，无论遇到怎么大的难事，我总是任我那时情感的自然，喜怒笑骂都无忌惮了！

有一天晚上，我独自坐在冷清清的书房里，忽然张升送进一封信来，是叔和来的。他说：“他现在很闷，要到我这里谈谈，问我有工夫没有？我那时毫不用考虑，就回了他一封说：“我正冷清得苦，你来很好！”不久叔和真来了，我们随意的谈话，竟消磨了四点多钟的光阴；后来他走了，我心里忽然一动，我想今天晚上的事情，恐怕有些太欠考虑吧？但是已经过去了！况且我是游戏人间呢！我转念到这里，也就安贴了。

谁知自从这一天以后，叔和便天天写信给我，起初不过谈些学术上的问题，我也不以为奇，有来必回，最后他忽然来了一封信说：“我对于你实在是十三分的爱慕；现在我和吟雪的婚事，已经取消了，希望你不要使我失望！”

KY！别人不知道我的为人，你总该知道呵！我生平最恨见异思迁的人，况且吟雪和我也有一面之缘，总算是朋友，谁能做此种不可思议的事呢！当时我就写了一封信，痛痛地拒绝他了。但是他仍然纠缠不清，常常以自杀来威胁我，使我脆弱的心灵受了非常的打击！每天里，寸肠九回，既恨人生多罪恶！又悔自家太孟浪！唉！KY！我失眠的病，就因此而起了！现在更蔓延到心脏了！昨天医生用听筒听了听，他说很要小心，节虑少思，或者可望好，唉！KY！这种种色色的事情，怎能使我不思呢？

明天我打算搬到妇婴医院去，以后来信，就寄到那边第二层楼十五号房间。写得乏了！再谈吧！

你的朋友亚侠六月十日

亲爱的KY：

我报告你一件很好的消息，我的心脏病，已渐渐好了！失眠也比从前减轻，从前每一天夜里，至多只睡到三四个钟头，就不能再睡了。现在居然能睡到六个钟头，我自己真觉得欢喜，想你一定要为我额手称贺！是不是？

我还告诉你一件事：这医院里，有一个看护妇刘女士，是一个最笃信宗教的人，她每天从下午两点钟以后，便来看护我，她为人十分和蔼，她常常劝我信教。我起初很不以为然，我想宗教的信仰，可以遮蔽真理的发现；不过现在我却有些相信了！因为我似乎知道真理是寻不到，不如暂且将此心寄托于宗教，或者在生的岁月里不至于过分的苦痛！

昨天夜里，月色十分清明，我把屋里的电灯拧灭了，看那皎洁的月光，慢慢透进我屋里来。刘女士穿了一身白衣服，跪在床前低声地祷祝，一种恳切的声音，直透过我的耳膜，深深地侵进我的心田里，我此时忽感一种不可思议的刺激，我觉得月光带进神秘的色彩来，罩住了世界上的一切，我这时虽不敢确定宇宙间有神，然而我却相信，在眼睛能看见的世界以外，一定还有一个看不见的世界了。

我这一夜，几乎没闭眼，怔怔想了一夜，第二天我的病症又添了！不过我这时彷徨的心神好像有了归着，下午睡了一觉，现在已经觉得十分痊愈了！马大夫也很奇怪我好得这么快，他说：若以此种比例推下去，——没有变动再有三四天，便可出院了。

今天心印来看我一次，她近来颜色很不好！不知道有什么病，你有工夫可以去看看她，大约她现在彷徨歧路，必定很苦！

你昨天叫人送来的一束兰花，今天还很有生气，这时它正映着含笑的朝阳，更显得精神百倍，我希望你前途的幸福也和这花一样灿烂。再谈，祝你健康！

亚侠七月六日

KY 吾友：

我现在真要预备到日本去找我的哥哥，因为我自从病后便不耐幽居，听说蓬莱的风景佳绝，我去散散心，大约病更可以除根了。

我希望你明天能来，因为我打算后天早车到天津乘长沙丸东渡，在这里的朋友，除了你和心印以外，还有文生，明天我们四个人，在我家里畅叙一下吧！我这一走，大约总要半年才能回来呢！

你明天来的时候，请你把昨天我叫人送给你看的那封心印的信带了来，她那边有一个问题——“名利的代价是什么？”我当时心里很烦，没有详细地回答她，打算明天见面时，我们四个人讨论一个结果出来，不过这个问题，又是和“人生究竟”的问题差不多，恐怕结果，又是悲的多，乐的少，唉！何苦呵！我们这些人总是不能安于现在，求究竟——这于人类的思想，固然有进步，但是精神消磨得未免太多了！但望明天的讨论可以得到意外的完满就好了！

我现在屋子里乱得不成样子，箱子里的东西乱七八糟堆了一床，我理得实在心烦，所以跑到外书房里来，给你们写信，使我的眼睛不看见，心就不烦了！说到这里，我又想起一件事了。

KY！你记得前些日子，我们看见一个盲诗人的作品，他说："中午的太阳，把世界和世界的一切惊异指示给人们，但是夜，却把宇宙无数的星，无际限的空间——全生活，广大和惊异指示给人们。白昼指示给人们的，不过是人的世界，黑暗和污秽。夜却能把无限的宇宙指示给人们，那里有美丽的女神，唱着甜美的歌，温美的云织成洁白的地毡，星儿和月儿，围随着低低地唱，轻轻的舞。"这些美丽的东西，岂是我们眼睛所领略得到的呢？KY，我宁愿作一个瞎子呢！倘若我真是个瞎子，那些可厌的杂乱的东西，再不会到我心幕上来了。但是不幸！我实在不是个瞎子，我免不了要看世界上种种的罪恶的痕迹了！

任笔写来，不知说些什么，好了！别的话留着明天面谈的！

亚侠九月二日

KY呵！

丝丝的细雨敲着窗子，密密的黑云罩着天空，潮湃的波涛震动着船身；海天辽阔，四顾苍茫，我已经在海里过了一夜，这时正是开船的第二天早晨。

前夜，那所灰色墙的精致小房子里的四个人，握着手谈着天何等的快乐？现在我是离你们，一秒比一秒远了！唉！为什么别离竟这样苦呵！

我记得：分别的那一天晚上，心印指着那迢迢的碧水说："人生和水一样的流动，岁月和水一样的飞逝；水流过去了，不能再回来！岁月跑过去了，也不能再回来！希望亚侠不要和碧水时光一样。早去早回呵。"KY，这话真使我感动，我禁不住哭了！

你们送我上船，听见汽笛呜咽悲鸣着，你们便不忍再看我，忍着泪，急急转过头走去了，我呢？怔立在甲板上，不住地对你们望，你们以为我看不见你们了，用手帕拭泪，偷眼往我这边看，咳！KY，这不过是小别，便这样难堪！以后的事情，可以设想吗？

"名利的代价是什么？"心印的答案：是"愁苦劳碌。"你却说："是人生生命的波动；若果没有这个波动，世界将呈一种不可思议的枯寂！”你们的话在我心里，起伏不定的浪头在我眼底，我是浮沉在这波动之上，我一生所得的代价只是愁苦劳碌。唉！KY！我心彷徨得很呵！往哪条路上去呢？我还是游戏人间吧！

今天没有什么风浪，船很平稳，下午雨渐渐住了，露出流丹般的彩霞，罩着炊烟般的软雾；前面孤岛隐约，仿佛一只水鸦伏在那里。海水是深碧的，浪花涌起，好像田田荷丛中窥人的睡莲。我坐在甲板上一张旧了的藤椅里，看海潮浩浩荡荡，翻腾奔掀，心里充满了惊惧的茫然无主的情绪，人生的真相，大约就是如此了。

再有三天就可到神户，一星期后可到东京，到东京住什么地方，现在还没有定，不过你们的信，可寄到早稻田大学我哥哥那里好了。

我的失眠症和心脏病，昨日夜里又有些发作，大约是因为劳碌太过的缘故，今夜风平浪静，当得一好睡！

现在已经黄昏了。海上的黄昏又是一番景象，海水被红日映成紫色，波浪被余辉射成银花，光华灿烂，你若是到了这里，大约又要喜欢得手舞足蹈了！晚饭的铃响了，我吃饭去。再谈！

亚侠九月五日

KY 吾友：

我到东京，不觉已经五天了。此地的人情风俗和祖国相差太远了！他们的饮食，多喜生冷；他们起居，都在席子上，和我们祖国从前席地而坐的习惯一样，这是进化呢，还是退化？最可厌的是无论到什么地方，都要脱了鞋子走路；这样赤足的生活，真是不惯！满街都是吱吱咖咖木履的声音，震得我头疼，我现在厌烦东京的纷纷搅搅，和北京一样！浮光底下，所盖的形形色色，也和北京一样！莫非凡是都会的地方都是罪恶荟萃之所吗？真是烦煞人！

昨天下午我到东洋妇女和平会去，正是她们开常会的时候，我因一个朋友的介绍，得与此会。我未到会以前，我理想中的会员们，精神的结晶，是纯洁的，是热诚的。及至到会以后，所看见的妇女，是满面脂粉气，贵族式的夫人小姐；她们所说的和平，是片面的，就和那冒牌的共产主义者，只许我共他人之产不许人共我的产一样。KY！这大约是：人世间必不可免的现象吧？

昨天回来以后，总念念不忘日间赴会的事，夜里不得睡，失眠的病又引起了！今天心脏觉得又在急速地跳，不过我所带来的药还有许多，吃了一些，或者不至于再患。

今天吃完饭后，我跟着我哥哥，去见一位社会主义者，他住的地方离东京很远，要走一点半钟。我们一点钟从东京出发，两点半到那里。那地方很幽静，四围种着碧绿的树木和菜蔬，他的屋子就在这万绿丛中。我们刚到了他那门口，从他房子对面，那个小小草棚底下，走出两个警察来，盘问我们住址、籍贯、姓名，与这个社会主义者的关系。我当时见了这种情形，心里实感一种非常的苦痛，我想，这些巩固各人阶级和权利的自私之虫，不知他们造了多少罪孽呢？KY 呵，那时我的心血沸腾了！若果有手枪在手，我一定要把那几个借强权干涉我神圣自由的恶贼的胸口，打穿了呢！

麻烦了半天，我们才得进去，见着那位社会主义者。他的面貌很和善，但是眼神却十分沉着。我见了他，我的心仿佛热起来了！从前对于世界所抱的悲观，而酿成的消极，不觉得变了！这时的亚侠，只想用弹药炸死那些妨碍人们到光明路上去的障碍物，KY！这种的狂热回来后想想，不觉失笑！

今天我们谈的话很多，不过却不能算是畅快；因为我们坐的那间屋子的窗下，有两个警察在那里监察着。直到我们要走的时候，那位社会主义者才说了一句比较畅快的话，他说："为主义牺牲生命，是最乐的事，与其被人的索子缠死，不如用自己的枪对准喉咙打死！"KY！这话的味道，何其隽永呵！

晚上我哥哥的朋友孙成来谈，这个人很有趣，客中得有几个解闷的，很不错！写得不少了，再说吧。

亚侠九月二十日

KY 呵！

我现在不幸又病了！仍旧失眠，心脏跳动，和在京时候的程度差不多。前三天搬进松井医院。作客的人病了，除了哥哥的慰问外，还有谁来看视呢！况且我的病又是失眠，夜里睡不着，两只眼看见的，是桌子上的许多药瓶，药末的纸包，和那似睡非睡的电灯，灯上罩着深绿的罩子——医生恐光线太强，于病体不适的缘故。四围的空气，十分消沉、暗淡，耳朵所听见的，是那些病人无力的呻吟；凄切的呼唤，有时还夹着隐隐的哭声！

KY！我仿佛已经明白死是什么了！我回想在北京妇婴医院的时候看护妇刘女士告诉我的话了，她说："生的时候，做了好事，死后便可以到上帝的面前，那里是永久的乐园，没有一个人脸上有愁容，也没有一个人掉眼泪！"KY！我并不是信宗教的人，但是我在精神彷徨无着处的时候，我不能不寻出信仰的对象来；所以我健全的时候，我只在人间寻道路；我病痛的时候，便要在人间之外的世界，寻新境界了。

这几天，我一闭眼，便有一个美丽的花园——意象所造成的花园，立在我面前，比较人间无论哪一处都美满得多。我现在只求死，好像死比生要乐得多呢！

人间实在是虚伪得可怕！孙成和继梓——也是在东京认识的，我哥哥的同学；他们两个为了我这个不相干的人，互相猜忌，互相倾轧。有一次，恰巧他们两人，不约而同地到医院来看我，两个人见面之后，那种嫉妒仇视的样子，竟使我失惊！KY！我这时才恍然明白了！人类的利己心，是非常可怕的！并且他们要是欢喜什么东西，便要据那件东西为己有！

唉！我和他们两个只是浅薄的友谊，哪里想到他们的贪心，如此厉害！竟要做成套子，把我束住呢？KY！我的志向你是知道的，我的人生观你是明白的，我对于我的生，是非常厌恶的！我对于世界，也是非常轻视的，不过我既生了，就不能不设法不虚此生！我对于人类，抽象的概念，是觉得可爱的，但对于每一个人，我终觉得是可厌的！他们天天送鲜花来，送糖果来，我因为人与人必有交际，对于他们的友谊，我不能不感谢他们！但是照现在看起来，他们对于我，不能说不是另有作用呵！

KY！你记得，前年夏天，我们在万牲园的那个池子旁边钓鱼，买了一块肉，那时你曾对我说："亚侠！做人也和做鱼一样，人对付人，也和对付鱼一样！我们要钓鱼，拿它甘心，我们不能不先用肉，去引诱它，它要想吃肉，就不免要为我们所甘心了！"这话我现在想起来，实在佩服你的见识，我现在是被钓的鱼，他们是要抢着钓我的渔夫，KY！人与人交际不过如此呵！

心印昨天有信来，说她现在十分苦闷，知与情常常起剧烈的战争！知战胜了，便要沉于不得究竟的苦海，永劫难回！情战胜了，便要沉沦于情的苦海，也是永劫不回！她现在大有自杀的倾向。她这封信，使我感触很深！KY！我们四个人，除了文生尚有些勇气奋斗外，心印你我三个人，困顿得真苦呵！

我病中的思想分外多，我想了便要写出来给你看，好像二十年来，茹苦含辛的生活，都可以在我给你的信里寻出来。

KY！奇怪得很！我自从六月间病后，我便觉得我这病是不能好的，所以我有一次和你说，希望你，把我从病时，给你的信，要特别留意保存起来。但是死不死，现在我自己还不知道，随意说说，你不要因此悲伤吧！有工夫多来信，再谈。祝你快乐！

亚侠十一月三日

KY：

读你昨天的来信，实在叫我不忍！你为了我前些日子的那封信，竟悲伤了几天！KY！我实在感激你！但是你也太想不开了！这世界不过是个寄旅，不只我要回去，便是你、心印、文生——无论谁，迟早都是要回去的呵！我现在若果死了，不过太早一点。所以你对于我的话，十分痛心！那你何妨，想我现在是已经百岁的人，我便是死了，也是不可逃数的，那也就没什么可伤心了！

这地方实在不能久住了！这里的人，和我的隔膜更深，他们站在桥那边；我站在桥这边，要想握手是很难的，我现在决定回国了！

昨天医生来说：我的病很危险！若果不能摒除思虑，恐怕没有好的希望！我自己也这样想，所以我不能不即作归计了！我的姑妈，在杭州住，我打算到她家去，或者能借天然的美景，疗治我的沉疴，我们见面，大约又要迟些日子了。

昨夜我因不能睡，医生不许我看书，我更加思前想后地睡不着，后来我把我的日记本，拿来偷读，当时我的感触，和回忆的热度，都非常厉害，我顾不得我的病了！我起来把笔作书，但是写来写去，都写不上三四个字，便写不下去了，因又放下笔，把日记本打开细读，读到三月十日我给心印的信上面，有几首诗说：

我在世界上，
不过是浮在太空的行云！
一阵风便把我吹散了，
还用得着思前想后吗？
假若智慧之神不光顾我，
苦闷的眼泪，
永远不会从我心里流出来呵！

这一首诗可以为我矛盾的心理写照：我一方说不想什么，一方却不能不想什么，我的眼泪便从此流不尽了！这种矛盾的心理，最近更厉害，一方面我希望病快好，一方面我又希望死，有时觉得死比什么都甜美！病得厉害的时候，我又惧怕死神，果真来临！KY 呵，死活的谜，我始终猜不透！只有凭造物主的支配罢了！

我的行期，大约是三天以内，我在路上，或者还有信给你。

现在天气渐渐冷了。长途跋涉，诚知不宜，我哥哥也曾阻止我，留我到了春天再走，但是 KY！我心里的秘密，谁能知道呢？我当初到日本去，是要想寻光明的花园，结果只多看了些人类褊狭心理的怪现状！他们每逢谈到东亚和平的话，他们便要眉飞色舞地说：这是他们唯一的责任，也是他们唯一的权利！欧美人民是不容染指的。他们不用镜子，照他们魑魅的怪状，但我不幸都看在眼里，印在心头，我怎能不思虑？我的病如何不添重？我不立刻走，怎么过呢？

况且我的病，能好不能好，我自己毫无把握！我固然是厌恶人间，但是我活了二十余年，我究竟是个人，不能没有人类的感情，我还有母亲，我还有兄嫂，他们和我相处很久；我要走了，也应该和他们辞别，我所以等不到春天，就要赶回来了！

我到杭州住一个礼拜，就到上海去，若果那时病好了，当到北京和你们一会。

我从五点钟给你写信，现在天已大亮了！医生要来，我怕他责备我，就此搁笔吧！

亚侠十二月五日

亲爱的KY：

我离东京的时候，接到你的一封信，当时忙于整理行装，没有复你，现在我到杭州了。我姑妈的屋子，正在湖边，是一所很精致的小楼，推开楼窗，全湖的景色，都收入脑海，我疲病之身，受此自然的美丽的沐浴，觉得振刷不少！

湖上天气的变幻，非常奇异，我昨天到这里，安顿好行李，便在这窗前的藤椅上坐下，我看见湖上的雾，很快——大约五分钟的工夫，便密密幂起，四围的山，都慢慢地模糊了。跟着淅淅沥沥的雨点往下洒，游湖的小船，被雨打得船身左右震荡，但是不到半点钟，雨住云散，天空飞翔着鲜红的彩霞，青山也都露出格外翠碧的色彩来。山涧里的白云随风袅娜，真是如画境般的湖山，我好像做了画中的无愁童子，我的病似乎好了许多。

我姑妈家里的表兄，名叫剑楚的，我们本是幼年的伴侣。但是隔了五六年不见，大家都觉得生疏了！这时他已经有一个小孩子，他的神气，自然不像从前那样活泼，不过我苦闷的时候，还是和他谈谈说说觉得好些！（十二月二十日写到此）

KY！我写这封信的一半，我的病又变了！所以直迟了五天，才能继续着写下去，唉！KY！你知道恶消息又传来了！

我给你写信的那天晚上，——我才写了上半段，剑楚来找我，他说："唯逸已于昨晚死了！"唉！KY！这是什么消息？你回想一年前，我和你说唯逸的事情，你能不黯然吗？唯逸他是极有志气的青年，他热心研究社会主义，他曾决心要为主义牺牲，但是他因为失了感情的慰藉，他竟抑抑病了，昨晚竟至于死了。

他有一封信给我，写得十分凄楚，里头有一段说："亚侠！自从前年夏天起，我便种了病的因，只因为认识了你！但是我的环境，是不容我起奢望的，这是知识告诉我，不可自困！然而我的精神，从此失了根据。我觉得人生真太干枯！我本身失去生活的趣味，我何心去助增别人的生活趣味？为主义牺牲的心，抵不过我厌生的心，但是我也不愿意做非常的事，为了感情牺牲我前途的一切！且知你素来洁身自好，我也决不忍因爱你故，而害你，但是我终放不下你！亚侠！现在病已深入了！我深藏心头的秘密，才敢贡诸你的面前！你若能为你忠心的仆人，叫一声可怜！我在九泉之灵也就荣幸不少了！"

唉！KY！游戏人间的结果，只是如此呵！

我失眠两天了！昨天还吐了几口血，现在疲乏得很！不知道还能给你几封信呵！

亚侠伏枕书十二月二十五日

KY 亲爱的朋友：

在这一星期里，我接到你两封信，心印和文生各一封信，但是我病了，不能回你们！

唉！KY！我想不到，我已经不能回上海了！也不能到北京了！昨天我姑妈打电报，给我的家里，今天我母亲、嫂嫂已经来了！她们见了我，只是掉眼泪，我的心也未尝不酸！但是奇怪得很！我的泪泉，不知在什么时候已经干枯了！

自从上礼拜起，我就知道我的病，是不能好了！我便把我一生的事情，从头回想一遍，拉杂写了下来！现在我已经四肢无力，头脑作痛，眼光四散，我不能写了！唉！

……

“我一生的事情，平常得很！没什么可记，但是我精神上起的变化，却十分剧烈。我幼年的时候，天真烂漫，不知痛苦。到了十六岁以后，我的智情都十分发达起来。我中学卒业以后，要到西洋去留学，因为种种的关系，做不到。我要投身作革命党，也被家庭阻止，这时我深尝苦痛的滋味！

但是这些磨折，尚不足以苦我！最不幸的，是接二连三把我陷入感情的漩涡，使我欲拔不能！这时一方，又被知识苦缠着，要探求人生的究竟，花费了不知多少心血，也求不到答案！这时的心，彷徨到极点了！不免想到世界既是找不出究竟来，人间又有什么真的价值呢？努力奋斗，又有什么结果呢？并且人生除了死，没有更比较大的事情，我既不怕死，还有什么事不可做呢！……唉！这时的我，几乎深陷堕落之海了！幸一方面好强的心，很占势力，当我要想放纵性欲的时候，他在我头上，打了一棒，我不觉又惊醒了！不敢往这里走，但是究竟往什么地方去呢？我每天夜里，睡在床上，殚精竭虑地苦事搜求，然而没有结果！

我在极苦痛的时候，我便想自杀，然而我究竟没有勇气！我否认世界的一切；于是我便实行我游戏人间的主义，第一次就失败了！接二连三的，失败了五六次！唯逸因我而死！叔和因我而病！我何尝游戏人间？只被人间游戏了我！自身的究竟，既不可得，茫茫前途，如何不生悲凄之感！

唉！天乎！不可治的失眠病，从此发生！心脏病，从此种根！颠顿了将及一年，现在将要收束了！

今夜他们都睡了。更深人静，万感丛集！虽没死的勇气，然而心头如火煎逼！头脑如刀劈、剑裂！我纵不欲死，病魔亦将缠我至于死呵！死神还不降临我，实在等不得了！这时我努力爬下床来，抖战的两腿，使我自己惊异！这时窗子外面，射进一缕寒光来，湖面上银花闪烁，我晓得那湖底下朱红色的珊瑚床，已为我预备好了！云母石的枕头，碧绿青苔泥的被褥，件件都整理了……我回去吧！唉！亲爱的母亲！嫂嫂！KY……再见吧！”

我表姊，昨夜不知什么时候，跳在湖心死了！她所写的信，和她自己的最后的一页日记，都放在枕边。唉！湖水森寒，从此人天路隔！KY！姊呵！我表姊临命的时候，瘦弱可怜的影子，永远深深刻在我脑幕上。今天晚上，我走到她住的屋子里去，但见雪白的被单上，溅着几滴鲜红的血迹，哪有我表姊的影子呢？我禁不住坐在她往日常坐的那张椅子上，痛哭了！

她的尸首，始终没有捞到，大约是沉在湖底，或者已随流流到海里去了。

她所有的东西，都收拾好，交给我舅母带回去，有一本小书——《生之谜》，上面写着留给你作纪念品的，我现在邮寄给你，望你好好保存了吧！

亚侠的表妹附书。一月九日

（原载 1922 年 12 月 10 日《小说报》第 13 卷第 12 号）

丽石的日记

今日春雨不住响地滴着，窗外天容黯淡，耳边风声凄厉，我静坐幽斋，思潮起伏，只觉怅然惘然！

去年的今天，正是我的朋友丽石超脱的日子，现在春天已经回来了，并且一样的风凄雨冷，但丽石那惨白梨花般的两靥，谁知变成什么样了！

丽石的死，医生说是心脏病，但我相信丽石确是死于心病，不是死于身病，她留下的日记，可以证实，现在我将她的日记发表了吧！

十二月二十一日

不记日记已经半年了。只感觉着学校的生活单调，吃饭，睡觉，板滞的上课，教员戴上道德的假面具，像俳优般舞着唱着，我们便像傻子般看着听着，真是无聊极了。

图书馆里，摆满了古人的陈迹，我掀开了屈原的《离骚》念了几页，心窃怪其愚——怀王也值得深恋吗……

下午回家，寂闷更甚，这时的心绪，真微玄至不可捉摸……日来绝要自制，不让消极的思想入据灵台，所以又忙把案头的《奋斗》杂志来读。

晚饭后，得归生从上海来信——不过寥寥几行，但都系心坎中流出，他近来因得不到一个归宿地，常常自戕其身，白兰地酒，两天便要喝完一瓶，他说："沉醉的当中，就是他忘忧的时候。"唉！可怜的少年人！感情的海里，岂容轻陷？固然指路的红灯，只有一盏，但是这“万矢之的”的红灯，谁能料定自己便是得胜者呢？

其实像海兰那样的女子，世界上绝不是仅有，不过归生是永远不了解这层罢了。

今夜因为复归生的信，竟受大困——的确我搜尽枯肠，也找不出一句很恰当的话，哪是足以安慰他的，其实人当真正苦闷的时候，绝不是几句话所能安慰的哟！

十二月二十二日

今天因俗例的冬至节，学堂里放了一天假，早晨看姑母们忙着预备祭祖，不免起了想家的情绪，忆起“独在异乡为异客，每逢佳节倍思亲”怆然下泪！

姑丈年老多病，这两天更觉颓唐，干皱的面皮，消沉的心情，真觉老时的可怜！

午后沅青打发侍者送红梅来，并有一封信说：“现由花厂买得红梅两株，遣人送上，聊袭古人寄梅伴读的意思。”我写了回信，打发来人回去，将那两盆梅花，放在书案的两旁，不久斜阳销迹，残月初升，那清淡的光华，正笼罩在那两株红梅上，更见精神。

今夜睡是极迟，但心潮波涌，入梦仍难，寂寞长夜，只有梅花吐着幽香，安慰这生的漂泊者呵！

十二月二十四日

穷冬严寒，朔风虎吼，心绪更觉无聊，切盼沅青的信，但是已经三次失望了。大约她有病吧？但是不至如此，因为昨天见面的时候，她依旧活泼泼的，毫无要病的表示呵，咳！除此还有别的原因吗？我和她相识两年了，当第一次接谈时，我固然不能决定她是怎样的一个人，但是由我们不断的通信和谈话看来，她大约不至于很残忍和无情吧！不过，“爱情是不能买预约券的，也不是一成不变的……”变幻不测的人类，谁能认定他们要走的路呢？

下午到学校听某博士的讲演，不期遇见沅青，我的忧疑更深，心想沅青既然没有病，为什么不来信呢？当时赌气也不去理她，草草把演讲听完，愁闷着回家去了；晚饭懒吃，独坐沉思，想到无聊的地方，陡忆起佛经所说："菩萨畏因，众生畏果"，我不自造恶因，安得生此恶果？从此以后，谨慎造因吧！情感的漩涡里，只是愁苦和忌恨罢了，何如澄澈此心，求慰于不变的"真如"呢……想到这里，心潮渐平，不久就入睡乡了。

十二月二十五日

昨夜睡时，心境平稳，恶梦全无，今早醒来，不期那红灼灼的太阳，照满绿窗了。我忙忙自床上坐了起来，忽见桌上放着一封信，那封套的尺寸和色泽，已足使我澄澈的心紊乱了，我用最速的目力，把那信看完了，觉得昨天的忏悔真是多余，人生若无感情维系，活着究有何趣？春天的玫瑰花芽，不是亏了太阳的照拂，怎能露出娇艳的色泽？人类生活，若缺乏情感的点缀，便要常沦到干枯的境地了，昨天的芥蒂，好似秋天的浮云，一阵风洗净了。

下午赴漱生的约，在公园聚会，心境开朗，觉得那庄严的松柏，都含着深甜的笑容，景由心造，真是不错。

十二月二十六日

今天到某校看新剧，得到一种极劣的感想——当我初到剧场时，见她们站在门口，高声哗笑着，遇见来宾由她们身边经过，她们总做出那骄傲的样子来，惹得那些喜趁机侮辱女性的青年，窃窃评论，他们所说的话，自然不是持平之论，但是喜虚荣的缺点，却是不可避免之讥呵！

下午雯薇来——她本是一个活泼的女孩，可惜近来却憔悴了——当我们回述着儿时的兴趣，过去的快乐，更比身受时加倍，但不久我们的论点变了。

雯薇结婚已经三年了，在人们的观察，谁都觉得她很幸福，想不到她内心原藏着深刻的悲哀，今天却在我面前发现了，她说："结婚以前的岁月，是希望的，也是极有生趣的，好像买彩票，希望中彩的心理一样，而结婚后的岁月，是中彩以后，打算分配这财产用途的时候，只感到劳碌，烦躁，但当阿玉——她的女儿——没出世之前，还不觉得，现在才真觉得彩票中后的无趣了。孩子譬如是一根柔韧的彩线，把她捆了住，虽是厌烦，也无法解脱。”

四点半钟雯薇走了，我独自回忆着她的话，记得《甲必丹之女》书里，有某军官与彼得的谈话说：“一娶妻什么事都完了。”更感烦闷！

十二月二十七日

呵！我不幸竟病了，昨夜觉得心躁头晕，今天竟不能起床了，静悄悄睡在软藤的床上，变幻的白云，从我头顶慢慢经过，爽飒的风声，时时在我左右回旋，似慰我的寂寞。

我健全的时候，无时不在栗六中觅生活，我只领略到烦搅和疲敝的滋味，今天我才觉得不断活动的人类的世界也有所谓“静”的境地。

我从早上八点钟醒来，现在已是下午四点钟了，我每回想到健全时的劳碌和压迫，我不免要恳求上帝，使我永远在病中，永远和静的主宰——幽秘之神——相接近。

我实在自觉惭愧，我一年三百六十日中，没有一天过的是我真愿过的日子，我到学校去上课，多半是为那上课的铃声所勉强，我恬静地坐在位子上，多半是为教员和学校的规则所勉强，我一身都是担子，我全心也都为担子的压迫，没有工夫想我所要想的。

今天病了，我的先生可以原恕我，不必板坐在书桌里，我的朋友原谅我，不必勉强陪着她们到操场上散步……因为病被众人所原谅，把种种的担子都暂且搁下，我简直是个被赦的犯人，喜悦何如？

我记得海兰曾对我说：“在无聊和勉强的生活里，我只盼黑夜快来，并望永远不要天明，那么我便可忘了一切的烦恼了。”她也是一个生的厌烦者呵！

我最爱读元人的曲，平日为刻板的工作范围了，使我不能如愿，今夜神思略清，因拿了一本《元曲》就着烁闪的灯光细读，真是比哥伦布发现了新大陆还要快活呢！

我读到《黄粱梦》一折，好像身驾云雾，随着骊山老母的绳拂，上穷碧落了。我看到东华帝君对吕岩说：“……把些个人间富贵，都作了眼底浮云，”又说：“他每得道清平有几人？何不早抽身？出世尘，尽白云满溪锁洞门，将一函经手自翻；一炉香手自焚，这的是清闲真道本。”似喜似悟，唉！可怜的怯弱者呵！在担子底下奋斗筋疲力尽，谁能保不走这条自私自利的路呢！

每逢遇到不如意事时，起初总是愤愤难平，最后就思解脱，这何尝是真解脱，唉！只自苦罢了！

十二月二十九日

二十八日热度稍高，全身软疲，不耐作字，日记因阙，今早服了三粒“金鸡纳霜”，这时略觉清楚。

回想昨天情景，只是昏睡，而睡时恶梦极多，不是被逐于虎狼，就是被困于水火，在这恐怖的梦中，上帝已指示出人生的缩影了。

午后雯薇使人来问病，并附一信说：“我吐血的病，三年以来，时好时坏，但我不怕死，死了就完了。”她的见解实在不错！人生的大限，至于死而已。死了自然就完了。但死终不是很自然的事呵！不愿意生的人固不少，可是同时也最怕死。这大约就是滋苦之因了。

我想起雯薇的病因，多半是由于内心的抑郁，她当初做学生的时代，十分好强，自从把身体捐入家庭，便弄得事事不如人了——好强的人，只能听人的赞扬，不幸受了非议，所有的希望便要立刻消沉了。其实引起人们最大的同情，只能求之于死后，那时用不着猜忌和倾轧了。

下午归生的信又来了，他除为海兰而烦闷外，没有别的话说，恰巧这时海兰也正来看我，我便将归生的信让她自己看去，我从旁边观察她的态度，只见她两眉深锁，双睛发直。等了许久，她才对我说：“我受名教的束缚太甚了……并且我不能听人们的非议，他的意思，我终久要辜负了，请你替我尽友谊的安慰吧！这一定没有结果的希望！”她这种似迎似拒的心理，看得出她智情激战的痕迹。

正月一日

今天是新年的元旦，当我睡在床上，看小表妹把新日历换那旧的时，固然也感到日子的飞快，光阴一霎便成过去了。但跟着又成了未来，过去的不断过去，未来的也不断而来，浅近的比喻，就是一盏无限大的走马灯，究有什么意思！

今天看我病的人更多了，她们并且怕我寂寞，倡议在我房里打牌伴着我，我难却她们的美意，其实我实在不欢迎呢！

正月三日

我的病已经好了，今天沅青来看我，我们便在屋里围着火炉清谈竟日。

我自从病后，一直不曾和归生通信，其实我们的情感只是友谊的，我从不愿从异性那里求安慰，因为和他们异性的交接，总觉得不自由。

沅青她极和我表同情，因此我们两人从泛泛的友谊上，而变成同性的爱恋了。

的确我们两人都有长久的计划，昨夜我们说到将来共同生活的乐趣，真使我兴奋！我一夜都是作着未来的快乐梦。

我梦见在一道小溪的旁边，有一所很清雅的草屋，屋的前面，种着两棵大柳树，柳枝飘拂在草房的顶上，柳树根下，拴着一只小船。那时正是斜日横窗，白云封洞，我和沅青坐在这小船里，御着清波，渐渐驰进那芦苇丛里去。这时天上忽下起小雨来，我们被芦苇严严遮住，看不见雨形，只听见淅淅沥沥的雨声。过了好久时已入夜，我们忙忙把船开回，这时月光又从那薄薄凉云里露出来，照得碧水如翡翠砌成，沅青叫我到水晶宫里去游逛，我便当真跳下水，忽觉心里一惊，就醒了。

回思梦境，正是我们平日所希冀的呵！

正月四日

今天因为沅青不曾来，只感苦闷！走到我和沅青同坐着念英文的地方，更觉得忽忽如有所失。

我独自坐在葡萄架下，只是回忆和沅青同游同息的陈事：玫瑰花含着笑容，听我们甜蜜的深谈，黄莺藏在叶底，偷看我们欢乐的轻舞，人们看见我们一样的衣裙，联袂着由公园的马路上走过，如何的注目呵！唉！沅青是我的安慰者。也是我的鼓舞者，我不是为自己而生，我实在是为她而生呢！

晚上沅青遣人送了一封信来说："亲爱的丽石！我决定你今天必大受苦闷了！但是我为母亲的使命，不能不忍心暂且离开你。我从前不是和你说过，我有一个舅舅住在天津吗？因为小表弟的周岁，母亲要带我去祝贺，大约至迟五六天以内，总可以回来，你可以找雯薇玩玩，免得寂寞！"我把这信，已经反复看得能够背诵了，但有什么益处？寂寞益我苦！无聊使我悲！渴望增我怒！

正月十日

沅青走后，只觉恹恹懒动，每天下课后，只有睡觉，差强人意。

今天接到天津的电话，沅青今夜可以到京，我的心怀开放了，一等到柳梢头没了日影，我便急急吩咐厨房开饭。老妈子打脸水，姑母问我忙什么？我才觉得自己的忘情，不禁羞惭得说不出话来。

到了火车站，离火车到时还差一点多钟呢！这才懊悔来得太早了！

盼得心头焦躁了，望得两眼发酸了，这才听见呜呜汽笛响，车子慢慢进了站台，接客的人，纷纷赶上去欢迎他们的亲友，我只远远站着，对那车窗一个个望去，望到最后的一辆车子，果见沅青含笑望我招手呢！忙忙奔了过去，不知对她说什么好，只是嬉嬉对笑，出了站台，雇了车子一直到我家来，因为沅青应许我今夜住在这里。

正月十一日

昨夜和沅青说的话太多了，不免少睡了觉，今天觉得十分疲倦，但是因沅青的缘故，今夜依旧要睡得很晚呢！

今天沅青回家去了，但黄昏时她又来找我，她进我屋门的时候，我只乐得手舞足蹈！不过当我看她的面色时，不禁使我心脉狂跳，她双睛红肿，脸色青黄，好像受了极大的刺激。我禁不住细细追问，她说："没有什么？做人苦罢了！"这话还没说完，她的眼泪却如潮涌般滚下来，后来她竟俯在我的怀里痛哭起来，急得我不知怎样才好，只有陪着她哭。我问她为什么伤心？

她始终不曾告诉我，晚上她家里打发车子来接她，她才勉强擦干眼泪走了。

沅青走后，我回想适才的情境，又伤心，又惊疑，想到她家追问她，安慰她，但是时已夜深，出去不便。只有勉强制止可怕的想头，把这沉冥的夜度过。

正月十二日

为了昨夜的悲伤和失眠，今天觉得头痛心烦，不过仍旧很早起来，打算去看沅青，我在梳头的时候，忽沅青叫人送封信来，我急急打开念道：

丽石！丽石！

人类真是固执的，自私的呵！我们稚弱的生命完全被他们支配了！被他们戕贼了！

我们理想的生活，被她们所不容，丽石！我真不忍使你知道这恶劣的消息！但是我们分别在即了，我又怎忍始终瞒你呢！

我的表兄他或者是个有为的青年——这个并不是由我观察到的，只是我的母亲对他的考语，他们因为爱我，要我与这有为的青年结婚，咳！丽石！你为什么不早打主意，穿上男子的礼服，戴上男子的帽子，妆作男子的行动，和我家里求婚呢？现在人家知道你是女子，不许你和我结婚，偏偏去找出那什么有为的青年来了。

他们又仿佛很能体谅人，昨晚母亲对我说："你和表兄，虽是小时常见面的，但是你们的性情能否相合，还不知道，你舅舅和我的意思，都是愿意你到天津去读书，那么你们俩可以常见面，彼此的性情就容易了解了。如果合得来，你们就订婚，合不来再说。"丽石！母亲的恩情不能算薄，但是她终究不能放我们自由！

我大约下礼拜就到天津去。唉！丽石！从此天南地北，这离别的苦怎么受呢？唉！亲爱的丽石！我真不愿离开你，怎么办？你也能到天津来吗？……我希望你来吧！

唉！失望呵！上帝真是太刻薄了！我只求精神上一点的安慰，他都拒绝我！“沅青！沅青！”唉！我此时的心绪，只有怨艾罢了！

正月十五日

我自得到沅青要走的消息，第二天就病了，沅青虽刻刻伴着我，而我的心更苦了！这几天我们的生活，就如被判决的死囚，唉！我回想到那一年夏天，那时正是雨后，蕴泪的柳枝，无力地荡漾着，阶前的促织，切切私语着，我和沅青，相倚着坐在浅蓝色的栏杆上，沅青曾清清楚楚对我说：“我只要能找到灵魂上的安慰，那可怕的结婚，我一定要避免。”现在这话，只等于往事的陈迹了！

雯薇怜我寂寞和失意，这两天常来慰我，但我深刻的悲哀，永远不能消除呵！

今天雯薇来时，又带了一个使我伤心的消息来，她告诉我说：“可怜的欣于竟堕落了！”这实在使我惊异！“他明明是个志趣高尚的青年呵？”我这么沉吟着，雯薇说：“是呵！志趣高尚的青年，但是为了生计的压迫——结婚的结果——便把人格放弃了。他现在做了某党派的走狗，谄媚他的上司，只是为了四十块钱呵！可怜！”

唉！到处都是污浊的痕迹！

二月一日

懊恼中，日记又放置半月不记了，我真是无用！既不能澈悟，又不能奋斗，只让无情的造物玩弄！

沅青昨天的来信，更使我寒心，她说：“丽石，我们从前的见解，实在是小孩子的思想，同性的爱恋，终久不被社会的人认可，我希望你还是早些觉悟吧！我表兄的确是个很有为的青年，他并且对我极诚恳，我到津后，常常和他聚谈，他事事都能体贴入微，而且能任劳怨！”

唉！人的感情，真容易改变，不过半个月的工夫，沅青已经被人夺去了，人类的生活，大约争夺是第一条件了！

上帝真不仁，当我受着极大的苦痛时，还不肯轻易饶我，支使那男性特别显著的少年郦文来纠缠我，听说这是沅青的主意，她怕我责备，所以用这个好方法堵住我的口，其实她愚得很，恋爱岂是片面的？在郦文粗浮的举动里，时时让我感受极强的苦痛，其实同是一个爱字，苦出于两方的同意，无论在谁的嘴里说，都觉得自然和神圣，若有一方不同意，而强要求满足自己的欲望，那是最不道德的事实，含着极大的侮辱。郦文真使我难堪呵！唉！沅青何苦自陷？又强要陷人！

二月五日

今天又得到沅青的信，大约她和她表兄结婚，不久便可成事实。唉！我不恨别的，只恨上帝造人，为什么不一视同仁，分为什么男和女，因此不知把这个安静的世界，搅乱到什么地步？唉！我更不幸，为什么要爱沅青！

我为沅青的缘故，失了人生的乐趣！更为沅青故得了不可医治的烦纡！

唉！我越回忆越心伤！我每作日记，写到沅青弃我，我便恨不得立刻与世长辞，但自杀我又没有勇气，抑郁而死吧！抑郁而死吧！

我早已将人生的趣味，估了价啦，得不偿失，上帝呵！只求你早些接引！

我看着丽石的这些日记，热泪竟不自觉地流下来了。唉！我什么话也不能再多说了。

（原载 1923 年 6 月 10 日《小说月报》第 14 卷第 6 号）

海滨故人

一

呵！多美丽的图画！斜阳红得像血般，照在碧绿的海波上，露出紫蔷薇般的颜色来，那白杨和苍松的荫影之下，她们的旅行队正停在那里，五个青年的女郎，要算是此地的熟客了，她们住在靠海的村子里，只要早晨披白绡的安琪儿，在天空微笑时，她们便各人拿着书跳舞般跑了来。黄昏红裳的哥儿回去时，她们也必定要到。

她们倒是什么来历呢？有一个名字叫露沙，她在她们五人里，是最活泼的一个，她总喜欢穿白纱的裙子，用云母石作枕头，仰面睡在草地上默默凝思。她在城里念书，现在正是暑假期中，约了她的好朋友——玲玉、莲裳、云青、宗莹住在海边避暑，每天两次来赏鉴海景。她们五个人的相貌和脾气都有极显著的区别。露沙是个很清瘦的面庞和体格，但却十分刚强，她们给她的赞语是“短小精悍”。她的脾气很爽快，但心思极深，对于世界的谜仿佛已经识破，对人们交接，总是诙谐的。玲玉是富于情感，而体格极瘦弱，她常常喜欢人们的赞美和温存。她认定的世界的伟大和神秘，只是爱的作用；她喜欢笑，更喜欢哭，她和云青最要好。云青是个智理比感情更强的人。有时她不耐烦了，不能十分温慰玲玉，玲玉一定要背人偷拭泪，有时竟至放声痛哭了。莲裳为人最周到，无论和什么人都交际得来，而且到处都被人欢迎，她和云青很好。宗莹在她们里头，是最娇艳的一个，她极喜欢艳妆，也喜欢

向人夸耀她的美和她的学识，她常常说过分的话。露沙和她很好，但露沙也极反对她思想的近俗，不过觉得她人很温和，待人很好，时时地牺牲了自己的偏见，来附和她。她们样样不同的朋友，而能比一切同学亲热，就在她们都是很有抱负的人，和那醉生梦死的不同。所以她们就在一切同学的中间，筑起高垒来隔绝了。

有一天朝霞罩在白云上的时候，她们五个人又来了。露沙睡在海崖上，宗莹蹲在她的身旁，莲裳、玲玉、云青站在海边听怒涛狂歌，看碧波闪映，宗莹和露沙低低地谈笑，远远忽见一缕白烟从海里腾起。玲玉说："船来了！"大家因都站起来观看，渐渐看见烟筒了。看见船身了，不到五分钟整个的船都可以看得清楚。船上许多水手都对她们望着，直到走到极远才止。她们因又团团坐下，说海上的故事。

开始露沙述她幼年时，随她的父母到外省做官去，也是坐的这样的海船。有一天因为心里烦闷极了，不住声地啼哭，哥哥拿许多糖果哄她，也止不住哭声，妈妈用责罚来禁止她的哭声，也是无效。这时她父亲正在作公文，被她搅得急起来，因把她抱起来要往海里抛。她这时惧怕那油碧碧的海水，才止住哭声。

宗莹插言道："露沙小时的历史，多着呢，我都知道。因我妈妈和她家认识，露沙生的那天，我妈妈也在那里。"玲玉说："你既知道，讲给我们听听好不好？"宗莹看着露沙微笑，意思是探她许可与否，露沙说："小时的事情我一概不记得，你说说也好，叫我也知道知道。"

于是宗莹开始说了："露沙出世的时候，亲友们都庆贺她的命运，因为露沙的母亲已经生过四个哥儿了。当孕着露沙的时候，只盼望是个女儿。这时露沙正好出世。她母亲对这嫩弱的花蕊，十分爱护，但同时意外的事情发生了，不免妨碍露沙的幸运，就是生露沙的那一天，她的外祖母死了。并且曾经派人来接她的母亲，为了露沙的出世，终没去成，事后每每思量，当露沙闭目恬适睡在她臂膀上时，她便想到母亲的死，晶莹的泪点往往滴在露沙的颊上。后来她忽感到露沙的出世有些不祥，把思量母亲的热情，变成憎厌露沙的心了！

还有不幸的，是她母亲因悲抑的结果，使露沙没有乳汁吃，稚嫩的哀哭声，便从此不断了。有一天夜里，露沙哭得最凶，连她的小哥哥都吵醒了。

她母亲又急又痛，止不住倚着床沿垂泪，她父亲也叹息道："这孩子真讨厌！明天雇个奶妈，把她打发远点，免得你这么受罪！"她母亲点点头，但没说什么。

过了几天，露沙已不在她母亲怀抱里了，那个新奶妈，是乡下来的，她梳着奇异像蝉翼般的头，两道细缝的小眼，上唇撅起来，露着牙龈。露沙初次见她，似乎很惊怕，只躲在娘怀里不肯仰起头来。后来那奶妈拿了许多糖果和玩物，才勉强把她哄去。但到了夜里，她依旧要找娘去，奶妈只把她搂在怀里，轻轻拍着，唱催眠歌儿，才把她哄睡了。

露沙因为小时吃了母亲忧抑的乳汁，身体十分孱弱，况且那奶妈又非常的粗心，她有时哭了，奶妈竟不理她，这时她的小灵魂，感到世界的孤寂和冷刻了。她身体健康更一天不如一天。到三岁了她还不能走路和说话，并且头上还生了许多疮疥。这可怜的小生命，更没有人注意她了。

在那一年的春天，鸟儿全都轻唱着，花儿全都含笑着，露沙的小哥哥都在绿草地上玩耍，那时露沙得极重的热病，关闭在一间厢房里。当她病势沉重的时候，她母亲绝望了，又恐怕传染，她走到露沙的小床前，看着她瘦弱的面庞说："唉！怎变成这样了！奶妈！我这里孩子多，不如把她抱到你家里去治吧！能好再抱回来，不好就算了！"奶妈也正想回去看看她的小黑，当时就收拾起来，到第二天早晨，奶妈抱着露沙走了。她母亲不免伤心流泪。露沙搬到奶妈家里的第二天，她母亲又生了个小妹妹，从此露沙不但不在她母亲的怀里，并且也不在她母亲的心里了。

奶妈的家，离城有二十里路，是个环山绕水的村落，她的屋子，是用茅草和黄泥筑成的，一共四间，屋子前面有一座竹篱笆，篱笆外有一道小溪，溪的隔岸，是一片田地，碧绿的麦秀，被风吹着如波纹般涌漾。奶妈的丈夫是个农夫，天天都在田地里做工；家里有一个纺车，奶妈的大女儿银姊，天天用它纺线；奶妈的小女儿小黑和露沙同岁。露沙到了奶妈家里，病渐渐减轻，不到半个月已经完全好了，便是头上的疮也结了痂，从前那黄瘦的面孔，现在变成红黑了。

露沙住在奶妈家里，整整过了半年，她忘了她的父母，以为奶妈便是她的亲娘，银姊和小黑是她的亲姊姊。朝霞幻成的画景，成了她灵魂的安慰者，斜阳影里唱歌的牧童，是她的良友，她这时精神身体都十分焕发。

露沙回家的时候，已经四岁了。到六岁的时候，就随着她的父母做官去，以后的事情我就不知道了。

宗莹说到这里止住了。露沙只是怔怔地回想，云青忽喊道：“你看那海水都放金光了，太阳已经到了正午，我们回去吃饭吧！”她们随着松荫走了一程已经到家了。

在这一个暑假里，寂寞的松林，和无言的海流，被这五个女孩子点染得十分热闹，她们对着白浪低吟，对着激潮高歌，对着朝霞微笑，有时竟对着海月垂泪。不久暑假将尽了，那天夜里正是月望的时候，她们黄昏时拿着箫笛等来了。露沙说：“明天我们就要进城去，这海上的风景，只有这一次的赏受了。今晚我们一定要看日落和月出……这海边上虽有几家人家，但和我们也混熟了，纵晚点回去也不要紧，今天总要尽兴才是。”大家都极同意。

西方红灼灼的光闪烁着，海水染成紫色，太阳足有一个脸盆大，起初盖着黄色的云，有时露出两道红来，仿佛大神怒睁两眼，向人间狠视般，但没有几分钟那两道红线化成一道，那彩霞和彗星般散在西北角上，那火盆般的太阳已到了水平线上，一霎那太阳已如狮子滚绣球般，打个转身沉向海底去了。天上立刻露出淡灰色来，只在西方还有些五彩余辉闪烁着。

海风吹拂在宗莹的散发上，如柳丝轻舞，她倚着松柯低声唱道：

我欲登芙蓉之高峰兮，
白云阻其去路。
我欲挚绿萝之俊藤兮；
惧颓岩而踟躇。
仿烟波之荡荡兮；
伊人何处？
叩海神久不应兮；
唯漫歌以代哭！

接着歌声，又是一阵箫韵，其声嘤嘤似蜂鸣群芳丛里，其韵溶溶似落花轻逐流水，渐提渐高激起有如孤鸿哀唳碧空，但一折之后又渐转和缓恰似水渗滩底呜咽不绝，最后音响渐杳，歌声又起道：

临碧海对寒素兮，
何烦纡之萦心！
浪滔滔波荡荡兮，
伤孤舟之无依！
伤孤舟之无依兮，
愁绵绵而永系！

大家都被了歌声的催眠，沉思无言，便是那作歌的宗莹，也只有微叹的余音，还在空中荡漾罢了。

二

她们搬进学校了。暑假里浪漫的生活，只能在梦里梦见，在回想中想见。这几天她们都是无精打采的。露沙每天只在图书馆，一张长方桌前坐着，拿着一支笔，痴痴地出神，看见同学走过来时，她便将人家慢慢分析起来。同学中有一个叫松文的从她面前走过，手里正拿着信，含笑的看着，露沙等她走后，便把她从印象中提出，层层地分析。过了半点钟，便抽去笔套，在一册小本子上写道："一个很体面的女郎，她时时向人微笑，多美丽呵！只有含露的荼蘼能比拟她。但是最真诚和甜美的笑容，必定当她读到情人来信时才可以看见！这时不正像含露的荼蘼了，并且像斜阳熏醉的玫瑰，又柔媚又艳丽呢！"她写到这里又有一个同学从她面前走过。她放下她的小本子，换了宗旨不写那美丽含笑的松文了！她将那个后来的同学照样分析起来。这个同学姓郦，在她一级中年纪最大——大约将近四十岁了——她拿着一堆书，皱着眉走过去。露沙望着她的背影出神。不禁长叹一声，又拿起笔来写道："她是四十岁的母亲了，——她的儿已经十岁——当她拿着先生发的讲义——二百余页的讲义，细细地理解时，她不由得想起她的儿来了。她那时皱紧眉头，合上两眼，任那眼泪把讲义湿透，也仍不能止住她的伤心。先生们常说：'她是最可佩服的学生。'我也只得这么想，不然她那紧皱的眉峰，便不时惹起我的悲哀：我必定要想到：'人多么傻呵！因为不相干的什么知识——甚至于一张破纸文凭，把精神的快活完全牺牲了……"当当一阵吃饭钟响，她才放下笔，从图书馆出来，她一天的生活大约如是，同学们都说她有神经病，有几个刻薄的同学给她起个绰号，叫“著作家”，她每逢听见人们嘲笑她的时候，只是微笑说：“算了吧！著作家谈何容易？”说完这话，便头也不回地跑到图书馆去了。

宗莹最喜欢和同学谈情。她每天除上课之外，便坐在讲堂里，和同学们说：“人生的乐趣，就是情。”她们同级里有两个人，一个叫作兰香，一个叫作孤云，她们两人最要好，然而也最爱打架。她们好的时候，手挽着手，头偎着头，低低地谈笑。或商量两个人做一样衣服，用什么样花边，或者做一样的鞋，打一样的别针，使无论什么人一见她们，就知道她们是顶要好的朋友。有时预算星期六回家，谁到谁家去，她们说到快意的时候，竟手舞足蹈，合唱起来。这时宗莹必定要拉着玲玉说：“你看她们多快乐呵！真是人若没有感情，就不能生活了。情是滋润草木的甘露，要想开美丽的花，必定用要情汁来灌溉。”玲玉也悄悄地谈论着，我们级里谁最有情，谁有真情，宗莹笑着答她道：“我看你最多情，最没情就是露沙了。她永远不相信人，我们对她说情，她便要笑我们。其实她的见地实在不对。”玲玉便怀疑着笑说道：“真的吗？……我不相信露沙无情，你看她多喜欢笑，多喜欢哭呀。没情的人，感情就不应当这么易动。”宗莹听了这话，沉思一回，又道：“露沙这人真奇怪呀！有时候她闹起来，比谁都活泼，及至静起来，便谁也不理地躲起来了。”

她们一天到晚，只要有闲的时候，便如此的谈论，同学们给她们起了绰号，叫“情迷”，她们也笑纳不拒。

云青整天理讲义，记日记。云青的姊妹最多，她们家庭里因组织了一个娱乐会。云青全份的精神都集中在这里，下课的时候，除理讲义，抄笔录和记日记外，就是做简章和写信。她性情极圆和，无论对于什么事，都不肯吃亏，而且是出名的拘谨。同级里每回开级友会，或是爱国运动，她虽热心帮忙，但叫她出头露面，她一定不答应。她唯一的推辞只说：“家里不肯。”同学们能原谅她的，就说她家庭太顽固，她太可怜；不能原谅她，就冷笑着说：“真正是个薛宝钗。”她有时听见这种的嘲笑，便呆呆坐在那里。露沙若问她出什么神？她便悲抑着说：“我只想求人了解真不容易！”露沙早听惯看惯她这种语调态度，也只冷冷地答道：“何必求人了解？老实说便是自己有时也不了解自己呢！”云青听了露沙的话，就立刻安适了，仍旧埋头做她的工作。

莲裳和他们四人不同级，她学的是音乐，她每日除了练琴室里弹琴，便是操场上唱歌。她无忧无虑，好像不解人间有烦恼事，她每逢听见云青露沙谈人无味一类的话，她必插嘴截住她们的话说："哎呀！你们真讨厌。竟说这些没意思的话，有什么用处呢？来吧！来吧！操场玩去吧！"她跑到操场里，跳上秋千架，随风上下翻舞，必弄得一身汗她才下来，她的目的，只是快乐。她最憎厌学哲理的人，所以她和露沙她们不能常常在一处，只有假期中，她们偶然聚会几次罢了。

她们在学校里的生活很平淡，差不多没有什么意外的事情发现。到了第三个年头，学校里因为爱国运动，常常罢课。露沙打算到上海读书。开学的时候，同学们都来了，只短一个露沙，云青、玲玉、宗莹都感十分怅惘，云青更抑抑不能耐，当日就写了一封信给露沙道：

露沙：

赐书及宗莹书，读悉，一是离愁别恨，思之痛，言之更痛，露沙！千丝万缕，从何诉说？知惜别之不免，悔欢聚之多事矣！悠悠不决之学潮，至兹告一结束，今日已始行补课，同堂相见，问及露沙，上海去也。局外人已不胜为吾四人憾，况身受者乎？吾不欲听其问，更不忍笔之于此以增露沙愁也！所幸吾侪之以志行相契，他日共事社会，不难旧雨重逢，再作昔日之游，话别情，倾积愫，且喜所期不负，则理想中乐趣，正今日离愁别恨有以成之；又何惜今日之一别，以致永久之乐乎？云素欲作积极语，以是自慰，亦勉以是为露沙慰，知露沙离群之痛，总难恝然于心。姑以是作无聊之极想，当耐味之榆柑可也。

今日校中之开学式，一种萧条气象，令人难受，露沙！所谓"别时容易见时难"。吾终不能如太上之忘情，奈何！得暇多来信，余言续详，顺颂康健

云青

云青写完信，意绪兀自懒散，在这学潮后，杂乱无章的生活里，只有沉闷烦纡，那守时刻司打钟的仆人，一天照样打十二回钟，但课堂里零零落落，只有三四个人上堂。教员走上来，四面找人，但窗外一个人影都没有。院子里只有垂杨对那孤寂的学生教员，微微点头。玲玉、宗莹和云青三个人，只

是在操场里闲谈。这时正是秋凉时候，天空如洗，黄花满地，西风爽棘。一群群雁子都往南飞，更觉生趣索然。她们起初不过谈些解决学潮的方法，已觉前途的可怕，后来她们又谈到露沙了，玲玉说："露沙走了，与她的前途未始不好。只是想到人生聚散，如此易易，太没意思了，现在我们都是做学生的时代，肩上没有重大的责任，尚且要受种种环境支配，将来投身社会，岂不更成了机械吗？"云青说："人生有限的精力，清磨完了就结束了，看透了倒不值得愁前虑后呢？"宗莹这时正在葡萄架下，看累累酸子，忽接言道："人生都是苦恼，但能不想就可以不苦了！"云青说："也只有做如此想。"她们说着都觉倦了，因一齐回到讲堂去。宗莹的桌上忽放着一封信，是露沙寄来的，她忙忙撕开念道：

人寿究竟有几何？穷愁潦倒过一生，未免不值得！我已决定日内北上，以后的事情还讲不到，且把眼前的快乐享受了再说。

宗莹！云青！玲玉！从此不必求那永不开口的月姊——

传我们心弦之音了！呵！再见！

宗莹喜欢得跳起来，玲玉、云青也尽展愁眉，她们并且忙跑去通知莲裳，预备欢迎露沙。

露沙到的那天，她们都到火车站接她。把她的东西交给底下人拿回去。她们五个人一齐走到公园里。在公园里吃过晚饭，便在社稷坛散步，她们谈到暑假分别时曾叮嘱到月望时，两地看月传心曲，谁想不到三个月，依旧同地赏月了！在这种极乐的环境里，她们依旧恢复她们天真活泼的本性了。

她们谈到人生聚散的无定。露沙感触极深，因述说她小时的朋友的一段故事：

我从九岁开始念书，启蒙的先生是我姑母，我的书房，就在她寝室的套间里。我的书桌是红漆的，上面只有一个墨盒，一管笔，一本书，桌子面前一张木头椅子。姑母每天早晨教我一课书，教完之后，她便把书房的门倒锁起来，在门后头放着一把水壶，念渴了就喝白开水，她走了以后，我把我的书打开。忽听见院子里妹妹唱歌，哥哥学猫叫，我就慢慢爬到桌上站在那里，从窗眼往外看。妹妹笑，我也由不得要笑；哥哥追猫，我心里也像帮忙一块追似的。我这样站着两点钟也不觉倦，但只听见姑母的脚步声，就赶紧爬下来，很规矩地坐在那里，姑母一进门，正颜厉色地向我道："过来背书。"我哪里背得出，便认也不曾认得。姑母怒极，喝道："过来！"我不禁哀哀地哭了。她拿着皮鞭抽了几鞭，然后狠狠地说："十二点再背不出，不用想吃饭呵！"我这时恨极这本破书了。但为要吃午饭，也不能不拼命地念，侥幸背出来了，混了一顿午饭吃。但是念了一年，一本《三字经》还不曾念完。姑母恨极了，告诉了母亲，把我狠狠责罚了一顿，从此不教我念书了。我好像被赦的死囚，高兴极了。

有一天我正在同妹妹做小衣服玩，忽听见母亲叫我说："露沙！你一天在家里不念书，竟顽皮，把妹妹都引坏了。我现在送你上学校去，你若不改，被人赶出来，我就不要你了。"我听了这话，又怕又伤心，不禁放声大哭。后来哥哥把我抱上车，送我到东城一个教会学堂里。我才迈进校长室，心里便狂跳起来。在我的小生命里，是第一次看见蓝眼睛、高鼻子的外国人，况且这校长满脸威严。我哥哥和她说："这小孩是我的妹妹，她很顽皮，请你不用客气地管束她。那是我们全家所感激的。"那校长对我看了半天说："哦！小孩子！你应当听话，在我的学校里，要守规矩，不然我这里有皮鞭，它能责罚你。"她说着话，把手向墙上一捺。就听见"琅琅！"一阵铃响，不久就走进一个中国女人来，年纪二十八九，这个人比校长温和得多，她走进来和校长鞠了个躬，并不说话，只听见校长叫她道："魏教习！这个女孩是到这里读书的，你把她带去安置了吧！"那个魏教习就拉着我的手说："小孩子！跟我来！"我站着不动。两眼望着我的哥哥，好似求救似的。我哥哥也似了解我的意思，因安慰我说："你好好在这里念书，我过几天来看你。"我知道无望了，只得勉勉强强跟着魏教习到里边去。

这学校的学生，都是些乡下孩子，她们有的穿着打补钉的蓝布褂子，有的头上扎着红头绳，见了我都不住眼地打量，我心里又彷徨，又凄楚。在这满眼生疏的新环境里，觉得好似不系之舟，前途命运真不可定呵，迷糊中不知走了多少路，只见魏教习领我走到楼下东边一所房子前站住了。用手轻轻敲了几下门，那门便"呀"的一声开了。一个女郎戴着蔚蓝眼镜，两颊娇红，眉长入鬓，身上穿着一件月白色的长衫，微笑着对魏教习鞠了躬说："这就是

那新来的小学生吗？”魏教习点点头说：“我把她交给你，一切的事情都要你留心照应。”说完又回头对我说：“这里的规矩，小学生初到学校，应受大学生的保护和管束。她的名字叫秦美玉，你应当叫她姐姐，好好听她的话，不知道的事情都可以请教她。”说完站起身走了。那秦美玉拉着我的手说：“你多大了？你姓什么？叫什么？这学校的规矩很厉害，外国人是不容情的，你应当事事小心。”她正说着，已有人将我的铺盖和衣物拿进来了。我这时忽觉得诧异，怎么这屋子里面没有床铺呵？后来又看她把墙壁上的木门推开了。里头放着许多被褥，另外还有一个墙橱，便是放衣服的地方。她告诉我这屋里住五个人，都在这木板上睡觉，此外，有一张长方桌子，也是五个人公用的地方。我从来没看见过这种简陋的生活，仿佛到了一个特别的所在，事事都觉得不惯。并且那些大学生，又都正颜厉色地指挥我打水扫地，我在家从来没做过，况且年龄又太幼弱，怎么能做得来。不过又不敢不做，到烦难的时候，只有痛哭，那些同学又都来看我，有的说：“这孩子真没出息！”有的说：“管管她就好了。”那些没有同情的刺心话，真使我又羞又急，后来还是秦美玉有些不过意，抚着我的头说：“好孩子！别想家，跟我玩去。”我擦干了眼泪，跟她走出来。院子里有秋千架，有荡木，许多学生在那里玩耍，其中有一个学生，和我差不多大，穿着藕荷色的洋纱长衫，对我含笑地望，我也觉得她和别的同学不同，很和气可近的，我不知不觉和她熟识了，我就别过秦美玉和她牵着手，走到后院来。那里有一棵白杨树。底下放着一块捣衣石，我们并肩坐在那里。这时正是黄昏的时候，柔媚的晚霞，缀成幔天红罩，金光闪射，正映在我们两人的头上，她忽然问我道：“你会唱圣诗吗？”我摇头说“不会”，她低头沉思半晌说：“我会唱好几首，我教你一首好不好？”我点头道：“好！”她便轻轻柔柔地唱了一首，歌词我已记不得了。只是那爽脆的声韵，恰似娇莺低吟，春燕轻歌，到如今还深刻脑海。我们正在玩得有味，忽听一阵铃响，她告诉我吃晚饭了。我们依着次序，走进膳堂，那膳堂在地窖里，很大的一间房子，两旁都开着窗户，从窗户外望，平地上所种的杜鹃花正开得灿烂娇艳，迎着残阳，真觉爽心动目。屋子中间排着十几张长方桌，桌的两旁放着木头板凳，桌上当中放着一个绿盆，盛着白木头筷子和黑色粗碗，此外排着八碗茄子煮白水，每两人共吃一碗。在桌子东头，放着一筐箩棒子面的窝窝头，黄腾腾好似金子的颜色，这又是我从来没吃过的，秦美玉替我拿了两块放在面前。我拿起来咬了一口，有点甜味，但是嚼在嘴里，粗糙非常，至于那碗茄子，更不知道是什么味道，又涩又苦，想来既没有油，盐又放多了，我肚子其实很饿，但我拿起筷子勉强吃了两口，实在咽不下，心里一急，那眼泪点点滴滴都流在窝窝头上了。那些同学见我这种情形，有的诽笑我，有的谈论我，我仿佛听见她们说："小姐的派头倒十足，但为什么不吃小厨房的饭呢？"我那时不知道这学校的饭是分等第的，有钱的吃小厨房饭，没钱就吃大厨房的饭，我只疑疑惑惑不知道她们说什么，只怔怔地看着饭菜垂泪。直等大家都吃完，才一齐散了出来。我自从这一顿饭后，心里更觉得难受了，这一夜翻来覆去，无论如何睡不着，看那清碧的月光，从树梢上移到我屋子的窗棂上，又移到我的枕上，直至月光充满了全屋，我还不曾入梦，只听见那四个同学呼声雷动，更感焦躁，那眼泪又不由自主地流下来了。直到天快亮，这才迷迷糊糊睡了一觉。

第二天的饭菜，依旧是不能下箸。那个小朋友知道这消息，到吃饭的时候，特把她家里送来的菜，拨了一半给我，我才吃了一顿饱饭，这种苦楚直挨了两个星期，才略觉习惯些。我因为这个小朋友待我极好，因此更加亲热。直到我家里搬到天津去，我才离开这学校，我的小朋友也回通州去了。以后我已经十三岁了，我的小朋友十二岁，我们一齐都进公立某小学校，后来她因为想学医到别处去。我们五六年不见，想不到前年她又到北京来，我们因又得欢聚，不过现在她又走了——听说她已和人结婚——很不得志，得了肺病，将来能否再见，就说不定了。"

你们说人生聚散有一定吗？"露沙说完，兀自不住声地叹息。这时公园游人已渐渐散尽，大家都有倦意。因趁着光慢慢散步出园来，一同雇车回学校去。

露沙自从上海回来后，宗莹和云青、玲玉，都觉格外高兴。这时候她们下课后，工作的时候很少，总是四个人拉着手，在芳草地上，轻歌快谈。说到快意时，便哈天扑地地狂笑，说到凄楚时便长吁短叹，其实都脱不了孩子气，什么是人生！什么是究竟！不过嘴里说说，真的苦趣还一点没尝到呢！

三

光阴快极了，不觉又过了半年，不解事的露沙、玲玉、云青、宗莹、莲裳，不幸接二连三都卷入愁海了。

第一个不幸的便是露沙，当她幼年时饱受冷刻环境的熏染，养成孤僻倔强的脾气，而她天性又极富于感情，所以她竟是个智情不调和的人。当她认识那青年梓青时，正在学潮激烈的当儿。天上飘着鹅毛片般的白雪，空中风声凛冽，她奔波道途，一心只顾怎么开会，怎么发宣言，和那些青年聚在一起，讨论这一项，解决那一层，她初不曾预料到这一点的，因而生出绝大的果来。

梓青是个沉默孤高的青年，他的议论最彻底，在会议的席上，他不大喜欢说话，但他的论文极多，露沙最喜欢读他的作品，在心流的沟里，她和他不知不觉已打通了，因此不断地通信，从泛泛的交谊，变为同道的深契。这时露沙的生趣勃勃，把从前的冷淡态度，融化许多，她每天除上课外，便是到图书馆看书，看到有心得，她或者作短文，和梓青讨论；或者写信去探梓青的见解，在这个时期里，她的思想最有进步，并且她又开拓研究哲学，把从前懵懵懂懂的态度都改了。

有一天正上哲学课，她拿着一枝铅笔记先生口述的话。那时先生正讲人生观的问题，中间有一句说："人生到底做什么？"她听了这话，忽然思潮激涌，停了手里的笔，更听不见先生继续讲些什么，只怔怔地盘算，"人生到底做什么？牵来牵去，忽想到恋爱的问题上去，青年男女，好像是一朵含苞未放的玫瑰花，美丽的颜色足以安慰自己，诱惑别人，芬芳的气息，足以满足自己，迷恋别人。但是等到花残了，叶枯了，人家弃置，自己憎厌，花木不能躲时间空间的支配，人类也是如此，那么人生到底做什么？其实又有什么可做？恋爱不也是一样吗？青春时互相爱恋，爱恋以后怎么样？不是和演剧般，到结局无论悲喜，总是空的呵！并且爱恋的花，常常衬着苦恼的叶子，如何跳出这可怕的圈套，清净一辈子呢？"她越想越玄，后来弄得不得主意，吃饭也不正经吃，有时只端着饭碗拿着筷子出神，睡觉也不正经睡，半夜三更坐了起来发怔，甚至于痛哭了。

这一天下午，露沙又正犯着这哲学病，忽然梓青来了一封信，里头有几句话说："枯寂的人生真未免太单调了！唉！什么时候才得甘露的润泽，在我空漠的心田，开朵灿烂的花呢？恐怕只有膜拜'爱神'，求她的怜悯了！"这话和她的思想，正犯了冲突。交战了一天，仍无结果。到了这一天夜里，她勉勉强强写了梓青的回信，那话处处露着彷徨矛盾的痕迹。到第二天早起重新看看，自己觉得不妥。因又撕了，结果只写了几个字道："来信收到了，人生不过尔尔，苦也罢，乐也罢，几十年全都完了，管他呢！且随遇而安吧！"

活泼泼的露沙，从此憔悴了！消沉了！对于人间时而信，时而疑，神经越加敏锐，闲步到中央公园，看见鸭子在铁栏里游泳，她便想到，人生和鸭子一样地不自由，一样地愚钝。人生到底做什么？听见鹦鹉叫，她便想到人们和鹦鹉一样，刻板地说那几句话，一样的不能跳出那笼子的束缚；看见花落叶残便想到人的末路——死——仿佛天地间只有愁云满布，悲雾迷漫，无一不足引起她对世界的悲观，弄得精神衰颓。

露沙的命运是如此。云青的悲剧同时开演了，云青向来对于世界是极乐观的。她目的想作一个完美的教育家，她愿意到乡村的地方——绿山碧水——的所在，召集些乡村的孩子，好好地培植她们，完成甜美的果树，对于露沙那种自寻苦恼的态度，每每表示反对。

这天下午她们都在校园葡萄架下闲谈，同级张君，拿了一封信来，递给露沙，她们都围拢来问："这是谁的信，我们看得吗？"露沙说："这是蔚然的信，有什么看不得的。"她说着因把信撕开，抽出来念道：

露沙君：

不见数月了！我近来很忙。没有写信给你，抱歉得很！你近状如何？念书有得吗？我最近心绪十分恶劣，事事都感到无聊的痛苦，一身一心都觉无所着落，好像黑夜中，独驾扁舟，漂泊于四无涯际，深不见底的大海汪洋里，彷徨到底点了呵！日前所云事，曾否进行，有效否，极盼望早得结果，慰我不定的心。别的再谈。

蔚然

宗莹说，"这个人不就是我们上次在公园遇见的吗？他真有趣，抱着一大捆讲义，睡在椅子上看他托你什么事？露沙！”

露沙沉吟不语，宗莹又追问了一句，露沙说：“不相干的事，我们说我们的吧！时候不早，我们也得看点书才对。”这时玲玉和云青正在那唧唧哝哝商量星期六照相的事，宗莹招呼了她们，一齐来到讲堂。玲玉到图书室找书预备作论文，她本要云青陪她去，被露沙拦住说：“宗莹也要找书，你们俩何不同去。”玲玉才舍了云青，和宗莹去了。

露沙叫云青道：“你来！我有话和你讲。”云青答应着一同出来，她们就在柳荫下，一张凳子上坐下了。露沙说：“蔚然的信你看了觉得怎样？”云青怀疑着道：“什么怎么样？我不懂你的意思！”露沙说：“其实也没有什么！……我说了想你也不至于恼我吧？”云青说：“什么事？你快说就是了。”露沙说：“他信里说他十分苦闷，你猜为什么？……就是精神无处寄托，打算找个志同道合的女朋友，安慰他灵魂的枯寂！他对于你十分信任，从前和我说过好几次，要我先容，我怕碰钉子，直到如今不曾说过，今天他又来信，苦苦追问，我才说了，我想他的人格，你总信得过，做个朋友，当然不是大问题是不是？”云青听了这话，一时没说什么，沉思了半天说：“朋友原来不成问题……但是不知道我父亲的意思怎样？等我回去问问再说吧！”……露沙想了想答道：“也好吧！但希望快点！”她们谈到这里，听见玲玉在讲堂叫她们，便不再往下说，就回到讲堂去。

露沙帮着玲玉找出《汉书·艺文志》来，混了些时，玲玉和宗莹都伏案作文章，云青拿着一本《唐诗》，怔怔凝思，露沙叉着手站在玻璃窗口，听柳树上的夏蝉不住声地嘶叫，心里只觉闷闷地，无精打采地坐在书案前，书也懒看，字也懒写。孤云正从外头进来，抚着露沙的肩说：“怎么又犯毛病啦，眼泪汪汪是什么意思呵！”露沙满腔烦闷悲凉，经她一语道破，更禁不住，爽性伏在桌上呜咽起来，玲玉、宗莹和云青都急忙围拢来，安慰她，玲玉再三问她为什么难受，她只是摇头，她实在说不出具体的事情来。这一下午她们四个人都沉闷无言，各人叹息各人的，这种的情形，绝不是头一次了。

冬天到了，操场里和校园中没有她们四人的影子了，这时她们的生活只在图书馆或讲堂里，但是图书馆是看书的地方，她们不能谈心，讲堂人又太多，到不得已时，她们就躲在栉沐室里，那里有顶大的洋炉子，她们围炉而谈，毫无妨碍。

最近两个星期，露沙对于宗莹的态度，很觉怀疑。宗莹向来是笑容满面，喜欢谈说的；现在却不然了，镇日坐在讲堂，手里拿着笔在一张破纸上，画来画去，有时忽向玲玉说："做人真苦呵！"露沙觉得她这种形态，绝对不是无因。这一天的第二课正好教员请假，露沙因约了宗莹到栉沐室谈心，露沙说："你有什么为难的事吗？"她沉吟了半天说："你怎么知道？"露沙说："自然知道，你自己不觉得，其实诚于中形于外，无论谁都瞒不了呢！"宗莹低头无言，过了些时，她才对露沙说："我告诉你，但请你守秘密。"露沙说："那自然啦，你说吧！"

我前几个星期回家，我母亲对我说有个青年，要向我求婚，据父亲和母亲的意思，都很欢喜他，他的相貌很漂亮，学问也很好，但只一件他是个官僚。我的志趣你是知道的，和官僚结婚多讨厌呵！而且他的交际极广，难保没有不规则的行动，所以我始终不能决定。我父亲似乎很生气，他说："现在的女孩子，眼里哪有父母呵，好吧！我也不能强迫你，不过我觉得这是个好机会，我作父亲的有对你留意的责任，你若自己错过了，那就不能怨人，……据我看那青年，实在是不可多得的人才，将来至少也有科长的希望……我被他这一番话说得真觉难堪，我当时一夜不曾合眼，我心里只恨为什么这么倒霉，若果始终要为父母牺牲，我何必念书进学校。只过我六七年前小姐式的生活，早晨睡到十一二点起来，看看不相干的闲书，作两首谰调的诗，满肚皮佳人才子的思想，三从四德的观念，那么父母之命，媒妁之言，我自然遵守，也没有什么苦恼了！现在既然进了学校，有了知识，叫我屈伏在这种顽固不化的威势下，怎么办得到！我牺牲一个人不要紧，其奈良心上过不去，你说难不难？"宗莹说到伤心时，泪珠儿便不断地滴下来。露沙倒弄得没有主意了，只得想法安慰她说："你不用着急，天下没有不爱子女的父母，他绝不忍十分难为你……"

宗莹垂泪说："为难的事还多呢！岂止这一件。你知道师旭常常写信给我吗？"露沙诧异道："师旭！是不是那个很胖的青年？"宗莹道："是的。""他头一封信怎么写的？"露沙如此地问。宗莹道："他提出一个问题和我讨论，叫我一定须答复，而且还寄来一篇论文叫我看完交回，这是使我不能不回信的原因。"露沙听完，点头叹道："现在的社交，第一步就是以讨论学问为名，那招牌实在是堂皇得很，等你真真和他讨论学问时，他便再进一

层，和你讨论人生问题，从人生问题里便渲染上许多愤慨悲抑的感情话，打动了你，然后恋爱问题就可以应运而生了。简直是作戏，所幸当局的人总是一往情深，不然岂不味同嚼蜡！”宗莹说：“什么事不是如此？做人只得模糊些罢了。”

她们正谈着，玲玉来了，她对她们做出娇痴的样子来，似笑似恼地说：“啊哟！两个人像煞有介事……也不理人家。”说着歪着头看她们笑。宗莹说：“来！来！我顶爱你！”一边说，一边走，过来拉着她的手。她就坐在宗莹的旁边，将头靠在她的胸前说：“你真爱我吗？……真的吗？”“怎么不真！”宗莹应着便轻轻在她手上吻了一吻。露沙冷冷地笑道：“果然名不虚传，情迷碰到一起就有这么些做作！”玲玉插嘴道：“咦！世界上你顶没有爱，一点都不爱人家。”露沙现出很悲凉的形状道：“自爱还来不及，说得爱人家吗？”玲玉有些恼了，两颊绯红说：“露沙顶忍心，我要哭了！我要哭了！”说着当真眼圈红了，露沙说：“得啦！得啦！和你闹着玩呵！……我纵无情，但对于你总是爱的，好不好？”玲玉虽是哈哈地笑，眼泪却随着笑声滚了下来。正好云青找到她们处来，玲玉不容她开口，拉着她就走，说：“走吧！去吧！露沙一点不爱人家，还是你好，你永远爱我！”云青只迟疑地说：“走吗？……真是的！”又回头对她们笑道：“这是怎么回事？……你们不走吗……”宗莹说：“你先走好了，我们等等就来。”玲玉走后，宗莹说：“玲玉真多情，……我那亲戚若果能娶她，真是福气！”露沙道：“真的！你那亲戚现在怎么样？你这话已对玲玉说过吗？”宗莹说：“我那亲戚不久就从美国回来了，玲玉方面我约略说过，大约很有希望吧！”“哦！听说你那亲戚从前曾和另外一个女子订婚，有这事吗？”露沙又接着问。宗莹叹道：“可不是吗？现在正在离婚，那边执意不肯，将来麻烦的日子有呢！”露沙说：“这恐怕还不成大问题，……只是玲玉和你的亲戚有否发生感情的可能，倒是个大问题呢？……听说现在玲玉家里正在介绍一个姓胡的，到底也不知什么结果。”宗莹道：“慢慢地再说吧！现在已经下堂了。底下一课文学史，我们去听听吧！”她们就走向讲堂去。

她们四个人先后走到成人的世界去了。从前的无忧无愁的环境，一天一天消失。感情的花，已如荼如火地开着，灿烂温馨的色香，使她们迷恋，使她们尝到甜蜜的爱的滋味，同时使她们了解苦恼的意义。

这一年暑假，露沙回到上海去，玲玉回到苏州去，云青和宗莹仍留在北京。她们临别的末一天晚上，约齐了住在学校里，把两张木床合并起来，预备四个人联床谈心。在傍晚的时候，她们在残阳的余辉下，唱着离别的歌儿道：

潭水桃花，故人千里，
离歧默默情深悬，
两地思量共此心！
何时重与联襟？
愿化春波送君来去，
天涯海角相寻。

歌调苍凉，她们的声音越来越低，直至无声，露沙叹道："十年读书，得来只是烦恼与悲愁，究竟知识误我，我误知识？"云青道："真是无聊！记得我小的时候，看见别人读书，十分羡慕，心想我若能有了知识，不知怎样的快乐，若果知道越有知识，越与世界不相容，我就不当读书自苦了。"宗莹道："谁说不是呢？就拿我个人的生活说吧！我幼年的时候，没有兄弟姊妹，父母十分溺爱，也不许进学校，只请了一个位老学究，教我读《毛诗》、《左传》，闲时学作几首诗。一天也不出门，什么是世界我也不知道，觉得除依赖父母过我无忧无虑的生活外，没有一点别的思想，那时在别人或者看我很可惜，甚至于觉得我很可怜，其实我自己倒一点不觉得。后来我有一个亲戚，时常讲些学校的生活，及各种常识给我听，不知不觉中把我引到烦恼的路上去，从此觉得自己的生活，样样不对不舒服，千方百计和父母要求进学校。进了学校，人生观完全变了。不容于亲戚，不容于父母，一天一天觉得自己孤独，什么悲愁，什么无聊，逐件发明了。岂不是知识误我吗？"她们三人的谈话，使玲玉受了极深的刺激，呆呆地站在秋千架旁，一语不发。云青无意中望见，因撇了露沙、宗莹走过来，拊在她的肩上说："你怎样了？有什么不舒服吗？"玲玉仍是默默无言，摇摇头回过脸去，那眼泪便扑簌簌滚了下来。她们三人打断了话头，拉着她到栉沐室里，替她拭干了泪痕，谈些诙谐的话，才渐渐恢复了原状。

到了晚上，她们四人睡在床上，不住地讲这样说那样，弄到四点多钟才睡着了。第二天下午露沙和玲玉乘京浦的晚车离开北京，宗莹和云青送到车站。当火车头转动时，玲玉已忍不住呜咽起来。露沙生性古怪，她遇到伤心的时候，总是先笑，笑够了，事情过了，她又慢慢回想着独自垂泪。宗莹虽喜言情，但她却不好哭。云青对于什么事，好像都不足动心的样子，这时对着渐去渐远的露沙、玲玉，只是怔怔呆望，直到火车出了正阳门，连影子都不见了，她才微微叹着气回去了。

在这分别的期中，云青有一天接到露沙的一封信说：

云青：

人间譬如一个荷花缸，人类譬如缸里的小虫，无论怎样聪明，也逃不出人间的束缚。回想临别的那天晚上，我们所说的理想生活——海边修一座精致的房子，我和宗莹开了对海的窗户，写伟大的作品；你和玲玉到临海的村里，教那天真的孩子念书，晚上回来，便在海边的草地上吃饭，谈故事，多少快乐——但是我恐怕这话，永久是理想的呵！你知道宗莹已深陷于爱情的漩涡里，玲玉也有爱剑卿的趋势。虽然这都是她们俩的事，至于我们呢？蔚然对于你陷溺极深，我到上海后，见过他几次，觉得他比从前沉闷多了，每每仰天长叹，好像有无限隐忧似的。我屡次问他，虽不曾明说什么，但对于你的渴慕仍不时流露出来。云青！你究竟怎么对付他呢？你向来是理智胜于感情的，其实这也是她们不到的观察，对于蔚然的诚挚，能始终不为所动吗？况且你对于蔚然的人格曾表示相信，那么你所以拒绝他的，岂另有苦衷吗？

按说我的为人，在学校里，同学都批评我极冷淡寡情，其实人间的虫子，要想作太上的忘情，只是矫情罢了！不过有的人喜欢用情。即世上所谓的多情。有的不喜欢用情，一旦若是用了，更要比多情的深挚得多呢！我相信你不是无情，只是深情，你说是不是？

你前封信曾问我梓青的事，在事实上我没有和他发生爱情的可能，但爱情是没有条件的。外来的桎梏，正未必能防范得住呢。以后的结果，实不可预料，只看上帝的意旨如何罢了。

露沙

云青接到这封信，受了极大的刺激，用了两天两夜的思维，仍不能决定，她只得打电话叫宗莹来商量。宗莹问她对于蔚然本身有无问题，云青答道："我向来没有和男子们交接，我觉得男子可以相信的很少，至于蔚然的人格，我始终信仰，不过我向来理智强于感情，这事的结果，若是很顺当的，那么倒也没什么，若果我父母以为不应当……或者亲戚们有闲话，那我宁可自苦一辈子，报答他的情义，叫我勉强屈就是做不到的。"

宗莹听完这话，沉想些时说："我想你本身若是没有问题，那么就可以示意蔚然，叫他托人对你父母提出，岂不妥当吗？"云青懒懒道："大约也只有这么办了……唉！真无聊……"她们商量妥当，宗莹也就回去了。

傍晚的时候，兰馨来找云青，谈话之间，便提到露沙。兰馨说："我前几天听见人说，露沙和梓青已发生恋爱了，但梓青已经结婚了，这事将来怎么办呢？"

云青怔怔地看着墙上的风景画出神，歇了半天说："这或者是人们的谣传吧！我看露沙不至于这么糊涂！"

"咦！你也不要说这话，固然露沙是极明白，不至于上当，但梓青的婚姻是父母强迫的，本没有爱情可言，他纵对于露沙要求情爱，按真理说并不算大不道，不过社会上一般未免要说闲话罢了。露沙最近有信吗？"

"有信，对于这事，她也曾说过，但她的主张，怕不至于就会随随便便和梓青结婚吧？她向来主张精神生活的，就是将来发生结婚的事情，也总得有相当的机会。"

"其实她近年来，在社会上已很有发展的机会，还是不结婚好，不然埋没了未免可惜……你写信还是劝她努力吧！"

她们正谈着，一阵电话铃响，原来是孤云找兰馨说话，因打断了她们的话头，兰馨接了电话。孤云要约她公园玩去，她于是辞了云青到公园去。

云青等她走后，便独自坐在廊子底下，默默沉思，觉得："人生真是有限，像露沙那种看得破的人，也不能自拔！宗莹更不用说了……便是自己也不免宛转因物！"云青正在遐想的时候，只见听差走进来说有客来找老爷，云青因急急回避了，到屋里看了几页书，倦上来就收拾睡下。

第二天早晨。云青才起来，她的父亲就叫她去说话，她走进父亲的书房，只见她父亲皱着眉道："你认得赵蔚然吗？"云青听了这话，顿时心跳血涨，嗫嚅半天说："听见过这人的名字。"她父亲点头道："昨天伊秋先生来，还提起他，我觉得这个人太懦弱了，而且相貌也不魁武，"一边说着，一边看着云青，云青只是低头无言。后来她父亲又道："我对于你的希望很大，你应当努力预备些英文，将来有机会，到外国走走才是。"说到这里，才慢慢站起来走了。

云青怔怔望着窗外柳丝出神，觉有无限怅惘的情绪，萦绕心田，因到书案前，伸纸染毫写信给露沙道：

露沙：

前信甫发，接书一慰，因连日心绪无聊，未能即复，抱歉之至！来书以处世多磨，苦海无涯为言，知露沙感喟之深，子固生性豪爽者，读到"雄心壮志早随流水去"之句，令人不忍为设地深思也。"不享物质之幸福，亦不愿受物质之支配。"诚然！但求精神之愉快，闭门读书，固亦云唯一之希望，然岂易言乎？

宗莹与师旭定婚有期矣，闻宗莹因此事，与家庭冲突，曾陪却不少眼泪。究竟何苦来？所谓"有情人都成眷属"亦不过霎时之幻影耳。百年容易，眼见白杨萧萧，荒冢累累，谁能逃此大限？此诚"天下本无事庸人自扰之也。"渠结婚佳期闻在中秋，未知确否，果确，则一时之兴尚望露沙能北来，共与其盛，未知如愿否？

玲玉事仍未能解决，而两方爱情则与日俱增，可怜！有限之精神，怎经如许消磨，玲玉为此事殊苦，不知冥冥之运命将何以处之也！嗟！嗟！造化弄人！

最后一段，欲不言而不得不言，此即蔚然之事，云自幼即受礼教之熏染。及长已成习惯，纵新文化之狂浪，汩没吾顶，亦难洗前此之遗毒，况父母对云又非恶意，云又安忍与抗乎？乃近闻外来传言，又多误会，以为家庭强制，实则云之自身愿为家庭牺牲，付能委责家庭。愿露沙有以正之！至于蔚然处，亦望露沙随时开导，云诚不愿陷人滋深，且愿终始以友谊相重，其他问题都非所愿闻，否则只得从此休矣！

思绪不宁，言失其序，不幸！不幸！不知无常之天道，伊于胡底也，此祝健康！

云青

云青写完信后，就到姑妈家找表姊妹们谈话去了。

四

露沙由京回到上海以后，和玲玉虽隔得不远，仍是相见苦稀，每天除陪了母亲兄嫂姊妹谈话，就是独坐书斋，看书念诗。这一天十时左右，邮差送信来，一共有五六封，有一封是梓青的信，内中道：

露沙吾友：

又一星期不接你的信了！我到家以来，只觉无聊。回想前些日子在京时，我到学校去找你，虽没有一次不是相对无言，但精神上已觉有无限的安慰，现在并此而不能，怅惘何极！

上次你的信说，有时想到将来离开了学校生活，而踏进恶浊的社会生活，不禁万事灰心，我现虽未出校，已无事不灰心了！平时有说有笑，只是把灰心的事搁起，什么读书，什么事业，只是于无可奈何中聊以自遣，何尝有真乐趣！我心的苦，知者无人。然亦未始并不幸中之幸，免得他们更和我格格不入了。

我于无意中得交着你，又无意于短时间中交情深刻这步田地！这是我最满意的事，唉！露沙！这的确是我们一线的生机！有无上的价值！

说到“人生不幸”，我是以为然而不敢深思的，我们所想望的生活，并不是乌托邦，不可能的生活，都是人生应得的生活；若使我们能够得到应得的生活，虽不能使我们完全满意，聊且满意，于不幸的人生中，我们也就勉强自足了！露沙！我连这一层都不敢想到，更何敢提及根本的“人生不幸”！

你近来身体怎样，务望自重，有工夫多来信吧！此祝快乐！

梓青书

露沙接到信后，只感到万种凄伤，把那信翻来覆去，看了无数遍，直到能背诵了，她还是不忍收起——这实在是她的常态，她生平喜思量，每逢接到朋友们的来信，总是这种情形——她闷闷不语，最后竟滴下泪来。本想即刻写回信，恰巧蔚然来找，露沙才勉强拭干眼泪，出来相见。

这时已是黄昏了，西方的艳阳余晖，正射在玻璃窗上，由玻璃窗反折过来，正照在蔚然的脸上，微红而黑的两颊边，似有泪痕。露沙很奇异地问道："现在怎么样？"蔚然凄然说："不知道为什么，这几天心绪恶劣，要想到西湖，或苏州跑一趟，又苦于走不开，人生真是干燥极了！"露沙只叹了一声，彼此缄默约有五分钟，蔚然才问露沙道："云青有信吗？我写了三封信去，她都没有回我，不知道怎样，你若写信时，替我问问吧！"露沙说："云青前几天有信来，她曾叫我劝你另外打主意，她恐怕终究叫你失望……她那个人做事十分慎重，很可佩服，不过太把自己牺牲了！你对她到底怎样呢？"蔚然道："我对于她当然是始终如一，不过这事也并不是勉强得来的，她若不肯，当然作罢，但请她不要以此介介，始终保持从前的友谊好了。"露沙说："是呀！这话我也和她谈过，但是她说为避嫌疑起见，她只得暂时和你疏远，便是书信也拟暂时隔绝，等到你婚事已定后，再和你继续前此友谊，我想云青的心也算苦了，她对于你绝非无情，不过她为了父母的意见，宁可牺牲她的一生幸福，说到这里，我又想起今年春假，云青、玲玉、宗莹、莲裳，我们五个人，在天津住着。有一天夜里，正是月色花影互相厮并，红浪碧波，掩映斗媚。那时候我们坐在日本的神坛的草地上，密谈衷心，也曾提起这话，云青曾说对于你无论如何，终觉抱歉，因为她固执的缘故，不知使你精神上受多少创痕，但是她也绝非木石，所以如此的原因，不愿受人訾议罢了。后来玲玉就说：这也没有什么訾议，现在比不得从前，婚姻自由本是正理，有什么忌讳呢？云青当时似乎很受了感动，就道："好吧！我现在也不多管了。叫他去进行，能成也罢，不成也罢！我只能顺事之自然，至于最后的奋斗，我没有如此大魄力，而且闹起来，与家庭及个人都觉得说来不好听。当日我们的谈话虽仅此而上，但她的态度可算得很明了。我想你如果有决心非她不可，你便可稍缓以待时机。"蔚然点头道："暂且不提好了。"

蔚然走后，玲玉恰好从苏州来，邀露沙明天陪她到吴淞去接剑卿去。露沙就留她住在家里，晚饭后闲谈些时，便睡下了。第二天早晨才五点多钟玲玉就从睡中惊醒，悄悄下了床梳好了头。这时露沙也起来了，她们都收拾好了，已经到六点半。因乘车到火车站，距开车才有十分钟忙忙买了车票，幸喜车上还有坐位。玲玉脸向车窗坐着，早晨艳阳射在她那淡紫色的衣裙上，娇美无比，衬着她那似笑非笑的双靥好像浓绿丛中的紫罗兰。露沙对她怔怔望着，好像在那里猜谜似的。玲玉回头问道："你想什么？你这种神情，衬着一身雪般的罗衣，直像那宝塔上的女石像呢！"露沙笑道："算了吧！知道你今天兴头十足，何必打趣我呢？"玲玉被露沙说得不好意思了。仍回过头去，佯为不理。

半点钟过去了，火车已停在吴淞车站。她们下了车，到泊船码头打听，那只美国来的船，还有两三个钟头才进口。她们便在海边的长堤上坐下，那堤上长满了碧绿的青草。海涛怒啸，绿浪澎湃，但四面寂寥。除了草底的鸣蛩，抑抑悲歌外，再没有其他的音响和怒浪骇涛相应和了。

两点多钟以后，她们又回到码头上。只见许多接客的人，已挤满了，再往海面一看，远远的一只海船，开着慢车冉冉而来。玲玉叫道："船到了！船到了！"她们往前挤了半天。才站了一个地位，又等半天，那船才拢了岸。鼓掌的欢声和呼唤的笑声，立刻充溢空际。玲玉只怔怔向船上望着，望来望去终不见剑卿的影子，十分彷徨。只等到许多人都下了船，才见剑卿提着小皮包，急急下船来。玲玉走向前去，轻轻叫道："陈先生！"剑卿忙放下提包，握着玲玉的手道："哦！玲玉！我真快活极了！你几时来的？那一位是你的朋友吗？"玲玉说："是的！让我给你介绍介绍，"因回过头对露沙道："这位是陈剑卿先生。"又向陈先生道："这位是露沙女士。"彼此相见过，便到火车站上等车。玲玉问道："陈先生的行李都安置了吗？"剑卿道："已都托付一个朋友了，我们便可一直到上海畅谈竟日呢！"玲玉默默无言，低头含笑，把一块绢帕叠来叠去。露沙只听剑卿缕述欧美的风俗人情。不久到了上海，露沙托故走了，玲玉和剑卿到半淞园去。到了晚上，玲玉仍回到露沙家时，住了一夜，第二天早上就回苏州。

过了几天，玲玉寄来一封信，邀露沙北上。这时候已经是八月的天气，风凉露冷，黄花遍地，她们乘八月初三早车北上。在路上玲玉告诉露沙，这次剑卿向她求婚，已经不能再坚执了。现在已双方求家庭的通过，露沙因问她剑卿离婚的手续已办没有。玲玉说："据剑卿说，已不成问题，因为那个女子已经有信应允他。不过她的家人故意为难，但婚姻本是两方同意的结合，岂容第三者出来勉强，并且那个女子已经到英国留学去了。不过我总觉得有些对不住那个女子罢了！"露沙沉吟道："你倒没什么对不住她，不过剑卿据什么条件一定要和这女子离婚呢？"玲玉道："因为他们定婚的时候，并不是直接的，其间曾经第三者的介绍，而那个介绍人又不忠实，后来被剑卿知道了，当时气得要死，立刻写信回家，要求家里替他离婚，而他的家庭很顽固，去信责备了他一顿，他想来想去没有办法，只有自己出马，当时写了一封信给那个女子，陈说利害。那个女子倒也明白，很爽快就答应了他，并且写了一封信给她的家人，意思是说，婚姻大事，本应由两个男女自己做主，父母所不能强逼，现在剑卿既觉得和她不对，当然中他离异等语。不过她的家人，十分不快，一定不肯把订婚的凭证退还，所以前此剑卿向我求婚，我都不肯答应。但是这次他再三地哀求，我真无法了，只得答应了他。好在我们都有事业的安慰，对于这些事都可随便。”露沙点头道：“人世的祸福正不可定，能游戏人间也未尝不是上策呢？”

玲玉同露沙到北京之后，就在中学里担任些钟点，这时她们已经都毕业了。云青、宗莹、露沙、玲玉都在北京，只有莲裳到天津女学校教书去了。莲裳在天津认识了一个姓张的青年，不久他们便发生了恋爱，在今年十月十号结婚，她们因约齐一同到天津去参与盛典。

莲裳随遇而安的天性，所以无论处什么环境，她都觉得很快活。结婚这一天，她穿着天边彩霞织就的裙衫，披着秋天白云网成的软绡，手里捧着满蓄着爱情的玫瑰花，低眉凝容，站在礼堂的中间。男女来宾有的啧啧赞好，有的批评她的衣饰。只有玲玉、宗莹、云青、露沙四个人，站在莲裳的身旁，默默无言。仿佛莲裳是胜利者的所有品，现在已被胜利者从她们手里夺去一般，从此以后，往事便都不堪回忆！海滨的联袂倩影，现在已少了一个。月夜的花魂不能再听见她们五个人一齐的歌声。她们越思量越伤心，露沙更觉不能支持，不到婚礼完她便悄悄地走了，回到旅馆里伤感了半天，直至玲玉她们回来了，她兀自泪痕不干，到第二天清早便都回到北京了。

从天津回来以后，露沙的态度，再见消沉了。终日闷闷不语，玲玉和云青常常劝她到公园散心去，露沙只是摇头拒绝。人们每提到宗莹，她便泪盈眼帘，凄楚万状！有一天晚上，月色如水，幽景绝胜，云青打电话邀她家里谈话，她勉强打起精神，坐了车子，不到一刻钟就到了。这时云青正在她家土山上一块云母石上坐着，露沙因也上了山，并肩坐在那块长方石上。云青说：“今夜月色真好，本打算约玲玉、宗莹我们四个人，清谈竟夜，可恨剑卿和师旭把她们俩伴住了不能来——想想朋友真没交头，起初情感浓挚，真是相依为命，到了结果，一个一个都风流云散了，回想往事，只恨多余！怪不得我妹妹常笑我傻。我真是太相信人了！”露沙说：“世界上的事情，本来不过尔尔，相信人，结果固然不免孤零之苦，就是不相信人，何尝不是依然感到世界的孤寂呢？总而言之，求安慰于善变化的人类，终是不可靠的，我们还是早些觉悟，求慰于自己吧！”露沙说完不禁心酸，对月怔望，云青也觉得十分凄楚，歇了半天，才叹道：“从前玲玉老对我说：同性的爱和异性的爱是没有分别的，那时我曾驳她这话不对，她还气得哭了，现在怎么样呢？”露沙说：“何止玲玉如此？便是宗莹最近还有信对我说：‘十年以后同退隐于西子湖畔’呢！那一句是可能的话，若果都相信她们的话，我们的后路只有失望而自杀罢了！”

她们直谈到夜深更静，仍不想睡。后来云青的母亲出来招呼她们去睡，她们才勉强进去睡了。

露沙从失望的经验里，得到更孤僻的念头，便是对于最信仰的梓青，也觉淡漠多了。这一天正是星期六,七点多钟的时候，梓青打电话来邀她看电影，她竟拒绝不去，梓青觉得她的态度就得很奇怪。当时没说什么，第二天来了一封信道：

露沙！

我在世界上永远是孤零的呵！人类真正太惨刻了！任我流涸了泪泉，任我粉碎了心肝，也没有一个人肯为我叫一声可怜！更没有人为我洒一滴半滴的同情之泪！便是我向日视为一线的光明，眼见得也是暗淡无光了！唉！露沙！若果你肯明明白白告诉我说：“前头没有路了！”那么我决不再向前多走一步，任这一钱不值的躯壳，随万丈飞瀑而去也好；并颓岩而同堕于千仞之深渊也好；到那时我一切顾不得了。就是残苛的人类，打着得胜鼓宣布凯旋，我也只得任他了……唉！心乱不能更续，顺祝康健！

梓青

露沙看完这封信，心里就像万弩齐发，痛不可忍，伏在枕上呜咽悲哭，一面自恨自己太怯弱了！人世的谜始终打不破，一面又觉得对不住梓青，使他伤感到这步田地，智情交战，苦苦不休，但她天性本富于感情，至于平日故为旷达的主张，只不过一种无可如何的呻吟。到了这种关头，自然仍要为情所胜了，况她生平主张精神的生活。她有一次给莲裳一封信，里头有一段说：

许多聪明人都劝我说："以你的地位和能力，在社会上很有发展的机会，为什么作茧自束呢？"这话出于好意者的口里，我当然是感激他，但是一方我却不能不怪他，太不谅人了！如果人类生活在世界上，只有吃饭穿衣服两件事，那么我早就葬身狂浪怒涛里了，岂有今日？我觉得宛转因物，为世所称倒不如行我所适，永垂骂名呢？干枯的世界，除了精神上，不可制止情的慰安外，还有别的可滋生趣吗？

露沙的志趣，既然是如此，那么对于梓青十二分恳挚的态度，能不动心吗？当时拭干了泪痕，忙写了一封信，安慰梓青道：

梓青！

你的来信，使我不忍卒读！我自己已是世界上最不幸的人了！何忍再拉你同入漩涡？所以我几次三番，想使你觉悟，舍了这九死一生的前途，另找生路，谁知你竟误会我的意思，说出那些痛心话来！唉！我真无以对你呵！

我也知道世界最可宝贵，就是能彼此谅解的知己，我在世上混了二十余年，不遇见你，固然是遗憾千古，既遇见你，也未尝不是夙孽呢？其实我生平是讲精神生活的，形迹的关系有无，都不成问题，不过世人太苛毒了！对于我们这种的行径，排斥不遗余力，以为这便是大逆不道，含沙射影，使人难堪，而我们又都是好强的人，谁能忍此？因而我的态度常常若离若即，并非对你信不过，谁知竟使你增无限苦楚。唉！我除向你诚恳地求恕外，还有什么话可说！愿你自己保重吧！何苦自戕过甚呢？祝你精神愉快！

露沙

梓青接到信后，又到学校去会露沙，见面时，露沙忽触起前情，不禁心酸，泪水几滴了下来，但怕梓青看见，故意转过脸去，忍了半天，才慢慢抬起头来。梓青见了这种神情，也觉十分凄楚，因此相对默默，一刻钟里一句话也没有。后来还是露沙问道："你才从家里来吗？这几天蔚然有信没有？"梓青答道："我今天一早就出门找人去了，此刻从于农那里来，蔚然有信给于农，我这里有两三个礼拜没接到他的信了。"露沙又问道："蔚然的信说些什么？"梓青道："听于农说，蔚然前两个星期，接到云青的信，拒绝他的要求后，苦闷到极点了，每天只是拼命地喝酒。醉后必痛哭，事情更是不能做，而他的家里，因为只有他一个独子，很希望早些结婚，因催促他向他方面进行，究竟怎么样还说不定呢！不过他精神的创伤也就够了。云青那方面，你不能再想法疏通吗？"

"这事真有些难办，云青又何尝不苦痛？但她宁愿眼泪向心里流，也绝不肯和父母说一句硬话。至于她的父母又不会十分了解她，以为她既不提起，自然并不是非蔚然不嫁。那么拿一般的眼光，来衡量蔚然这种没有权术的人，自难入他们的眼，又怎么知道云青对他的人格十分信仰呢？我见这事，蔚然能放下，仍是放下吧！人寿几何？容得多少磨折？"

梓青听见露沙的一席话，点头道："其实云青也太懦弱了！她若肯稍微奋斗一点，这事自可成功……如果她是坚持不肯，我想还劝蔚然另外想法子吧！不然怎么了呢？"说到这里，便停顿住了，后来梓青又向露沙说："……你的信我还没复你……都是我对不住你，请你不要再想吧！"说到这里眼圈又红了。露沙说："不必再提了，总之不是冤家不对头！……你明天若有工夫，打电话给我，我们或者出去玩，免得闷着难受。"梓青道："好！我明天打电话给你，现在不早了，我就走吧。"说着站起来走了。露沙送他到门口，又回学校看书去了。

宗莹本来打算在中秋节结婚，因为预备来不及，现在改在年底了。而师旭信仿佛是急不可待，每日下午都在宗莹家里一直谈到晚上十点，才肯回去，有时和宗莹携手于公园的苍松荫下，有时联舞于北京饭店跳舞场里，早把露沙和云青诸人丢在脑后了。有时遇到，宗莹必缕缕述说某某夫人请宴会，某某先生请看电影，简直忙极了，把昔日所谈的求学著书的话，一概收起。露沙见了她这种情形，更觉格格不入。有时觉得实在忍不住了，因苦笑对宗莹说："我希望你在快乐的时候，不要忘了你的前途吧！"宗莹听了这话，似乎很能感动她。但她确不肯认她自己的行动是改了前态，她必定说："我每天下午还要念两点钟英文呢！"露沙不愿多说，不过对于宗莹的情感，一天淡似

一天，从前一刻不离的态度，现在竟弄到两三个星期不见面，纵见了面也是相对默默，甚至于更引起露沙的伤感。

宗莹结婚的上一天晚上，露沙在她家里住下，宗莹自己绣了一对枕头，还差一点不曾完工，露沙本不喜欢做这种琐碎的事，但因为宗莹的缘故，努力替她绣了两个玫瑰花瓣。这一夜她们家里的人忙极了，并且还来了许多亲戚，来看她试妆的，露沙嫌烦，一个人坐在她父亲的书房，替她做枕头。后来她父亲走了进来，和她谈话之间，曾叹道："宗莹真没福气呵！我替她找一个很好的丈夫她不要，唉！若果你们学校的人，有和那个姓祝的结婚，真是幸福！不但学问好，而且手腕极灵敏，将来一定可以大阔的。他待宗莹也不算薄了，谁知宗莹竟看不上他！"露沙不好回答什么，只是含笑唯诺而已。等了些时她父亲出去了，宗莹打发老妈子来请露沙吃饭。露沙放下针线，随老妈子到了堂房，许多艳装丽服的女客，早都坐在那里，露沙对大家微微点头招呼了，便和宗莹坐一处。这时宗莹收拾得额覆鬈发，凸凹如水上波纹，耳垂明珰，灿烂与灯光争耀，身上穿着玫瑰紫的缎袍，手上戴着订婚的钻石戒指，锐光四射。露沙对她不住地端相，觉得宗莹变了一个人。从前在学校时，仿佛是水上沙鸥，活泼清爽。今天却像笼里鹦鹉，毫无生气，板板地坐在那里，任人凝视，任人取笑，她只低眉默默，陪着那些钗光鬓影的女客们吃完饭。她母亲来替她把结婚时要穿的礼服，一齐换上。祖宗神位前面点起香烛，铺上一块大红毡子。叫人扶着宗莹向上叩了三个头。后来她的姑母们，又把她父母请出来，宗莹也照样叩了三个头。其余别的亲戚们也都依次拜过。又把她扶到屋里坐着。露沙看了这种情形，好像宗莹明天就是另外一个人了，从前的宗莹已经告一结束，又见她的父母都凄凄悲伤，更禁不住心酸，但人前不好落泪，仍旧独自跑到书房去，痛痛快快流了半天眼泪。后来客人都散了，宗莹来找她去睡觉。她走进屋子，一言不发，忙忙脱了外头衣服，上床脸向里睡下。宗莹此时也觉得有些凄惶，也是一言不发地睡下，其实各有各的心事，这一夜何曾睡得着。第二天天才朦胧，露沙回过脸来，看见宗莹已醒。她似醉非醉，似哭非哭地道："宗莹！从此大事定了！"说着涕泪交流。宗莹也觉得从此大事定了的一句话，十分伤心，不免伏枕呜咽。后来还是露沙怕宗莹的母亲忌讳，忙忙劝住宗莹。到七点钟大家全都起来了，忙忙地收拾这个，寻找那个，乱个不休。到十二点钟，迎亲的军乐已经来了，那种悲壮的声调，更觉得人肝肠裂碎。露沙等宗莹都装饰好了，握着她的手说："宗莹！愿你前途如意！我现在回去了，礼堂上没有什么意思，我打算不去，等过两天我再来看你吧！"宗莹只低低应了一声，眼圈已经红润了，露沙不敢回头，一直走了。

露沙回到家里，恹恹似病，饮食不进，闷闷睡了两天。有一天早起家里忽来一纸电报，说她母亲病重，叫她即刻回去。露沙拿着电报，又急又怕，全身的血脉，差不多都凝住了，只觉寒战难禁。打算立刻就走，但火车已开过了，只得等第二天的早车。但这一下半天的光阴，真比一年还难挨。盼来盼去，太阳总不离树梢头，再一想这两天一夜的旅程，不独凄寂难当，更怕赶不上与慈母一面，疑怕到这里，心头阵阵酸楚，早知如此，今年就不当北来？

好容易到了黄昏。宗莹和云青都闻信来安慰她，不过人到真正忧伤的时候，安慰决不生效果，并且相形之下，更触起自己的伤心来。

夜深了，她们都回去，露沙独自睡在床上，思前想后，记得她这次离家时，母亲十分不愿意，临走的那天早起，还亲自替她收拾东西，叮嘱她早些回来，——如果有意外之变，将怎样？她越思量越凄楚！整整哭了一夜，第二天早起，匆匆上了火车。莲裳这时也在北京，她到车站送她，莲裳黯然的神情，使露沙陡怀起，距此两年前，那天正是夜月如水的时候，她到莲裳家里，问候她母亲的病，谁知那时她母亲正断了气。莲裳投在她怀里，哀哀地哭道："我从今以后没有母亲了！"呵！那时的凄苦，已足使她泪落声咽。今若不幸，也遭此境遇，将怎么办？觉得自己的身世真是可怜，七岁时死了父亲，全靠阿母保育教养。有缺憾的生命树，才能长成到如今，现在不幸的消息，又临到头上。若果再没有母亲，伶仃的身世，还有什么勇气和生命的阻碍争斗呢？她越想越可怕，禁不住握着莲裳的手呜咽痛哭。莲裳见景伤情，也不免怀母陪泪，但她还极诚挚地安慰她说："你不要伤心，伯母的病或者等你到家已经好了，也说不定……并且这一路上，你独自一个，更须自己保重，倘若急出病来，岂不更使伯母悬心吗？"露沙这时却不过莲裳的情，遂极力忍住悲声。

后来云青和永诚表妹都来了。露沙见了她们，更由不得伤心，想每回南旋的时候，虽说和她们总不免有惜别的意思，但因抱着极大的希望——依依

于阿母时下，同兄嫂妹妹等围绕于阿母膝前如何的快活，自然便把离愁淡忘了，旅程也不觉凄苦了。但这一次回去，她总觉得前途极可怕，恨不得立时飞到阿母面前。而那可恨的火车，偏偏迟迟不开，等了好久，才听铃响，送客的人纷纷下车，宗莹、莲裳她们也都和她握手言别，她更觉自己伶仃得可怜，不免又流下泪来。

在车上只是昏昏恹恹，好容易盼到天黑，又盼天亮，念到阿母病重，就如堕身深渊，浑身起栗，泪落不止。

不久车子到了江边，她独自下了车，只觉浑身疲软，飘飘忽忽上了渡船。在江里时，江风尖利，她的神志略觉清爽，但望着那奔腾的江浪，只觉到自己前途的孤零和惊怕，唉！上帝！若果这时明白指示她母亲已经不在人间了，她一定要借着这海浪缀成的天梯，去寻她母亲去……

过了江，上了沪宁车，再有六七个钟头到家了，心里似乎有些希望，但是惊惧的程度，更加甚了，她想她到家时，或者阿母已经不能说话了，她心里要怎样的难受？但她又想上帝或不至如此绝人——病是很平常的事，何至于一病不起呢？

那天的车偏偏又误点了，到上海已经十二点半钟，她急急坐上车奔回家去。离家门不远了，而急迫和忧疑的程度，也逐层加增，只有极力嘘气，使她的呼吸不至匮塞。车子将转弯了，家门可以遥遥望见，母亲所住的屋子，楼窗紧闭，灯火全熄，再一看那两扇黑门上，糊着雪白的丧纸。她这时一惊，只见眼前一黑，便昏晕在车上了，过了五分钟才清醒过来。等不得开门，她已失声痛哭了。等到哥哥出来开门时，麻衣如雪，涕泪交下，她无力地扑在灵前，哀哀唤母，但是桐棺三寸，已隔人天。露沙在灵前哭了一夜，第二天更不支，竟寒热交作卧病一星期，才渐渐好了。

露沙在母亲的灵前守了一个月，每天对着阿母的遗照痛哭，朋友们来函劝慰，更提起她的伤心。她想她自己现在更没牵挂了，把从前朋友们写的信，都从书箱里拿出来，一封封看过，然后点起一把火烧了。觉得眼前空明，心底干净。并且决心任造物的播弄，对于身体毫不保重，生死的关头，已经打破。有一天夜里她梦见她的母亲来了，仿佛记起她母亲已死，痛哭起来，自己从梦中惊醒。掀开帐子一看，星月依稀，四境凄寂，悄悄下了床，把电灯燃起，对着母亲的照像又痛哭了一场。然后含泪写了一封信给梓青道：

梓青！

可怜无父之儿复抱丧母之恨，苍天何极，绝人至此——清夜挑灯，血泪沾襟矣！

人生朝露，而忧患偏多，自念身世，怆怀无限，阿母死后，益少生趣。沙非敢与造物者抗，似雨后梨花，不禁摧残，后此作何结局，殊不可知耳！

目下丧事已楚，友辈频速北上，沙亦不愿久居此地，盖触景伤情，悲愁益不胜也！梓青来函，责以大义，高谊可感。唯沙经此折磨，灰冷之心，有无复燃之望，实不敢必。此后惟飘泊天涯，消沉以终身，谁复有心与利禄征逐，随世俗浮沉哉，望梓青勿复念我，好自努力可也。

沙已决明旦行矣。申江云树，不堪回首，嗟乎？冥冥天道，安可论哉？……

露沙写完信后，天已发亮。因把行李略略检楚，她的哥哥妹妹都到车站送她。临行凄凉，较昔更甚，大家洒泪而别。露沙到京时，云青曾到车站接她，并且告诉她，宗莹结婚后不到一个月，便患重病，现在住在医院里。露沙觉得人生真太无聊了！黄金时代已过，现在好像秋后草木，只有飘零罢了？

玲玉这时在上海，来信说半年以内就要结婚，露沙接信后，不像前此对于宗莹、莲裳那种动心了，只是淡淡写了一封贺她成功的信。这时露沙昔日的朋友，一个个都星散了。北京只剩了一个云青和久病的宗莹，至于孤云和兰馨，虽也在北京，但露沙轻易不和她们见面，所以她最近的生活，除了每天到学校里上课外，回来只有昏睡。她这时住在舅舅家里，表妹们看见她这样，都觉得很可忧的。想尽种种方法，来安慰她，不但不能止她的愁，而且每一提起，她更要痛哭。她的表妹知道她和梓青极好，恐怕能安慰她的只是他了，因给梓青写了一封信道：

梓青先生：

我很冒昧给你写信，你一定很奇怪吧？你知道我表姊近来的状况怎样吗？她自从我姑母死后，更比从前沉默了！每天的枕头上的泪痕，总是不干的，我们再三地劝慰，终无益于事，而她的身体本来不好，哪经得起此种的殷忧呢？你是她很好的朋友，能不能想个法子安慰她？我盼望你早些北来，或者可稍煞她的悲怀！

我们一家人，都为她担忧，因为她向来对于人世，多抱悲观，今更经此大故，难保没有意外的事情发生。……要说起她，也实在可怜，她自幼所遇见的事，已经很使她感觉世界的冷苛，现在母亲又弃她而去，一个人四海飘泊，再有勇气的人，也不禁要志馁心灰呵！你有方法转移她的人生观吗？盼望得很，再谈吧！此祝康乐！

露沙的表妹上

露沙这一天早起，觉得头脑十分沉闷，因走到院子里站了半晌，才要到屋里去梳头，听差的忽进来告诉她说，有一个姓朱的来访。她想了半天，不知道是谁，走到客厅，看见一个女子，面上微麻，但神情眼熟得很，好像见过似的，凝视了半天，才骇然问道："你是心悟吗？我们三年多不见了！……你从哪里来？前些日子竹荪有信来，说你去年出天花，很危险，现在都康全了？"心悟愔然道："人事真不可料，我想不到活到二十几岁，还免不了出这场天灾，我早想写信给你，但我自病后心情灰冷，每逢提笔写信，就要触动我的伤感。人们都以为我病好了，来称贺我！其实能在那时死了，比这样活着强得多呢！"露沙说："灾病是人生难免的，好了自然值得称贺，你为什么说出这种短气的话来？"心悟被露沙这么一问，仿佛受了极大的刺激般，低头哽咽，歇了半天，她才说："我这病已经断送了我梦想的前途，还有什么生趣？"露沙不明白她的意思，只为不过她一时的感触，不愿多说，因用别的话叉开，谈了些江浙的风俗，心悟也就走了。

过了几天，兰馨来谈，忽问露沙说："你知道你朋友朱心悟已经解除婚约了吗？"露沙惊道："这是怎么一回事，怪道那天她那样情形呢！"兰馨因问什么情形，露沙把当日的谈话告诉她。兰馨叹道："做人真是苦多乐少，像心悟那样好的人，竟落到这步田地？真算可怜！心悟前年和一个青年叫王文义的订婚，两个人感情极好，已经结婚有期，不幸心悟忽然出起天花来，病势十分沉重，直病了四个多月才好。好了之后脸上便落了许多麻点，其实这也算不得什么，偏偏心悟古怪心肠，她说：'男子娶妻，没一个不讲究容貌的，王文义当日再三向她求婚，也不过因爱她的貌，现在貌既残缺，还有什么可说，王文义纵不好意思，提出退婚的话，而他的家人已经有闲话了。与其结婚后使王文义不满意，倒不如先自己退婚呢！’心悟这种的主张发表后，她的哥哥曾劝止她，无奈她执意不肯，无法只得照她的话办了。王文义起初也不肯答应，后来经不起家人的劝告，也就答应了。离婚之后心悟虽然达到目的，但从此她便存心逃世，现在她哥哥姊妹们都极力劝她。将来怎么样，还说不定呢！”兰馨说完了，露沙道："怎么年来竟是这些使人伤心的消息呵！心悟从前和我在中学同校时，是个极活泼勇进的人，现在只落得这种结果，唉！前途茫茫，怎能不使人望而生畏！”不久兰馨走了。露沙正要去看心悟，邮差忽送来一封信，是梓青寄的。她拆开看道：

露沙！露沙！

你真忍决心自戕吗？固然世界上的人都是残忍的，但是你要想到被造物所播弄的，不止你一个人呵，你纵不爱惜自己，也当为那同病的人，稍留余地！你若绝决而去，那同病者岂不更感孤零吗？

露沙！我唯有自恨自伤，没有能力使你减少悲怀，但是你曾应许我做你唯一的知己，那么你到极悲痛的时候，也应为我设想，若果你竟自绝其生路，我的良心当受何种酷责？唉！露沙！在形式上，我固没有资格来把你孤寂的生活，变热闹了。而在精神上，我极诚恳地求你容纳我，把我火热的心魂，伴着你萧条空漠的心田，使她开出灿烂生趣的花，我纵因此而受任何苦楚，都不觉悔的。露沙！你应允我吧！

我到京已两日，但事忙不能立时来会你，明天下午我一定到你家里来，请你不要出去。别的面谈，祝你快活！

梓青

露沙看过信后，不免又伤感了一番，但觉得梓青待她十分诚恳，心里安慰许多，第二天梓青来看她，又劝她好些话，并拉她到公园散步，露沙十分感激他，因对梓青道："我此后的几月，只是为你而生！”梓青极受感动，一方面觉得露沙引自己为知己，是极荣幸的，但一方面想到那不如意的婚姻，又万感丛集，明知若无这层阻碍，向露沙求婚，一定可操左券，现在竟不能。有一次他曾向露沙微露要和他妻子离婚的意思，露沙凄然劝道："身为女子，已经不幸！若再被人离弃，还有生路吗？况且因为我的缘故，我更何心？所谓我虽不杀伯仁，伯仁由我而死，不但我自己的良心无以自容，就是你也有些过不去……不过我们相知相谅，到这步田地，申言绝交，自然是矫情。好在我生平主张精神生活，我们虽无形式的结合，而两心相印，已可得到不少安慰。况且我是劫后余灰，绝无心情，因结婚而委身他人，若果天不绝我们，我们能因相爱之故，在人类海里，翻起一堆巨浪，也就足以自豪了！”梓青听了这话，虽极相信露沙是出于真诚，但总觉得是美中不足，仍不免时时怅惘。

过了几个月，蔚然从上海寄来一张红帖，说他已与某女士订婚了，这帖子一共是两张，一张是请她转寄给云青的，云青接到帖子以后，曾作了一首诗贺蔚然道：

燕语莺歌，
不是赞美春光娇好，
是贺你们好事成功了！
祝你们前途如花之灿烂！
谢你们释了我的重担！

云青自得到蔚然订婚消息后，转比从前觉得安适了，每天努力读书，闲的时候，就陪着母亲谈话，或教弟妹识字，一切的交游都谢绝了，便是露沙也不常见。有时到医院看看宗莹的病，宗莹病后，不但身体孱弱，精神更加萎靡，她曾对露沙说：“我病若好了，一定极力行乐，人寿几何？并且像我这场大病，不死也是侥幸！还有什么心和世奋斗呢？”露沙见她这种消沉，虽有凄楚，也没什么话可说。

过了半年宗莹病虽好了，但已生了一个小孩子，更不能出来服务了，这时云青全家要回南。云青在北京读书，本可不回去，但因她的弟妹都在外国求学，母亲在家无人侍奉，所以她决计回去。当临走的前一天，露沙约她在公园话别。她们到公园时才七点钟，露沙拣了海棠荫下的一个茶座，邀云青坐下。这时园里游人稀少，晨气清新，一个小女娃，披着满肩柔发，穿着一件洋式水红色的衣服，露出两个雪白的膝盖，沿着荷池，跑来跑去，后来蹲在草地上，采了一大堆狗尾巴草，随身坐在碧绿的草上，低头凝神编玩意。

露沙对着她怔怔出神，云青也仰头向天上之行云望着，如此静默了好久，云青才说："今天兰馨原也说来的，怎么还不见到？"露沙说："时候还早，再等些时大概就来了……我们先谈我们的吧！"云青道："我这次回去以后，不知我们什么时候再见呢？"露沙说："我总希望你暑假后再来！不然你一个人回到孤僻的家乡，固然可以远世虑，但生气未免太消沉了！"云青凄然道："反正做人是消磨岁月，北京的政局如此，学校的生活也是不安定，而且世途多难，我们又不惯与人征逐，倒不如回到乡下，还可以享一点清闲之福。闭门读书也未尝不是人生乐事！"她说到这里，忽然顿住，想了一想又问露沙道："你此后的计划怎样？"露沙道："我想这一年以内，大约还是不离北京，一方面仍理我教员的生涯，一方面还想念点书，一年以后若有机会，打算到瑞士走走。总而言之，我现在是赤条条无牵挂了。做得好呢，无妨继续下去，不好呢，到无路可走的时候，碧玉宫中，就是我的归局了。"云青听了这话，露出很悲凉的神气叹道："真想不到人事变幻到如此地步，两年前我们都是活泼极的小孩子，现在嫁的嫁，走的走，再想一同在海边上游乐，真是做梦。现在莲裳、玲玉、宗莹都已有结果，我们前途茫茫，还不知如何呢……我大约总是为家庭牺牲了。"露沙插言道："还不至如是吧！你纵有这心，你家人也未必容你如此。"云青道："那倒不成问题，只要我不点头，他们也不能把我怎样。"露沙道："人生行乐罢了，也何必过于自苦！"云青道："我并不是自苦……不过我既已经过一番磨折，对于情爱的路途，已觉可怕，还有什么兴趣再另外作起……昨天我到叔叔家里，他曾劝我研究佛经，我觉得很好，将来回家乡后，一切交游都把它谢绝，只一心一意读书自娱，至于外面的事，一概不愿闻问。若果你们到南方的时候，有兴来找我，我们便可在堤边垂钓，月下吹箫，享受清雅的乐趣，若有兴致，做些诗歌，不求人知，只图自娱。至于对社会的贡献，也只看机会许我否，一时尚且不能决定。"

她们正谈到这里，兰馨来了，大家又重新入座，兰馨说："我今天早起有些头昏，所以来迟！你们谈些什么？"云青说："反正不过说些牢骚悲抑的话。"兰馨道："本来世界上就没有不牢骚的人，何怪人们爱说牢骚话！……但是我比你们更牢骚呢！你知道吗？我昨天又和孤云生了一大场气。孤云的脾气可算古怪透了。幸亏是我的性子，能处处俯就她，才能维持这三年半的交谊，若是遇见露沙，恐怕早就和她绝交了！"云青道："你们昨天到底为什么事生气呢？”兰馨叹道：“提起来又可笑又可气，昨天我有一个亲戚，从南边来，我请他到馆子吃饭。我就打电话邀孤云来，因为我这亲戚，和孤云家里也有来往，并且孤云上次回南时也曾会过他，所以我就邀她来。谁知她在电话里冷冷地道：‘我一个人不高兴跑那么远去。’其实她家住在东城，到西城也并不远，不过半点钟就到了！——我就说：‘那么我来找你一同去吧！’她也就答应了。后来我巴巴从西城跑到东城，陪她一齐来，我待她也就没什么对不住她了。谁知我到了她家，她仍是做出十分不耐烦的样子说：‘这怪热的天我真懒出去。’我说：‘今天还不大热，好在路并不十分远，一刻就到了。’她听了这话才和我一同走了。到了饭馆，她只低头看她的小说，问她吃什么菜，她皱着眉头道：‘随便你们挑吧。’那么我就挑了。吃完饭后，我们约好一齐到公园去。到了公园我们正在谈笑，她忽然板起脸来说：‘我不耐烦在这里老坐着，我要回去，你们在这里畅谈吧！’说完就立刻嚷着‘洋车！洋车！’我那亲戚看见她这副神气，很不好过，就说：‘时候也不早了，我们一齐回去吧。’孤云说：‘不必！你们谈得这么高兴，何必也回去呢？’我当时心里十分难过，觉得很对不住我那亲戚，使人家如此难堪！一面又觉得我真不值！我自和她交往以来，不知赔却多少小心！在我不过觉得朋友要好，就当全始全终……并且我的脾气，和人好了，就不愿和人坏，她一点不肯原谅我，我想想真是痛心！当时我不好发作，只得忍气吞声，把她招呼上车，别了我那亲戚，回学校去。这一夜我简直不曾睡觉，想起来就觉伤心”。她说到这里，又对露沙说：“我真信你说的话，求人谅解是不容易的事！我为她不知精神受多少痛楚呢！”

云青道：“想不到孤云竟怪僻到这步田地。”露沙道：“其实这种朋友绝交了也罢……一个人最难堪的是强不合而为合，你们这种的勉强维持，两方都感苦痛，究竟何苦来？”

兰馨沉思半天道：“我从此也要学露沙了……不管人们怎么样，我只求我心之所适，再不轻易交朋友了。云青走后可谈的人，除了你（向露沙说）也没有别人，我倒要关起门来，求慰安于文字中。与人们交接，真是苦多乐少呢！”云青道：“世事本来是如此，无论什么事，想到究竟都是没意思的。”

她们说到这里，看看时候已不早，因一齐到来今雨轩吃饭。饭后云青回家，收拾行装，露沙、兰馨和她约好了，第二天下午三点钟车站见面，也就回去了。

云青走后，露沙更觉得无聊，幸喜这时梓青尚在北京，到苦闷时，或者打电话约他来谈，或者一同出去看电影。这时学校已放了暑假，露沙更闲了，和梓青见面的机会很多，外面好造谣言的人，就说她和梓青不久要结婚，并且说露沙的前途很危险，这话传到露沙耳里，十分不快，因写一封信给梓青说：

梓青！

吾辈夙以坦白自勉，结果竟为人所疑，黑白倒置，能无怅怅！其实此未始非我辈自苦，何必过尊重不负责任之人言，使彼喜含毒喷人者，得逞其伎俩，弄其狡狯哉？

沙履世未久，而怀惧已深！觉人心险恶，甚于蛇蝎！地球虽大，竟无我辈容身之地，欲求自全，只有去此浊世，同归于极乐世界耳！唉！伤哉！

沙连日心绪恶劣，盖人言啧啧，受之难堪！不知梓青亦有所闻否？世途多艰，吾辈将奈何？沙怯懦胜人，何况刺激频仍，脆弱之心房，有不堪更受惊震之忧矣！梓青其何以慰我？临楮凄惶，不尽欲言，顺祝康健！

露沙上

梓青接到信后，除了极力安慰露沙外，亦无法制止人言。过了几个月，梓青因友人之约，将要离开北京，但是他不愿抛下露沙一个人，所以当未曾应招之前，和露沙商量了好几次。露沙最初听见他要走，不免觉得怅怅，当时和梓青默对至半点钟之久，也不曾说出一句话来。后来回到家里，独自沉沉想了一夜，觉得若不叫梓青去，与他将来发展的机会，未免有碍，而且也对不起社会，想到这里，一种激壮之情潮涌于心。第二天梓青来，露沙对他说："你到南边去的事情，你就决定了吧！我觉得这个机会，很可以施展你生平的抱负……至于我们暂时的分别，很算不了什么，况我们的爱情也当有所寄托，若徒徒相守，不但日久生厌，而且也不是我们的夙心。"梓青听了这话，仍是犹疑不决道："再说吧！能不去我还是不去。"露沙道："你若不去，你就未免太不谅解我了！"说着凄然欲泣，梓青这才说："我去就是了！你不要难受吧！"露沙这才转悲为喜，和他谈些别后怎样消遣，并约年假时梓青到北京来。他们直谈到日暮才别。

云青回家以后曾来信告诉露沙，她近来生活十分清静，并且已开始研究佛经了，出世之想较前更甚，将来当买田造庐于山清水秀的地方，侍奉老母，教导弟妹，十分快乐。露沙听见这个消息，也很觉得喜慰，不过想到云青所以能达到这种的目的，因为她有母亲，得把全副的心情，都寄托在母亲的爱里，如果也像自己这样飘零的身世便怎么样？她想到这里不禁又伤感起来。

有一天露沙正在书房，看《茶花女遗事》，忽接到云青的来信，里头附着一篇小说。露沙打开一看，见题目是《消沉的夜》，其内容是：

只见惨绿色的光华，充满着寂寞的小园，西北角的榕树上，宿着啼血的杜鹃，凄凄哀鸣，树荫下坐着个年约二十三四的女郎，凝神仰首。那时正是暮春时节，落花乱瓣，在清光下飞舞，微风吹皱了一池的碧水。那女郎沉默了半晌，忽轻轻叹了一口气，把身上的花瓣轻轻拂拭了，走到池旁，照见自己削瘦的容颜，不觉吃了一惊，暗暗叹道："原来已憔悴到这步田地！"她如悲如怨，倚着池旁的树干出神，迷忽间，仿佛看见一个似曾相识的青年，对她苦笑，似乎说："我赤裸裸的心，已经被你拿去了，现在你竟要弄了我！唉！"那女郎这时心里一痛，睁眼一看，原来不是什么青年，只是那两竿翠竹，临风摇摆罢了。

这时月色已到中天，春寒兀自威凌逼人，她便慢慢踱进屋里去了，屋里的月光，一样的清凉如水，她便拥衣睡下。朦胧之间，只见一个女子，身披白绢，含笑对她招手，她便跟了去。走到一所楼房前，楼下屋窗内，灯光亮极，她细看屋里，有一个青年的女子，背灯而坐，手里正拿着一本书，侧首凝神，好像听她旁边坐着的男子讲什么似的，她看那男子面容极熟，就是那个瘦削身材的青年，她不免将耳朵靠在窗上细听。只听那男子说："……我早应当告诉你，我和那个女子交情的始末。她行止很端庄，性情很温和，若果不是因为她家庭的固执，我们一定可以结婚了。不过现在已是过去的事，我述说爱她的事实，你当不至怒我吧！"那青年说到这里，回头望着那女子，只见那女子含笑无言……歇了半晌那女子才说："我倒不怒你向我述说爱她的事实，我只怒你为什么不始终爱她呢？"那青年似露着悲凉的神情说："事实上我固然不能永远爱她，但在我的心里，却始终没有忘了她呢！……"她听到这里，忽然想起那人，便是从前向她求婚的人，他所说女子，就是自己，不觉想起往事，心里不免凄楚，因掩面悲泣。忽见刚才引她来的白衣女郎，又来叫她道：“已往的事，悲伤无益，但你要知道许多青年男女的幸福，都被这戴紫金冠的魔鬼剥夺了！你看那不是他又来了！”她忙忙向那白衣女郎手指的地方看去，果见有一个青面獠牙的恶鬼，戴着金碧辉煌的紫金冠。那金冠上有四个大字是“礼教胜利”。她看到这里，心里一惊就醒了，原来是个梦，而自己正睡在床上，那消沉的夜已经将要完结了，东方已经发出清白色了。

露沙看完云青这篇小说，知道她对蔚然仍未能忘情，不禁为她伤感，闷闷枯坐无心读书。后来兰馨来了，才把这事忘怀。兰馨告诉她年假要回南，问露沙去不去，露沙本和梓青约好，叫梓青年假北来，最近梓青有一封信说他事情大忙，一时放不下，希望露沙南来，因此露沙就答应兰馨，和她一同南去。

到南方后，露沙回家。到父母的坟上祭扫一番，和兄妹盘桓几天，就到苏州看玲玉。玲玉的小家庭收拾得很好，露沙在她家里住了一星期。后来梓青来找她，因又回到上海。

有一天下午，露沙和梓青在静安寺路一带散步，梓青对露沙说：“我有一件事要和你商量，不知肯答应我不？”露沙说：“你先说来再商量好了。”梓青说：“我们的事业，正在发轫之始，必要每个同志集全力去做，才有成熟的希望，而我这半年试验的结果，觉得能实心踏地做事的时候很少，这最大的原因，就是因为悬怀于你……所以我想，我们总得想一个解决我们根本问题的方法，然后才能谈到前途的事业。”露沙听了这话，呻吟无言，最后只说了一句：“我们从长计议吧！”梓青也不往下说去，不久他们回去了。

过了几个月，云青忽接到露沙一封信道：

云青！

别后音书苦稀，只缘心绪无聊，握管益增怅惘耳。前接来函，借悉云青乡居清适，欣慰无状！沙自客腊南旋，依旧愁怨日多，欢乐时少，盖飘萍无根，正未知来日作何结局也！时晤梓青，亦郁悒不胜；唯沙生性爽宕，明知世路险峻，前途多难，而不甘踯躅歧路，抑郁瘦死。前与梓青计划竟日，幸已得解决之策，今为云青陈之。

曩在京华沙不曾与云青言乎？梓青与沙之情爱，成熟已久，若环境顺适，早赋于飞矣，乃终因世俗之梗，夙愿莫遂！沙与梓青非不能铲除礼教之束缚，树神圣情爱之旗帜，特人类残苛已极，其毒焰足逼人至死！是可惧耳！

日前曾与梓青，同至吾辈昔游之地，碧浪滔滔，风响凄凄，景色犹是，而人事已非，怅望旧游，都作雨后梨花之飘零，不禁酸泪沾襟矣！

吾辈于海滨徘徊竟日，终相得一佳地，左绕白玉之洞，右临清溪之流，中构小屋数间，足为吾辈退休之所，目下已备价购妥，只待鸠工造庐，建成之日，即吾辈努力事业之始。以年来国事蜩螗，固为有心人所同悲。但吾辈则志不斯，唯欲于此中留一爱情之纪念品，以慰此干枯之人生，如果克成，当携手言旋，同逍遥于海滨精庐；如终失败，则于月光临照之夜，同赴碧流，随三闾大夫游耳。今行有期矣，悠悠之命运，诚难预期，设吾辈卒不归，则当留此庐以飨故人中之失意者。

宗莹、玲玉、莲裳诸友，不另作书，幸云青为我达之。此牍或即沙之绝笔，盖事若不成，沙亦无心更劳楮墨以伤子之心也！临书凄楚，不知所云，诸维珍重不宣！

露沙书

云青接到信后，不知是悲是愁，但觉世界上事情的结局，都极惨淡，那眼泪便不禁夺眶而出。当时就把露沙的信，抄了三份，寄给玲玉、宗莹、莲裳。过了一年，玲玉邀云青到西湖避暑。秋天的时候，她们便绕道到从前旧游的海滨，果然看见有一所很精致的房子，门额上写着“海滨故人”四个字，不禁触景伤情，想起露沙已一年不通音信了，到底也不知道是成是败，屋迩人远，徒深驰想，若果竟不归来，留下这所房子，任人凭吊，也就太觉多事了！

她们在屋前屋后徘徊了半天，直到海上云雾罩满，天空星光闪烁，才洒泪而归。临去的一霎，云青兀自叹道：“海滨故人！也不知何时才赋归来呵！”

（选自1923年10月10日、12月10日
《小说月报》第14卷第10、12号）

沦落

医生左手插着腰，右手轻轻敲着右边的胯骨，对病人表示一种悲悯的同情，微蹇着眉峰，看护妇递过寒暑表，放在病人的舌下，约四五分钟才又从嘴里拿出来，对着窗子望了一望道："热度仍和昨晚一样。"医生点了点头，安慰病人道："多睡觉，不要用心思就好了！"病人懒懒地点了一点头，医生便发出慈母般微笑，轻轻摸了摸病人的头，说了一声再会，跟着病房的门开了，医生就出去了。

这时候夜景幽寂，从窗子里射进灰白色的月光来，照得这病房，仿佛囚牢的惨厉可怕。看护妇在一张篷布椅子上，已沉沉入梦了。病人怕灯光，电灯早就熄了。这房里竟露出可怕的幽冷，街上的更夫已打三更了。病人的心脏极剧烈的跳着，睡魔永不敢近她，她只睁着眼，努力向那没有月光的暗陬凝望，那眼神的锐利，好像可穿鬼物的肝胆似的，如此半点钟以后，她实在不支了。无力的闭上两眼，迷蒙中忽见一个魁伟的少年，站在她的床前，仿佛很伤心她病到这般地步，摇着头，深郁地嘘了一口气，那阴森只像荒丘上的鬼风，病人很惊吓地对他望着。呀！他头上带着白布蓝缘的水手帽子，身上也是白布蓝缘的水手衣服，她禁不住抖战着垂泪了。那少年水手两腿渐渐软了，战栗着跪在她的床前，伏在她的胸上呜咽着。她觉得如火般热的眼泪，都浸入她心窝里去了。她无力地嘘了一口气，用手抚着那水手，她想起认识这水手的事情来了。

在一年夏天的早晨。天上一片云彩也没有，只在天水连接的地方有一道

灰色而带蓝的带子，横在那里，海边上只有一只海舰停着。住在海边上的孩子，赤着脚爬下沙滩去，什么尖的螺，圆的贝壳，捧满了两手。她那时正在捉一个活的小螃蟹，不提防滑了脚滚到海里去，那浪花发怒般涌起来，她只觉鼻管辛辣，水往嘴里直灌，便迷昏不省人事了。

过了不知多少时候，她睁开眼一看，只是一个青年的水手，站在她的面前，见她恢复了知觉，微笑着递过一杯糖水，慢慢扶着她的头灌下去，她觉得更清醒些，又睁开眼往四面望望，只见自己卧的地方是一间洋式小房屋。很使她注意的，便是这小洋屋挂着五六个白色的救命圈，她怀疑着想，不知究竟是什么地方。那水手仿佛已明白她的意思，因微笑道："小姑娘好险呵！不是我正扶着栏杆看风景，你一定要被浪头卷去了……你愿意知道这是什么地方吗？这就是停在海边的军舰，你家住在那里，我可以送你回去。"她这时已坐了起来，对着那水手，很亲昵地微笑着，投在他温暖的怀里说："我要回去。"水手点点头，领着她下了舰，沿着沙滩走了一里多路，她已看见家门，只见母亲正擦着眼泪，仿佛等什么消息呢，她便撇了那水手急急飞奔她母亲去了。水手远远站着，等那母子都进去了，他才唱着凯歌回舰去。

在这件事发生两天以后，她的父亲到那军舰谢那水手，那军舰已开得无影无踪了，那老人只望着海，如默祝海神保佑这可爱的青年。

后来这一只海舰虽然又开到这地方两次，但那个水手却没有同来，她一家的人都觉得很失望，这样可爱的青年，竟不能再看见第二次，并且不能对他表示一家人感激他的意思。

过了八九年她已经二十岁了，那时她中学校已经毕业，她的故乡教育很不发达，因和母亲商议，到都会的地方求学去。临离家的头一天下午，她和几个同学仍到幼年的乐园——海边作最后的亲昵。这时正是黄昏，海雾受太阳的渲染，幻成紫的、红的、青的种种色彩——不很明显的混合色，仿佛闪光的轻纱罩子，罩在碧澄澄的海面上，西方的红霞又把海水染成紫的、淡红的各种颜色，在天水交接的地道，横着一道五色的绒毡。她正在留意看海景时，忽见沙滩的东边，有一个三十多岁的男子，穿着一身海军的军服，两手插着裤袋，口唇嘘嘘作响，两目望着天空，仿佛在回忆从前的往事般，有时在那沉静里，微露着笑容，好像阴云幕里的轻淡的阳光。她觉得这军人有些眼熟，不住用眼神打量他，但是记不起来了。这究竟是在什么地方看见过的呢？

她的同伴，同她谈海上冒险的故事，渔船遇着巨大的鳄鱼倾覆了，渔人捉住一只木排，漂泊到一个没人迹的岛上，虎豹怎样凶恶，毒蛇怎样伤人，她的同伴述说着，仿佛像曾亲眼见过似的。她从这些有趣的故事里，忽然想起她遇险的一段故事，于是她告诉她们说："我告诉你们落水的故事吧！亏了那少年水手！"她的同伴都围拢说："大一点声音。"她高声述说了。大家听了都现出惊怕的神情说："呵！好危险呵！"

她这时忽然低下头，仿佛受了意外的刺激似的，不时偷眼向沙滩东边看，大家也不知不觉都回过头，只见那中年的军人，向这边看着微笑，这些女孩子便如触了电般，狐疑着，不知这微笑里头，定伏着什么不测的事，有一个胆小的便说："我们快走吧！那一定是个坏人。"大家被她一提醒，都觉得真正可怕，便忙忙往回走，只见那军人仍旧望着她们微笑。她们更觉得心虚，仿佛后面那军人拿着利刃追来了。便忙忙往家里飞奔。

第二天她正在拥挤的票房门口等买车票，只见人丛里走出那个中年的军人来，她止不住心头狂跳，紧依着她父亲的肘下，不敢动弹，面上的红色都淡了，后来她父亲因为替她拿行李票走开了。她独自站在票房门口，战栗着，低头不敢往四面看，忽觉背后有人说话的声音道："姑娘！记得前九年救你命的人吗？"她听了这句话，这才明白原来就是那个水手呵！因放下了心，望着那水手说："先生为什么早不说，我们一家人都极望见先生一面呢……好！我父亲来了，他老人家更是时时不忘先生的一个人。"她父亲见她和一个男人说话，很惊怪地看着她，她只微笑说："爹爹！这位先生便是救儿命的那个水手。"这老人才明白欢呼道："呵！真是有幸，先生救了小女之后，老夫曾到海边去访先生，可惜军舰已开走了。但老夫没一天不在记念先生，等送小女上车后，请先生同老夫吃杯茶去。"

这时火车已到了，客人纷纷赶上车去，那军人和她的父亲一齐送她上了火车，不久开车的铃响了。火车头便蠕蠕动起来，越动越快，霎时间便离开故乡的城市了。

她到了北京以后，不久便进了学堂，她的脸上时时含着愉快的微笑，同学们都和她很亲厚，都觉得她是个幸运儿，忘忧草，她常喜欢带着娇憨的滑稽，惹同学发笑，学堂里的同学，无论谁提到她，都立刻感觉着自然的美。

有一天正是星期六，同学们多一半都回家去了，她因为北京没有亲戚，

所以只住在学校里。这时天气已有四点钟了，她从浴室里，抱着一包换下来的衣服，一边唱着，一边往洗衣服的地方去。顶头遇见那个有麻子的校役，拿着一张名片道："小姐！有人找。"她觉得很奇怪，不禁"哟"了一声道："谁来找我呵？"因伸手接过片子来，只见上头写着"海军部副官赵海能"。她更怀疑了，心想我向来不认识这个人呵！因向那校役道："到底是怎样一个人呵？"校役说："很高大的身材，四方脸，有两撇八字胡子。"她听了自言自语道："高大身材，四方脸，八字胡子，莫非是那个救我命的水手吗？"想到这里，便回头对那校役说："好吧！你先去，我就来。"她忙把衣服放在寝室里，对着镜把头发拢了拢，匆匆走到会客室，已经有许多人在那里会同学们。她慌忙向四面望了望，只见靠门坐着那个赵海能迎了出来，很恭敬鞠了一个躬。她这时仿佛做梦似的，也不知和他说什么，稍谈几句，赵海能便走了，她只记得一句是："有机会还要来谈。"

她会过赵海能以后，仍旧照常活泼做她的事去。

她们学校的旁边，有一所花园，她每逢放假时，常常独自到那园里，坐在花荫下看书。倦了便放下书，倒在假山石背后，静静嗅着草际的幽香，听草虫奏着细妙的音乐，有时仰头看着天上变幻的行云，有时像鱼鳞般闪烁着，有时像轻纱般飘拂着。她仿佛作梦似的，想象天宫的白玉雕栏和低眉浅笑的天使。有时忽觉天上的云异样的深碧，儿时久游的海景，一一涌现出来，那少年的水手——中年的海军部副官很明显印在她的脑里，游泳在她似梦非梦的眼前。

她不知上帝何时设下陷阱了！她感激救命的赵海能，常常流下热情的泪来，她看过从前的小说，对于有恩的男子，应该牺牲身心报答他。但她似乎知道赵海能已经不是独身的男人，她想要报赵海能救命的机会很少了。时时怅惘着，发出无可奈何的长叹。

有一次上心理学，她很留心地听讲。教员说："女子富于情感，对于待她有恩情的人，时时不忘，根据这种心理，青年向少女求欢爱时，只有一个方法，表示对于少女极热诚，仿佛一切都可为她牺牲，纵使失败一百次，也不要灰心，终久必成功。"同班的同学听了都彼此互视着微笑，只有她脸上渐渐失了红润，头俯下去，倘若没有书桌挡着，恐怕直要低到膝上了，而且眼泪如泉水般的涌了出来，同学们很诧异，课堂里立刻静止，彼此面面相觑。便是那教员也皱着眉，默然无言，仿佛其中伏着极不测的动机，觉得再讲下去很不方便，因提早下堂了。

教员才走出讲堂的门口，同学们都一拥而前，将她围住。诘问和劝慰的声音，杂乱成一片。

她只伏在书案上，两肩不停的耸动，喉里不住的硬咽，始终探不出个究竟。同学们都怀疑着，渐渐走开了。有两三个聚在回廊底下，低声猜想着，其中有一个同学说："她必是上了谁的当吧？"……"谁知道呢？"另一个同学插嘴说："我觉得她近来的情形很不对，总是锁着眉峰，仿佛内心蕴藏无限的秘密似的。……唉！现在的社会，真好像荆棘的荒园了，只要一分不留心，便要被锐利的棘针刺破了……尤其是我们女子倒霉，心又软，情又热，只要男子在她面前落过一颗眼泪，无论什么便都被蒙蔽过去了……"

种种的议论，接二连三的鼓荡在空气中，有时候一两句传到她的耳朵里，便变成有毒质的针，使她身心都感到痛楚和麻醉。

直到她病倒床上，当夜月幽淡的时候，她回想着，兀自心痛。她用手紧紧握着那水手的手，极用力的"唉"的一声。忽然打了一个寒战，睁眼一看，她全身如焚般烧起来，削瘦而灰败的两颊上，渐渐转成胭脂般的红润，失神的眼球，略略转了一转，那眼皮又慢慢垂下来了。

这时冷静的夜已过，那绿色的窗幔，闪着微紫色的朝旭。看护妇推门进来手里端着一碗鲜而且白的牛乳，那热气如烟雾似的一缕缕都从杯里涌了出来。

看护妇右手端着茶盘，左手伸在背后，扭那门上的机关，一壁对着床前站着的少年点头说："先生早呵！"

这声浪把她从半梦里惊醒，细看那少年，原来并不是水手，他穿着灰色布的长袍，覆额的头发很自然的松散着，仿佛很美丽的遮阳般。极活泼的眼神，表示他青年之美，他这时含愁站在病人的面前，很怜惜的替病人整着散乱枕旁的柔发，看见病人已睁开倦眼，用极柔和的低声问道："今天觉得好些吗？"病人这时只微微摇了一摇头，依旧把眼闭上，他很伤心的嘘了一口气，目不转睛对病人望着，觉得上帝太不仁了，为什么使这脆弱的玫瑰花，受病魔的作践呢？不然这种好天气，和她并肩坐在公园的松林里，听早晨的云雀，娇婉的唱歌，看莲苞的露珠，向朝旭争闪，有时她含羞向着自己微笑，呵！

这多么使人醺醉！

“哎哟”病人又发出苦痛的呻吟了，他便立刻被驱出于幸福的花园，深锁着愁闷的海，将他全个盖没了。他坐在她的身旁，握着她久病枯瘦的手，含着泪的微笑，安慰她说：“不想病的苦痛吧？只想你没病之先，我们许多幸福的光阴，……你记得有一次我们喂猿子花生，你笑得弯了腰，这些要多有趣呵！你病好我们还要寻更美妙的乐趣去，你不是最爱听海里的风，吹在松枝上，发出悲壮的松涛的声音吗？……只要你能出了医院，我们便有快乐日子过了。”这少年极力安慰着她，想尽了种种方法，甚至祈祷上帝，再给他些智慧，使他把他的爱人从愁苦的海里救出来，便使牺牲了一切，他也绝不埋怨的。

看护妇将牛奶端到床前说：“小姐！吃吧！已经不很热了！”那少年连忙从看护妇手里接过来。顾不得看护妇很冷淡的微笑，他用羹匙一瓢瓢往病人的嘴里送着，只要病人咽下一匙，他心头便开一朵美丽的欣悦的花，但病人只咽了三口，便摇头不肯吃了。他这时想二十几岁的少女，只吃得三匙牛奶便够了吗？他忘了那病人已经摇头拒绝这牛奶。他依旧用匙，很小心地舀着，送到她淡红而带浅灰的唇边，病人不耐烦的唉了一声，把头侧到里边去了。少年很失望的放下匙子，独坐着凝想，心头几次发酸，幸没有落下泪来。这不能不感谢事故很深的看护妇了。

太阳骄傲着走他的路，对于人间的欢迎与憎厌，他都不理会。他不注意那些怕分离的青年男女，而为他们稍停留，而且那些青年男女，觉得他们需要太阳照临的时候，太阳跑得更要快些。

病人床前坐着的少年，看见病人似乎睡着了，他轻轻走开，到门外换一换空气，当他抬头，看见西方一带柳树梢上，满都染着金黄色时，他不觉得吃了一惊，什么时候跑马的太阳已走到这里了。照规矩医院六点钟便不许外人停留了。他看一看手上的表只差五分，便需离开这地方了。他又走进病房里，病人已醒，望了望他道：“你没走吗？”他说：“还早还早。”但他那不自然的微笑，已令病人不能坚信他的话。

门外头一阵脚步声，医生来看病人了。看护妇拿着寒暑表，推门进来说：“先生。到关门的时候了。”他仿佛罪人听了最后的判决，只得绝望走了。看护妇送他出了门，依旧淡然微笑着。

三个星期以后，这病房里已另换了一个病人了。她搬到学校的休养室住下，同学们听见了这消息，都抱着欣悦的同情，到她那里看望她。这休养室在操场后面，另外一个小花园里，窗前有几株美人蕉，正开着金红色的花，在朝露未干时，从那花下过，可以嗅到一种清微的幽香，蕉叶像孔雀美丽的尾，翠碧上有许多金星，那正是露珠儿在朝阳下闪烁的时候了。

满屋子的光线都异常轻柔，淡绿像湖心的水色。窗上都幔着葡萄叶色的轻纱，杨柳的柔条，美妙的飘射在上面。她披着玫瑰色的大衣，静默的坐在靠窗的大沙发上，在左手这一边放着一封信，眼前游泳着可怕的恶梦。

不能忘的水手——中年的副官，魁伟的身干，直立着仿佛一根石柱。他只要轻轻一动，就可使无数的人头破血流。记得他曾述说他攻打敌人时的猛鸷，一个枪子打进对面敌人的左眼，那眼珠网着血丝——赤红像火般，滚了出来，他绝不动心，接续第二枪第三枪一直开下去，仿佛小孩子看放花一样有趣，红光——血和火焰都混合成为一片，他只觉活跃好看——唉！勇敢的军人！多么可怕的话剧，他只要一样把这不情的话剧，从新演一遍，不消两个枪子，什么都完了。

她惊惧仰起头来，只见绿纱窗上，染上几道淡紫的波纹，在那波纹底下仿佛有一个人影，于是她开始问道：

“门外是谁？”

“松文姊姊！你起来了吧！”

“起来了！你是彬彩吗？进来坐坐。”她说着，开了房门，只见彬彩笑嘻嘻走了进来，对她脸上望了望说：“怎么今天脸色又不好啦！昨晚好睡吗？”

她惊惧而羞涩地应道：“怎么？不至于吧，”因拿起桌上的小镜子，细细照了一照，又用手在两颊上搓了一搓道：“想是天气比较凉了，我病后禁不住，脸色所以更苍白了。”

“这也不要紧，你不要忧惧吧！只要畅放胸襟，复原自然就容易了。”彬彩抚摩着松文的肩，很诚挚地安慰她。她只摇摇头叹了一口气说：“像我这种不幸……死了倒也干净！”

“为什么总要往这一条路上走，死也没这么容易呢？”彬彩很感慨地说着。

她把沙发上的围巾拿起来，那封信掉在地下了。“呀！他又来信了吗？你也太不干脆了！像这样藤蔓似的，将牵到什么时候才了呵！”她面色渐渐红了，好像火般的燃烧着，头俯下来，紧紧靠着胸口，泪和露珠般，滚过两颊又流到衣襟上了！

“唉！”彬彩的颜色苍白了，但她除了这一声“唉！”没有更多的话了。这美丽的晨光，被弱者的泪浸得暗淡了。窗纱上的红色波纹，变成素湍的清流了。满屋里沉寂着，像死神将要来临的森阴可怕。一只青白色的面孔，四只凝着泪光的眼睛，仿佛在神的莲座前，待最后的判决般不安和忧郁。

后来彬彩慢慢恢复了她为忧伤而错乱的神经，用绢帕拭干了眼角的泪痕，从地下捡起那封信来说：“我能看一看吗？”松文只点了一点头，仍不住的流泪。

彬彩用发抖的手——仿佛已听见强者的枪在封套里跳跃了——轻轻从那封口里抽出信来，眼前顿觉一亮，一个火热的十字在那信尾，明明白白的画着。仿佛经过知县老爷批行的文书，只要一公布出去，罪人便没有希望了。彬彩极力镇定着，把那信笺展开，但连信笺都一同的发着抖。她对着空气深深的吸了一口，似乎胸口的压迫松了些。于是才看见信上所写的东西：

松文：我是军人，我是不知道明天的生命的人，我的感情是像海里的波涛一样的，当我听见指挥官的号令：“前进！”我全身便燃烧在火热的情感里，这时不打得敌人的眼球滚了出来，我手上的枪绝不向下松一松。但事情过去了，我睡在野外的帐幕里，偶尔看见头顶上的青天，和淡白色的月光，我也曾想起我白天的动作很可笑，而且危险，这时我感情的潮落下去了。但是没有用处，这已经是过去的事了。

这一段故事，仿佛是题外旁枝，但你若懂得，就可以免了许多的麻烦！

我热烈的感情，能像温柔的绸带缠着你，使你如醉般的睡在我的臂上，但你若背过脸去，和另一个少年送你的眼波，我也能使这温柔的绸带，变成猛鸷的毒蛇，将你如困羊般送了命。

你或者要祈祷上帝，使可怕的战事——无论为什么而战，只要将我因此送了命，你便可以很自由了，这一层我不能禁止你，而且真到这时候，我看不见，听不见了，我也不愿再管了。只是我活的时候，我绝不能使曾经和我接近的人，更和别人演一样的剧。

我救你的命，我并不曾想你报答，但你既很慷慨的愿意以身报我，那就不能再由你的意了。

赵海能十

彬彩看完这字字含刺的信，哀悯的同情，染着愤激的色彩，责备松文说："你为什么不想一想！"松文又羞又伤心，将头埋在手里。猛烈的热情，逼着她放声痛哭了。

彬彩看着这可怜的弱者，也禁不住落了许多同情的泪。

在她们哭得伤心的时候，日色越变越阴沉，一阵阵凉风吹得芭蕉叶刷刷价响，立刻便有暴雨要来似的。

彬彩看看手上的表，已到正午了。因说道："你一早还不曾吃东西，我们一同到食堂吃碗面吧！"她摇头道："你自己去吃吧！我一些不饿。"说着那雨点已渐渐滴了下来，彬彩说："我不能再耽搁了。你现在不去吃也好，等雨晴了我叫人给你送来吧！"说着开开门急急的走了。

彬彩走到食堂里，同学们都早已在那里坐好了。她拣了靠窗子的那位子坐下。大家嘈嘈杂杂谈话，彬彩并不注意她们，只顾低着头吃，忽听靠她左边坐着的那个同学说："彬彩！你的好朋友松文的病好了吗？"彬彩说："还没十分好！"另有两个同学，正看着，露出很鄙薄的冷笑，含着讽刺的语调说："松文病得真奇怪？""哼！什么怪事没有啊？这才给妇女解放露脸呢？"彬彩听她们的话头，简直是骂松文，自己也不好插嘴，只装没听见，忙忙吃了，放下筷子就走。她们看了她这不安的神气，等她才转过脸去，便发出使她难堪的冷笑，仿佛素日和松文过不去的宿仇，这一笑便都报复了。

彬彩装着一肚子牢骚，来到洗脸房里洗脸，当她拿着脸布在脸上擦的时候，愤怒和不平的情感，使得她的眼泪和脸盆里的水相合了。她想："人们最残忍，对于人家的错总不肯放过一分一厘，松文当日待她们也不薄，何至于这样的糟践她呢？人们只是自利的虫呵！这世界究竟有什么可宝贵的东西？"彬彩越想越伤心，终至于把眼睛都擦红了。

同学们走过她的面前，只是冷然的，似乎有些惊异的微笑着。

松文的病，为听见同学们的闲言，又加重了。这时除了彬彩对她仍和从前一样的诚挚，其余的都极隔膜，有时因为到操场去，从她的门口过，也只对着她的门窗，露着鄙薄的冷笑，她们给她起了一个绰号叫“害群之马”。从此她们说到她，只以“害群之马”为影射之辞。

有一天正是学校纪念日，同学们演新剧，彬彩约着松文到演剧场，打算使她开开心，病也可以好得快。她们到那里只剩东边犄角有两个空位子，彬彩坐在外边，松文坐在里边。这时趣剧已开幕了，演醉汉的笑史。只见那醉汉跄跄踌踌在台上乱撞，把一个卖豆腐的担子撞倒了，弄了满脸满身的豆腐，好像雪地里钻出来的一只笨猪。看客都哄堂大笑，松文也觉得这是病后头一次开心了。

趣剧演过，接着演正剧——《心狱》：是一个青年从外国回来，留在他姑母家里，她姑妈没有子女，抱了一个养女，这时已经十八岁了，出脱得和含露的蔷薇般，十分艳丽。这少年因色动情，引诱这少女和他发生关系。那少年不久就回家去了。这少女不幸有了孕，被家人发见，把她赶了出去，沦落得将成乞丐了，而那少年早把这件事忘了。当这少女正抱着小孩跪在戏台上，凄声的哀求上帝的怜悯的时候，看的人有的发出同情的悲叹来。而在东边犄角上，忽砰的一声，仿佛什么沉重的东西倒了，会场的秩序立刻乱起来。

“谁摔倒了？”

“松文！松文！”

“快请学监去！”

闹嚷中那个高身材的学监先生，慌张着来了，叫女仆将她连扶带抬弄到休养室去，一直过了半点钟，会场的秩序才渐恢复了。

松文两眼紧闭，脸色和纸般的惨白，嘴唇发紫，一声不响的睡在床上，彬彩用急迫的声调抖战着呼唤。有经验的女仆，用力掐她的人中。过了半天，松文才回过气来，“呀”的一声哭了！彬彩含着泪说：“这是何苦呢？”

女仆忙着灌糖水，揉心口，直到松文嘴唇有了红色，大家才慢慢散了。彬彩在对面床上陪伴她，夜里偶然醒了，还听见松文深郁的悲叹，仿佛荒原里，沦落的小羊。

从那天晚上起，学校里的人们对松文的议论，又如潮水般膨涨起来。彬彩把休养室的门关得紧紧的，惟恐不情的嘲笑传到她的耳朵里，增加她的病。

人们无情的嘲笑，渐渐好些了，因为她们的嘴已经为这议论疲倦了，她们的耳朵也为听这议论疲倦了。松文的病也渐渐好起来。

在松文病里，那个活泼的少年，担了不少的心，背着人流了许多的泪。但学校里他不方便来，并且松文又屡次阻止他来。他每次走到学校里的门口徘徊了许多时候，但依旧照样回去了。

现在听说松文已经能出来，他才从愁苦的海里逃了出来。这一天气候很温暖，梨花静默的睡在太阳的怀里，怯弱的兰蕙，也亭亭直立在白石的栏杆边，透着醉人的清香，松文无力地倚着雕栏坐着。那少年站在旁边，握着她瘦弱的手，低声道："比从前又瘦许多，怎么好？"很诚挚的情感的表示，松文惊得缩回手来，少年似乎不解的对她望着，紧咬着嘴唇，虽然没说出一句话来，而他心弦的紧张更比说什么表现得清楚。

夜来香的密叶下，飞出一只小麻雀来，仿佛嘲笑似的，从他们头顶上飞过去。梨花的瓣如蝴蝶般，随着微风飘落在她的衣襟上，她含泪拾起梨花，用手抚摩着，似乎说："你的零落憔悴正和坐在你底下可怜的女子一样呵！但你还有我怜你……"她的泪滴在梨花碎瓣上，染成淡红色的斑痕。那少年说："这是人间最不值得理会的东西，不过一片零落的花瓣，何必用你宝贵的泪去染她呢？"她抖战着，重复那少年的话说："不过一片零落的花瓣！"

少年觉得，他们这一次的聚会，没有多少吉兆。怏怏地送她到了学校的门口，便独自回家了。

他到了家里，回忆着日间事，他觉女子们的心情，真是过分的易受感动。不值什么的一片落花，也会使得她们流泪。

这一天夜里，松文等彬彩睡着了，她又坐起来，拥着温暖的棉被，细细的思量，她觉得那少年对她十分的真挚，或者能原谅她一时的错，而终身包涵她……但她一转念间，又觉得自己的测度靠不住，倘若他放下脸说："我纯挚的爱情，只能赠给那洁白如玉的女子，不能给你……"或者他勉强容忍了，当时不使我太难堪，但渐渐和我疏远了，甚至于在街上遇见我的时候，竟仿佛不认识，这都足使我失却生活的勇气呵！

我不告诉他吧，人生朝露，像我这种身体更不知什么时候就结束了，何苦不尽力在生前享乐呢？享乐！唉！不能！绝不能！良心之不安，比凌迟处死的罪还难受呢。并且没有同情的人类，专好攻人家的过处的人类，我纵不说，他也未必终久不知道，那时候岂不更多了一层欺骗的罪吗？

他仿佛很真诚，或者他能看爱的面上饶恕我一切。可怜我易受骗的小羔羊，用他丈夫的大度，来包容我……

但是他向来很胆小，为了那强凶的赵海能他或者要遮着耳朵，急急躲开了，那我岂不是一样的沦落。

真的，我没认识他以前，我没到爱的花园里边去过，没理会过紫罗兰的香气，是很精妙的。

赵海能三十九岁的副官，我为感他救命的热情，不幸一时走错了一步，但绝不会因此开很精美的爱的花。而且这又不能和太阳一样的冠冕堂皇，只像躲在墙缝里的水牛，如何的龌龊和束缚呵！

几千根没有头绪乱麻般的思想，将她萦绕得头目发晕。

夜已深沉了，星光很暗淡，仿佛醉人朦胧的眼。细小的风，从玻璃缝里悄悄钻了进来，吹在她的散发上，根根便如青色的飘带般舞动犬儿遥遥的吠着，打断她的思路，她实在疲倦得不支了，放好了枕头，将身上披着的衣服拿了下来，慢慢钻进被筒里去。数着壁上的钟摆一二三四五六……不知数了多少她才走到短期的安息国去。

当松文披衣深思的时候，同时离她十里路左右，有一所公寓。最后进的一所房子，兀闪烁着灯光，在灯光底下，坐着一个少年，正用金色的笔头，蘸着紫罗兰的墨水，往一张很美丽的信笺上写道：

“松文！我为你的荏弱，几次心都裂了！我看见兰花，支着纤细的干儿在夜风里摇摆着，我便心慌地张开我的两臂，遮着那无情的风说，‘风呵！你留一些情吧！她禁不起你的摧残哟！’”

“松文！我或者有些过虑。但我看见你削瘦淡白的两颊，我无论什么时候都在抖战着……”

他写到这里，似乎有些停顿了，他放下笔，拿起桌上的香烟，不住的吸着，满屋子都漫了烟雾。过了不知多少时候，烟雾散净了。他举起两手，伸了伸腰，打了一个呵欠，回头看了壁上的钟，已经两点了。于是将这不曾写完的情书，郑重收起来，安然的睡下。

两星期以后，他打算到南边去省亲，便约松文在公园里话别。这一天天气比较得热，并且一点风都没有，在那河边的柳条静静的动也不动，那路旁的蝴蝶兰，也默默无语，对着那炎热的骄阳，仿佛乞怜似的低垂着弱茎。河池里的水平如镜，映着两岸的倒影。水亭子的红柱，一根根逼真的印在水里，有时波底的游鱼，征逐着捉那赤色的小虫时，水上便起了漩纹。

那少年坐在水边的悬崖上，两只脚踏在一根老松根上。在悬崖旁边，长着许多碧绿的爬山虎，和赤红的马樱花，那马樱树的叶子，正像一把伞般，遮着那炙人的阳光。这时松文还不曾来，他不很焦急，因为他正思量着，用什么安慰她，使她觉得这暂时的小别不算什么。他第一层想到了，他今天对她不说一句惜别的话，他更要极力作出这是一件很平常的事，或者还是一件很快壮的事。但他不知怎么，想到留下她很孤零的在北京，心弦便禁不住要紧张了，他向无云的碧蓝天空，深深吸了一口气，仿佛觉得松快些。他无意地回过头去，神经像受了电流，不觉“呀”了一声，因为在他的背后，正是他的爱神，含笑的站在那里。

“你想什么？竟如此人神？”松文含笑的对他诘问。

“我只打算你从这一条路来，正在盼望你，不想你到那边绕过来，躲在我的背后，使我不期的吓了一跳。”

松文不再说什么，只拣了一块平的山石，用手巾垫着坐下了。他也不知要说什么才适当，也踌躇着一语不发。他们默对了半天，只是他们的眼神，都一时不曾缄默，惜别和怅惘的情绪，都尽量的传达了。

“哦！你要走吗？”松文突然问着那少年。

“打算明后天走，你觉得怎么样？”他用犹豫的目光望着松文，仿佛只有她一句话才可以决定他的行止。

“你既决定走，还有什么好不好呢？”她含着深微的幽怨，和失望的情绪，使他坚定就走的心摇动了。

“倘若可以不走，我……”

“走也好，在北京也很无聊。”她不等他的话完便插入这么一句，打断他的下文了。

他似乎有些不高兴了，脸色微露苍白，两目失了灵转的力，只凝注在没有一点好看的白墙上。

“你怎么不说话了？”她又故意的问他。他觉得更伤心了，眼圈仿佛红着，她这才不忍再戏弄他了，用极温挚的态度问他道：“你能不去，我当然希望你不去，因为我现在也很孤零。想到你路上的凄寂，更不舒服……可是你的家里有要紧事，你又不能不去，只望早点回来……”她说到这里，觉得不能再这么一直说下去，恐怕自己先制不住自己的眼泪，因换了方面说："你到南边把好的风景片给我寄几张来。"他听了这话，立刻活泼起来，因问她要那一样的，要多少，说个不休。两人都把惜别的情绪宕开了，好像一阵的大风，吹散天空的浮云。

这时候暮色很深了，游人依旧很多。他们便离了这水涯，在松林下并肩慢步着。

新月如眉般的，印在蔚蓝的天上。疏星似棋般排列着，从高茂的树林中，露出几道的白光，照在马路上，叶影如画。他们踏着这美丽的影子，互视着传他们密致的心波。他们无言，但他们彼此听得见彼此的心声，深深沉醉在清淡悄默的月光和星辉之下了。

第二天早晨，松文叫人送了一封信给那少年。这信共有两层封套，里边的那封信，用红漆锁着信口，在信封的背后注道："这封信请你在车到天津时，再拆看。千万！千万！"

那少年似乎不可耐，他焦急着皱紧眉头。"到天津再看，为什么呢？"他自己问着自己，但他终久只在云雾里罩着。几次要待不遵她的嘱咐，但当他用手动那封口的红漆时，总要不安的顿住了。

在车上三点多钟的时间，在他急迫的心看起来，至少三年了。车到天津的时候已经七点了，但日色还很明亮，他靠着窗子，把信拆看了。不知不觉他的心弦又紧张起来。他看那封信上说，他的爱神已不是含苞未放的花了，他怀疑着想，这大约是梦吧！世界上那有这种可惊异的事呢？她娇羞默默，谁说她不是处女的美呢……竟有这种的事吗？赵海能可鄙的武夫，他也配亲近她吗？那真是含露的百合，遭了毒蜂的劫了！他如回文般，织着不断的思网，有时觉得心火着了，烈炎烧了全身，使他焦灼。有时仿佛失足到封锁着的冰窟里去，心身都冷得战栗了……他想割弃了吧！但是她的印象太深了，总有些不可能。不割弃呢？我夺了别人的所爱，良心的酷责，不能轻恕，或者敌人用他那身上的刺刀对付我。这未免太冤枉了！

冲突的两念，亘在他的胸中，直到他回家那一天，他父亲含着泪对他说："我的身体一天差似一天，不知道还有几个月的命了。你年纪也大了，我若能看见你在我咽气之先，办了你的喜事，我死也瞑目了……我这次叫你回家就为这事，因为怕你受了外头那些新思潮，不肯回来，所以我只告你我病重了……现在你的意思怎么样？”

他这时渐把对松文的念头，慢慢打断了。他说：“父亲的意思我明白了。但那张家女儿听说今年也回来了。”

“哦！是的，她在女师范毕业了，正是今年才回来的。”他父亲含笑地回答他，他这时心里打算要求他父亲要和张家女儿见面。但终有些不好意思出口，低着头，等了半天才嗫嚅着说：“我打算见她一面。”他父亲微笑着，露出很慈爱的样子说：“这个慢慢商量吧！现在你先去休息。”他这才退了出来。

走到自己的屋子里，看见所有的家具都新漆过了，知道这都是为婚事的预备。他正在四围赏览着，只见书案上，放着一个白银刻花的像架，里面有一个极美丽的女子，手里拈着一朵玫瑰花，倚在太湖石上，眼望云天微笑。他心里吃惊，他想这女子比松文更秀丽了，这到是谁呢？怎么放在他的屋子里来呢？他把这像片从案上拿了下来，只见这像的背后，有一行字是，“张静兰年十九岁三月五日酉时生”，他这时心花都放了。他晓得这就是他未来的妻子，美丽而年青的安琪儿，这时把松文更忘怀了。并且他渐渐生了鄙薄松文的念头，他想自己纯洁的爱情，只能给那青春而美丽的贞女。松文已不是含露未放的花苞了。把从前松文的印影，用新的幔子罩起来了。

松文自从那少年走后，情绪只觉得无聊，常常一人独坐，回溯水涯畔的美丽图境，那少年的笑容，怎样使她忘了愁苦。这时她瘦白的两颊上，渐渐涌起两朵红云，仿佛晨光朦胧里的彩霞。但一想到她现在的孤零和凄寂，那美丽的梦，便幻成可怕的毒蛇，驱逐她到失望的国里去，她的眼泪又缘着两颊流下来了。

这一天清早，她正独自在廊下徘徊着，忽见邮差送来一封信。那熟谙的笔迹，使她的心头立刻开了花。她忙忙拆开封口，一张美丽粉红色的片子，落在地下，她想这一定是新出的风景片，忙忙拾了起来，“呀！”她突喊出这惊奇悲惨的调子来。她的手抖着，只见那张结婚的请帖，个个字都像魔鬼向她伸爪似的，她无力地倒在地下了。彬彩正在房里看书，听见这声音，急出来看，只见松文面色苍白，牙关紧闭，昏倒地下。忙忙叫老妈子，帮着把她扶起，放在床上，叫喊了半天，她才慢慢醒了过来，但她的神经已经乱了，忽笑忽哭，有时用手在空中乱抓。彬彩慌了，忙忙通知学监，请了医生来看，医生只是摇头说：“这病很有疯狂的可能。必须赶紧使她热度减少，才保得性命。”当晚便用汽车把她送到医院去了。

这消息一传布开，彬彩又受了许多的苦痛，人们真怪，某一个人有了一点不是，连朋友都要被凌辱。彬彩本想搬到医院去看护她，因怕同学们的冷嘲热骂，把她的心吓冷了。虽然心里怜她，面子上也不愿亲近她。

松文在医院里，过了两个星期，危险的时期已经过了，但当她迷糊的时候，还不觉苦。只要她略一清醒，睁眼一看，自己身旁一个人都没有，便是窗前的树叶，也仿佛对她很冷淡的，也好像已经走到天尽头的孤岛里了，这时只有哀求万能的慈悲上帝，来接引她了，但上帝也似乎没有听见她的哀求，只有黄昏的灰幔，犹恋恋地覆着她，使她看不见人类冷刻的眼波的流盼罢了！

前尘

春天的早晨，酴醿含笑，悄对着醉意十分的朝旭。伊正推窗凝立，回味夜来的梦境：山崖叠嶂耸翠的回影，分明在碧波里轻漾，激壮的松涛，正与澎湃的海浪，遥相应和。依稀是夕阳晚照中的千佛山景，还有一声两声磬钹的余响，又像是灵隐深处的佛音。

三间披茅附藤的低屋，几湾潺湲蜿蜒的溪流，拥护着伊和他，不解恋海的涯际，是人间，还是天上，只憬憧在半醉半痴的生活里，不觉已销磨了如许景光。

无限怅惘，压上眉梢，旧怨新愁，伊似不胜情，放下窗幔，怯生生的斜倚雕栏，忽见案头倩影成双；书架上的花篮，满栽着素嫩翠绿的文竹，叶梢时时迎风招展，水仙的清香，潜闯进伊的鼻观，蓦省悟，这一切都现着新鲜的欣悦，原来正是新婚的第二天早晨呵！

唉！绝不是梦境，也不是幻相，人间的事实，完全表现了，多么可以骄傲。伊的朋友，寄来《凯歌新咏》，伊含笑细读，真是味长意深；但瞬息百变的心潮，禁不得深念，凝神处，不提防万感奔集，往事层层，都接二连三的，涌上心来。

无聊的来到书橱边，把两捆旧笺，郑重的从新细看。读到软语缠绵的地方，赢得伊低眉浅笑，若羞似喜。不幸遇到苦调哀音的过节，不忍终篇，悄悄地痛泪偷弹，这已是前尘影事，而耐味榆柑，正禁不起回想啊！

人间多少失意事，更有多少失意人。当他们楚囚对泣的时候，不绝口的诅咒人生，仿佛万种凄酸，都从有生而来；如果麻木无知，又悲喜何从——伊也曾失望，也曾咒诅人生，但如今怎样？

收拾起旧恨新愁，拈毫管；谱心声，低低弹出水般清调，云般思流；人间兴废莫问起，且消受眼底温柔。

无奈新奇的异感，依然可以使伊怅惘，可以使伊彷徨。当伊将要结婚之前，伊的朋友曾给伊一封信道：

想到你披轻绡，衣云罗，捧着红艳的玫瑰花，含情傍他而立；是何等的美妙，何等的称意；毕竟是有情人终成了眷属，可是二十余年美丽的含蓄而神秘的少女生活，都为爱情的斧儿破坏了。不解人事的朋友——你——我们的交情收束了，更从头和某夫人订新交了。这个名称你觉得刺耳不？我不敢断定；但我如此的称呼你时，的确觉得十分不惯；而且又平添了多少不舒服的感想！噫！我真怪僻！但情不自禁，似乎不如此写，总不能尽我之意，好朋友！你原谅我吧！

这是何等知心之谈；伊何能不回想从前的生活；甚至于留恋着从前的幽趣，竟放声痛哭了。

伊初次见阿翁——当未结婚之前，只觉羞人答答地；除此外尚不曾感到别种异味，现在呢？记得阿翁对伊叮嘱道："善持家政，好和夫婿……"顿觉肩上平添多少重量。伊原是海角孤云，伊原是天边野鹤。从来顽憨，哪解得问寒嘘暖，哪惯到厨下调羹弄汤？闲时只爱读《离骚》，吟诗词，到现在，拈笔在手，写不成三行两语，陡想起锅里的鸡子，熟了没有？便忙忙放下笔，收拾起斯文的模样，到灶下做厨娘，这种新鲜滋味，伊每次尝到，只有自笑人事草草，谁也免不了哟！

不傍涯际的孤舟，终至老死于不得着落的苦趣中，彷徨的哀音，可以赊不少人同情的眼泪，但紧系垂杨荫里的小羊，也不胜束缚之悲，只是人世间，无处不密张网罗，任你孙悟空跳脱的手段如何高，也难出如来佛的掌握。况伊只是人间的弱者，也曾为满窗的秋雨生悲，也曾因温和的春光含笑，久困于自然的调度下，纵使心游天阊，这多余的躯壳，又安得化成轻烟，蒸成大气，游于无极之混元中呢！

记得朔风凛冽的燕京市中，不曾歇止的飞沙，不住地打在一间矮屋角上。伊和她含愁围坐炉旁，不是天气恼人，只怪心海浪多，波涌几次，觉得日光暗淡，生趣萧索。

伊手抚着温水袋，似憾似凄地叹道："你的病体总不见好；都由心境郁悒太过，人生行乐，何苦自戕若是？"她勉强苦笑道："我比不得你……现在你是一帆风顺了，似我飘零，恐怕不是你得意人所能同日而语的；不过人生数十年的光阴，总有了结的一天，我只祝福你前途之花，如荼如火，无限的事业，从此发轫；至于我呵，等到你重来京华的时候，或者已经乘鹤回真！剩些余影残痕，供你凭吊罢了……"伊听了这话，只怔怔的一言不发，仿佛她的话都变作尖利的细针将伊嫩弱的心花，戳成无数的创伤。不禁含泪，似哀求般说："你对于我的态度，为什么忽然变了？你这些话分明是生疏我，我不解你从前待我好，现在冷淡我是为什么？虽然我晓得，我今后的环境，要和你不同了，但我心依旧的不曾忘你，唉！我自觉一向冷淡，谁晓得到头来却自陷唯深！……"

唉！一番伤心的留别话，不时涌现于伊的心海之上，使她感到新的孤寂，尝受到异样的凄凉，伊相信事到结果，都只是煞风景的味道。伊向来是景慕着希望的隽永，而今不能了，在伊的努力上是得了胜利，可以傲视人间的失意者，但偶听到失意者的哀愤悲音，反觉得自己的胜利，是极可轻鄙的。

自从伊决定结婚的信息传出后，本来极相得忘形的朋友，忽然同伊生疏了。虽有不少虚意的庆祝话，只增加伊感到人间事情的伪诈。

她来信说："……唯望你最乐时期中，不要忘了孤零的我，便是朋友一场……"

她来信说："……独一念到侃侃登台，豪气四溢的良友，而今竟然盈盈花车中，未免耐人寻思，终不禁怅然了。往事何堪回首？"多感善思的伊，怎禁得起如许挑拨？在这香温情热的蜜月中，伊不时紧皱眉峰，当他外出的时候，伊冷清清地独坐案前，不可思议的怅恨，将伊紧紧捆住，如笼愁雾，如罩阴霾；虽处美满的环境里，心情终不能完全变换，沉迷的欣悦，只是刹那的异感，深镂骨髓的人生咒诅，不时现露苍凉的色彩。

这种出乎常情的心情，伊只想强忍，无奈悲绪如蒲苇般柔韧而绵长，怯弱的伊，终至于抗拒无力。伊近来极不愿给朋友们写信，当伊提起笔，心里便觉得无限辛酸，写起信来，便是满纸哀音，谁相信伊正在新婚陶醉的时期中？伊这种的现象，无形中击碎了他的心。

在一天的夜里，天空中，倒悬着明镜般的圆月，疏星欲敛还亮的，隐约于云幕的背后，伊悄然坐在沙发上，看他伏案作稿，满蓄爱意的快感使伊不禁微笑了。但当伊笑意才透到眉梢头，忽然又想到往事了。伊回忆到和他恋爱的经过——

最初若有若无的恋感，仿佛阴云里的阴阳电，忽接忽离，虽也发出闪目的奇光，但终是不可捉摸的，那时伊和他的心，都极易满足，总不想会面，也不想晤谈，只要每日接到一封信，这心里的郁结，便立刻洗荡干净。老实说，信的内容，以至于称呼，都没有什么特著的色彩，但这绝不妨碍伊和他相感相慰的效力。

而且他们都有怪僻，总不愿意分明地写出他们的命意，只隐隐约约写到六七分就止了。彼此以猜谜的态度，求心神上的慰安，在他们固然是知己知彼，失败的时候很少，但也免不了，有的时候猜错了，他们的心流便要因此滞住了，但既经疏通之后，交感又深一层。

在他们第一期的恋感中，彼此都仿佛是探险家，当摸不着边际的时候，彷徨于茫茫大海的里头，也曾生绝望的思想，但不可制止的恋流，总驱逐着他们，低低地叫道："往前去！往前去！"这时他们只得再鼓勇气，擦干失望的泪痕，继续着努力了。

他们来往的书信，所说的多半是学问上的讨论，起初并不见得两方的见解绝对相同，但只要他以为对的，伊总不忍完全反对，他对伊也是一样的心理，他们学问的见解，日趋于同，心情上的了解也就日深一日了。这种摸索着探险的生活，希望固可安慰他们的热情，而险阻种种，不住地指示他们人生的愁苦，当他们出发的时候，各据一端，而他们的目的地，全在那最高的红灯塔边。一个从东走，一个从西来，本来相离很远，经过多少奇兀的险浪、汹波，还有猛鲸硕鼋，他们便一天接近一天了。

天下绝没有如直线般的道路，他们走到山穷水尽的时候，往往被困在悬崖的边上，下面海流荡荡，大有稍一反侧，便要深陷的危险，这时候伊几次想悬崖勒马，生出许多空中楼阁，聊慰凄苦的方法来，伊曾写信给他说：

……我不敢想人间的幸福，因为我是不幸者，但我不信上帝苛酷如是，便连我梦魂中的慰安，也剥夺了吗？

我记得悬泉飞瀑的底下，我曾经驻留过。那时正是夕阳满山，野花载道，莺燕互语的美景中你站在短桥上，慢吟新诗，我倒骑牛背，吹笛遥应，正是高山流水感音知心。及至暮色苍茫，含笑而别，恬然各归，郑重叮咛，明日此时此地，莫或愆期，唉！这是何等超卓的美趣啊！我希望——唯一的希望，不知结果如何，你也有意成就我吗？

超越世间的美趣，如幽兰般，时时发出迷人的醉香，诱引他们不住的前进，不觉得疲敝。有时伊倦了，发出绝望的悲叹，他和泪濡墨恳切地写道：

“唉！我已经灰冷的心为谁热了，啊！”这确实是使伊从颓唐中兴奋。

沉迷在恋海里面的众生，正似嗜酒的醉汉，当他浮白称快的时候，什么思想都被摈斥了。只有唯一的酒，是他的生命。不过等到清醒的时候，听见朋友们告诉他醉里的狂态，自己也不觉哑然失笑。至于因酒而病的人，醒后未尝不生悔心，不过无效得很，不闻酒香，尚可暂时支持，一闻酒香，便立刻陶醉了。伊和他正是情海里的迷魂，正如醉汉的狂态。他们的眼泪只为他们迷狂而流，他们的笑口也只为他们的迷狂而开。

伊想到未认识他以前，从不曾发过悲郁的叹声，纵有时和同学们，争吵气愤至于哭了，这只是一阵的暴雨，立刻又分拨阴霾，闪烁着活泼的阳光了。自从认识他以后，伊才了解人间不可言说的悲苦。伊记得有一次，正是初秋的明月夜，他和伊在公园里闲散，他忽然因美感的强激，而生出苍凉的哀思，微微叹了一声。伊悄悄地问道：“你怎么了？”他只摇头道：“没有什么。”这种的答话，在伊觉得他对自己太生疏了，情好到这种地步，还不能推心置腹。伊想到这里，觉得自己真是天地间的孤零者了，往日所认为唯一可靠的他，结果终至于斯，作人有什么意义，镇日家奔波劳碌，莫非只为生活而生活吗？这种赘疣般的人生，收束了到干净呢？伊越思量越凄楚。这时他们正来到石狮蹲伏着的水池边，伊悲抑地倚在石狮的背上，含泪的双眸，凄对着当空的皎月。银光似的月影正笼罩着一畦云般的蓼花，水池里的游鱼，依稀听得见唼喋的微响，园里的游人，都群聚在茶肆酒馆前。这满含秋意的境地里，只有他们的双影，在他们好和无间的时候，到了这种萧瑟苍凉的地方，已不免有身世之感。况今夜他们各有各的心事：伊憾他不了解自己的衷怀，他伤伊误解自己的悲凄。他本想对伊剖白，无奈酸楚如梗，欲言还休。伊也未尝不思穷诘究竟，细思又觉无味。因此悄默相对，伊终久落下泪来，伤感既深，求解脱的心。忽然如电光一闪，照见人生究竟，大有放下屠刀，立地成佛之思，把痴恋之柔丝，用锋利的智慧刀，一齐割断，立刻离开那蹲伏的石狮子，很斩决地对他道："我已倦了，先回去吧！"他这时的伤感绝不在伊之下，看了伊这种绝决的神气，更觉难堪，也一言不发地走了。伊孤孤零零出了园门，万种幽怨，和满心屈曲，缠搅得伊如腾云雾。昏沉中跳上人力车，两泪如断线珠子般，不住滚落襟前。那时街上的行人，已经稀少了，鱼鳞般的丝云，透出暗淡的月色，繁伙的众星，都似无力的微睁倦眼，向伊表示可怜的闪烁。

伊回到家里，家人已经都睡了。静悄悄地四境，更增加不少的凄凉，伊悄对银灯，拈起秃笔，在一张纸上，一壁乱涂，一壁垂泪，一张纸弄得墨泪模糊。直到壁上的钟敲了三点，伊才觉倦惰难支，到床上睡了，梦里兀自伤心不止。辗转终夜，第二天头晕目胀，起床不得——伊本约今天早晨找他去，现在病了去不得，一半也因昨夜的芥蒂不愿去。在平日一定要叫人去通知，叫他不用等，或者叫他来，而现在伊总觉得自己的心事，他一点不知道，十分怨怒，明知道伊若不去，他一定要盼望，或者他也正伏枕饮泣；只是想要体谅他，又不胜怨他，结果这一天伊不曾去访他，也不派人通知他，放不下的心，和愤气的念头，缠搅着，唯有蒙起被来痛快的流泪。

到第二天的早晨，伊的病已稍好些，勉强起来，但寸心忐忑，去访他呢？又觉得自己太没气了，不去访他呢？又实在放心不下。伊草草收拾完，无聊闷坐在书案前，又怕家人看出破绽，只得拿了一本《红楼梦》，低头寻思，遮人耳目。

门前来了一阵脚步声，听差的拿进一封信来，正是他的笔迹，不由得心乱脉跳，急急拆开看道：

今天你不来，料是怒我，我没有权力取得世界一切人的同情的谅解，并也没有权力取得你的同情与谅解了！我在世界真是一个无告的人了！随他难过去吧！随他伤心去吧！随他痛哭去吧！随他……去吧！人家满不在乎这多一个不加多，少一个不见少的人，我又何苦必在乎这个。生也没有快乐，死也不见可惜，糟粕似的人生！我只怨自己的看不破，于人乎何尤——明日能来也好，不来也好！

伊看了这封信，怨怒全消，只不胜可怜他委屈的悲伤，伊哭着咒骂自己，为什么前夜绝决如此，使他受苦；现在不晓得悲郁到什么地步，憔悴到怎般田地了，伊思着五衷若焚，急急将信收起，雇上车子去访他。在路上心浪起伏，几次泪液承睫，但白天比不得夜里，终不好意思当真哭起来，只得将眼泪强往肚里咽。及至来到他的屋子门口，那眼泪又拚命地涌出来，悄悄走进他的房间，唉！果然他正在伏枕呜咽。伊真觉得羞愧和不忍，慢慢掀开他的被角，泪痕如线，披挂满脸，两目紧闭，暗淡欲绝，伊禁不住伏在他的怀里，呜咽痛哭。他见了伊，仿佛受委曲的小孩见了亲人更哭得伤心了。

人生有限的精神，经得起几许消磨？伊和他如醉如痴的生活，不只耽搁了好景光，而且颓唐了雄心壮志，在这种探索彼岸的历程中，已经是饱受艰辛，受苦恼，那更禁得起外界的刺激呵！

他们的朋友，有的很能了解他们的，但也有只以皮毛论人的，以为他们如此的沉迷，是不当的，于是造出许多谣言，毁谤他们，这种没有同情的刺激，也足使伊受深刻的创伤，记得有一次，伊在书案上，看见伊的朋友寄伊表妹的一封信，里头有几句话道："你表姊近状到底怎样？她的谣言，已传到我们这里来了。人们固然是无情的，但她自己也要检点些才是。她的详状，望你告我何如？"

伊读了这一段隐约的话，神经上如受了重鼎的打击，纵然自己问心，没有愧对人天的事，但社会的舆论也足以使人或生或死呢！同学的彬如不是最好的例吗？她本来很被同学的优礼，只因前天报上登了一段毁谤她的文字，便立刻受同学们的冷眼，内情的真伪，谁也不晓得，但毁谤人的恶劣本能，无论谁都比较发达呢！彬如诚然是不幸了，安知自己不也依然不幸呢？伊越想越怕，终至于忏悔了。伊想伊所受的苦已经够了，真是惊弓之鸟，怎禁得起更听弹弓的响声呢！

唉！天地大得很呵！但伊此刻只觉得无处可以容身了。伊此时只想抛却

他，自己躲避到一个没有人烟的孤岛上，每天吃些含咸味的海水和鱼虾，毁誉都不来搅乱伊；到了夜里，垫着银光闪灼的细纱的褥子，枕着海水洗净的白石，盖着满缀星光的云被；那时节任伊引吭狂唱恋歌，也没人背后鄙夷了！便紧紧搂着他，以天为证，以海为媒，甜蜜的接吻，也没有人背后议论了！况且还有依依海面的沙鸥，时来存问，咳，哪一件不是撇开人间的桎梏呵！但不知道他是否一样心肠？唉！可怜！真愚钝呵！不是想抛弃他，怎么又牵扯上他呢？

纷乱的矛盾思流，不住在伊心海里循荡着，不知道经过多少时光，伊才渐渐淡忘了。呵！最后伊给伊表妹的朋友写封信道：

读你臻舍表妹信，知道你不忘故人，且弥深关怀，感激之心真难言喻。不过你所说的谣言，不知究竟何指？至于我和他的交往，你早就洞悉详细，其间何尝有丝毫不坦白处？即使由友谊进而为恋爱，因恋爱而结婚，也是极平常的人事，世界上谁是太上，独能忘情？人间的我，自愧弗如。但世俗毁谤绝非深知如你的之所出，故敢披肝沥胆，一再陈辞，还望你代我洗涤，黑白倒置，庶得幸免。

伊这信寄去后，心态渐次恢复原状，只留些余痕，滋伊回忆。情海风波，无时或息，叠浪兼涌，接连不止，这时他和伊中间的薄膜，已经挑破了，但不幸的阴云，不提防又从半天里涌出。当伊和他发生爱恋以后，对于其他的朋友，都只泛泛论交，便是通信，也极谨慎，不过伊生性极洒脱，小节上往往脱略，许多男子以为伊有意于已，常常自束唯深，伊有时还一些不觉得。有一次伊的朋友，告诉伊说：外面谣传，伊近来和某青年很有情感，不久当有订婚的消息。伊听了这话，仿佛梦话，不禁好笑，但伊绝不放在心上，依然是我行我素。

有一天早晨，伊尚在晓梦沉酣的时候，忽听见耳旁有人叫唤，睁眼细看，正是伊的表妹，对伊说快些起来，姓方的有电话。伊惺忪着两眼，披上衣服，到外面接电话，原来是姓方的约伊公园谈话。伊本待不去，无奈约者殷勤，辞却不得，忙忙收拾了到公园，方某已在门旁等待。伊无心无意的敷衍了几句，便来到荷花池边的山石上坐下，看一群雪毛的水鸭，张开黄金色的掌，在水面游泳。伊正当出神的时候，忽听方问伊道："你这两天都作些什么事？"伊用滑稽的腔调答道："吃了睡，睡了吃，人生的大事不过尔尔！"方道："我到求此而不得呢！"伊说："为什么？"方忽然叹道："可恼的失眠病现在又患了。这两天心绪之不宁，真算厉害了！唉！真是彷徨在茫漠的人间，孤寂得太苦了……"伊似乎受了暗示，仿佛知道自己又作错了，心里由不得抖战，因努力镇定着，发出冷淡的声调道："草草人生，什么不是作戏的态度，何必苦思焦虑，自陷苦趣呢？我向来只抱游戏人间的目的，对于谁都是一样的玩视，所以我倒不感到没有同伴的寂寞，而且老实说起来，有许多人表面看起来，很逼真引为同伴的，内心各有各的怀抱，到头来还是水乳不相容，白费苦心罢了。"

方对于伊的话，完全了解；但也绝不愿意再往下说了。只笑道："好！游戏人间吧！我们到前面去坐坐。"他们来到前面茶座上，无聊似的默坐些时，喝了一杯茶，就各自散了。

到家以后，他刚好来了，因问伊到什么地方去，伊因把到公园，和方的谈话全告诉了他。他似乎有些不高兴，停了好久，他才冷冷地道："我想这种无聊的聚会，还是少些为妙，何苦陷入自苦呢？"伊故意问道："你这话什么意思，我笨得很，实在不大明白……放心吧！"他禁不住笑了道："我有什么不放心？"

在伊只是逢场作戏，无形中，不知害了多少人，但老实说，伊绝不曾存心害人；伊也绝不想到这便是自苦之原。

在那一年的夏天，白色的茶花，正开得茂盛，伊和她的一个朋友，同坐在紫藤架下，泥畦里横爬出许多螃蟹来，沙沙作响。伊伏在绿草地上，有意捉一只最小的，但终至失败了，只弄得满手是泥，伊自笑自己的顽憨，伊的朋友也笑道："你仿佛只有六岁的小孩子，可是越显得天真可爱！"他说完含笑望着伊，伊不觉脸上浮起两朵红云，又羞又惊地低着头，那种仓惶无措的神情，仿佛被困狼群的小羊。但他绝不放松这难得的机会，又继续着道："我原是黹夜奔前程的孤舟，你就是那指示迷途的灯塔，只有你，我才能免去覆没之忧，我求你不要拒绝我。"伊急得几乎要哭了，颤声道："你不知道我已经爱了他吗？我岂能更爱别人！"他迫切地说："你说能爱他，为什么不能爱我？我们的地位不是一样吗？"伊摇头道："地位我不知道，我只晓得我只爱

他，好了！天不早了，我应当回去了。”他说：“天还早，等些时，我送你回去。”“不！我自己晓得回去，请你不要送我！”伊说着等不得更听他的答言，急急往门口走，他似含怒般冷笑望着伊道：“走也好！但是我总是爱你呢？”

这种不同意的强爱，使伊感到粗暴的可鄙，无限的羞愤和委曲。当伊回到家里的时候，制不住落下泪来。但不解事的那朋友又派人送信来，伊当时恨极，不曾开封，便用火柴点着烧化了，独自沉想前途的可怕，真憾人类的无良，自己的不幸。但这事又不好告诉他，伊忧郁着无法可遣，每天只有浪饮图醉，但愁结更深，伊憔悴了，消瘦了！而他这时候，又远隔关山，告诉无人，那强求情爱的朋友，又每天来找伊，缠搅不休。这个消息渐渐被他知道了，便写信来问伊：究竟是什么意思？伊这时的委曲，更无以自解，想人间无处而不污浊，怯弱如伊，怎能抗拒。再一深念他若因此猜疑，岂不是更无生路了吗？伊深自恨，为什么要爱他，以至自陷苦海！

伊深知人类的嫉妒之可怕，若果那朋友因求爱不得，转而为恨，若只恨伊倒不要紧，不幸因伊恨他，甚至于不利于他，不但闹出事来，说起不好听，抑且无以对他，便死也无以卸责呵！唉！可怜伊寸肠百回，伊想保全他，只得忍心割弃他了。因写信给他道：

唉！烧余的残灰，为什么使它重燃？那星星弱火——可怜的灼闪——我固然不能不感激你，替我维持到现在，但是有什么意义？不祥如我，早已为造物所不容了，留着这一丝半丝的残喘，受酷苛的冷情宰割！感谢你不住的鼓励我，向那万一有幸的道路努力，现在恐怕强支不能，终须辜负你了！

我没什么可说，只求你相信我是不祥的，早早割弃我，自奔你光辉灿烂的前程，发展你满腹的经纶，这不值回顾的儿女痴情，你割弃了吧！我求你割弃了吧！

我日内已决计北行，家居实在无聊。况且环境又非常恶劣，我也不愿仔细地说，你所问的话，我只有一句很简单的答复：为各方面干净，还是弃了我吧！我绝不忍因爱你而害你，若真相知，必能谅解这深藏的衷曲……

伊的信发了，正想预备行装，似悟似怨的心情，还在流未尽的余泪，忽然那朋友要自杀的消息传来了，其他的朋友，立刻都晓得这信息，逼着伊去敷衍那朋友，伊决绝道："我不能去，若果他要死了，我偿命是了，你们须知道，不可言说的欺辱来凌迟我，不如饮枪弹还死得痛快呵！"伊第二天便北上了。伊北上以后，那朋友恰又认识了别的女子，渐渐将伊淡忘，灰冷的心又闪灼着一线的残光——正是他北去访伊的时候。

唉！波折的频来，真是不可思议，这既往的前尘，虽然与韶光一齐消失了，而明显的印影，到如今兀自深刻伊的脑海。

皎月正明，伊那里有心评赏，他的热爱正浓，伊的心何曾离去寒战。

这时伏案作稿的他，微有倦意，放下笔，打了一回呵欠，回视斜倚沙发的伊，面色愁惨，泪光莹莹，他不禁诧异道："好端端的为什么？"说着已走近伊的身旁，轻轻吻着伊的柔发道："现在做了大人了，还这样孩子气，喜欢哭。"说着含笑的望着伊；伊只不理，爽性伏在沙发背上痛哭了。他看了这种情形，知道伊的伤感，绝不是无因，不免要猜疑，他想道："伊从前的悲愁，自然是可以原谅，但现在一切都算完满解决了，为什么依旧不改故态，再想到自己为这事，也不知受了多少痛苦，只以为达到目的，便一切好了，现在结婚还不到三天，唉！未免没有意思呵！"他思量到这里，也由不得伤起心来。

在轻烟淡雾的湖滨，为什么要对伊表白心曲？若那时不说，彼此都不至陷溺如此深，唉！那夜的山影，那夜的波光，你还记得我们背人的私语吗？伊说：伊飘泊二十余年的生命，只要有了心的慰安——有一个真心爱伊的人，伊便一切满足了，永远不再流一滴半滴的伤心泪了。那时我不曾对你们——山影波光发誓吗？我从那一夜以后，不是真心爱伊吗？为什么伊的眼泪兀自的流，伊的悲调兀自的弹，莫非伊不相信我爱伊吗？上帝呵！我视为唯一的生路，只是伊的满足呵！伊只不住的弹出这般凄调，露出这般愁容……唉！

伊这时已独自睡了，但沉幽的悲叹，兀自从被角微微透出，他更觉伤心，禁不住呜咽哭了。伊听见这种哭声，仿佛沙漠的旷野里，迷路者的悲呼，伊不觉心里不忍，因从床上下来，伏在他的怀里道："你不要为我伤心，我实在对不住你！但我绝不是不满意你；不过是乐极悲生罢了。夜已深，去睡吧！"他叹道："你若常常这样，我的命恐怕也不长了。"说着不禁又垂下泪来。

实在说伊为什么伤心，便是伊自己也说不来，或者是留恋旧的生趣，生出的嫩稚的悲感；或者是伊强烈的热望，永不息止奔疲的现状。伊觉得想望

结婚的乐趣，实在要比结婚实现的高得多。伊最不惯的，便是学作大人，什么都要负相当的责任，煤油多少钱一桶？牛肉多少钱一斤？如许琐碎的事情，伊向来不曾经心的，现在都要顾到了。

当伊站在炉边煮菜的时候，有时觉得很可以骄傲，以为从来不曾做过的事情，居然也能做了。有时又觉得烦厌，记得从前在自己家的时候，一天到晚，把书房的门关起来，淘气的小侄女来敲门，伊总不许她进来。左边经，右边史，堆满桌上，看了这本，换那本，看到高兴的时候，提笔就大圈大点起来，心里什么都不关住，只有恣意做伊所爱做的事。做到倦时，坐着车子，访朋友去。有时独自到影戏场看电影，或到大餐馆吃大餐，只是孤意独行，丝毫不受人家的牵掣，也从来没有人来牵掣伊，现在呢？不知不觉背上许多重担，哪得赤条条来去无牵挂呵！

昨夜有一个朋友，送给伊和他一个珍贵的赠品——美丽而活泼的小孩模型。他含笑对伊道："你爱他吗？……"伊起初含羞悄对，继又想起，从此担子一天重似一天了，什么服务社会？什么经济独立？不都要为了爱情的果而抛弃吗？记得伊的表兄——极刻薄的青年，对伊道："女孩子何必读书？只要学学煮饭、保育婴儿就够了。"他们蔑视女子的心，压迫得伊痛哭过，现在自己到了危险的地步，能否争一口气，做一个合宜家庭，也合宜社会的人？况且伊的朋友曾经勉励伊道：

"吾友！努力你前途的事业！许多人都为爱情征服的。都不免溺于安乐，日陷于堕落的境地。朋友呵！你是人间的奋斗者。万望不要使我失望，使你含苞未放的红花萎落！"

伊方寸的心，日来只酣战着，只忧愁那含苞未放的红花要萎落，况且醉迷的人生，禁不起深思。而思想的轮辙，又每喜走到寂灭的地方去。伊的新家，只有伊和他，他每天又为职业束身，一早晨就出去了，这长日无聊，更使伊静处深思。笔架上的新笔，已被伊写秃了。而麻般的思绪，越理越乱。别是一般新的滋味，说不出是喜是愁，数着壁上的时计，和着心头的脉浪，只是不胜幽秘的细响，织成倦鸟还林的逸音，但又不无索居怀旧之感，真是喜共愁没商量！他每说去去就来，伊顿觉得左右无依旁。睡梦中也感到寂寞的怅惘。

豪放的性情，不知什么时候，悄悄地变了。独立苍茫的气概，不知何时悄悄地逃了。记得前年的春末夏初，伊和同学们东游的时候，那天正走到碧海之滨，滚滚的海浪，忽如青峰百尺，削壁千仞，直立海心。忽又像白莲朵朵，探荸荷叶之底，海啸狂吼，声如万马奔腾，那种雄壮的境地，而今都隐约于柔云软雾中了。伊何尝不是如此，伊的朋友也何尝不是如此？便是世界的人类，消磨的结果，也何尝不是如此？

伊少女的生活，现在收束了，新生命的稚蕊，正在茁长；如火如荼的红花，还不曾含苞；环境的陷入，又正如鱼投罗网，朋友呵！伊的红花几时可以开放？伊回味着朋友们的话，唉！真是笔尖上的墨浪，直管浓得欲滴，怎奈伊心头如梗，不能告诉你们，什么是伊前途的运命，只是不住留恋着前尘，思量着往事，伊不曾忘记已往的幽趣。伊不敢忘记今后的努力。

这不紧要几叶的残迹，便是伊给朋友们的赠品，便是伊安慰朋友们的心音了。